七绝四百首

（上）

邓碧泉 著

作家出版社

作者简介

邓碧泉，笔名若水。广东文化名人，诗人、作家、书法家。一九五五年出生于广东雷州的一个农民家庭，务过农，当过兵，扛过枪，教过书。曾任湛江市体制改革办公室副主任，湛江市东海岛经济开发试验区副主任兼公安分局局长，中共吴川市委副书记，湛江市科技委员会主任、党组书记，中共赤坎区委书记，中共湛江市委常委、宣传部部长，湛江市政协主席，湛江书画院首任院长，现为擎雷书院总策划。曾为广东海洋大学、岭南师范学院特聘教授。著有《领导干部学思行》《内生文化论》《人本文化》《陈璸诗文集》《若水斋诗抄》《若水斋诗词系列》（五册）《若水斋赋》《若水斋诗书赋》（四册）《长征百赋》《天南百赋》《邓碧泉书法集》。

腹有诗书气自华

陈立人

农历辛丑牛年年末，邓碧泉先生文学新作《七绝四百首》正式出版。这是一位文学耕耘者、激情满怀的诗人，向喜爱他的读者献上的一份丰厚年礼。先生牛年真牛！

一般说法，古体诗中的绝句，是将每首八句的律诗“截”去一半，成为每首四句演变而来的。这一“截”，使绝句句式更趋精粹优美，格律更加严丝合缝。这一“截”，也增加了绝句创作难度。因而，绝句属诗歌中的稀缺品种。古今诗人通常将绝句一首一首地往外拿。碧泉先生，不落窠臼，不按常规出牌，喜欢成把地“甩牌”。他以七言绝句四百首之大数目，结集出版，批量推出，这底气、这实力、这格局，诗坛鲜见，可喜可贺。此其一。

其二，碧泉先生是一位高产作家，近年接二连三先后出版了多部文学著作，在文坛引人注目，而现在这部新作的创作和出版，谋篇之果断，行笔之快捷，流程之顺畅，更让文友们赞叹。邓先生近年在诗文创作中也零散地写过少量七绝，但未成系列。《七绝四百首》的整体构想，以及主要作品创作，都是牛年完成的。年初听他说，打算创作百首“雷七绝”，对雷州文化梳理概括，广为传播。不出两三个月，他便告知友人，“雷七绝”已经收笔。不几天，他又萌生创意，用绝句为唐宋数十名文学大家立传。又过一二个月，此役告捷。他再告诉文友，还要创作一组题为“南渡河人家”的诗作……回望先生《七绝四百首》创作过程，如同士兵短促突击，一拨一拨冲锋拼搏，不断地进攻，直至拿下山头。也像雷州半岛的雨季，一连串的电闪雷鸣，一次比一次响亮清脆，结果是一场透雨应声而下。先生自己的说法，这只是一场豪饮，乘兴举杯，一仰而尽，推杯换盏，痛快淋漓。一个创作项目的完竣，一部著作的诞生，可以行云流水般流畅，势如破竹般威猛，其速度，其节奏，其感觉，令多少同行羡慕！

其三，碧泉先生长期驰骋政坛，服务地方建设，近年刚从领导岗位退下，得卸仔肩。朋友们都以为，他会有一个调整期，整理心情，喘口气，歇歇脚，没想到，他把退休当作奋斗路上的一次阵地转移，人生路上的第二春。他翻身骑上了另一匹骏马，便又策马扬鞭朝着新的天地、新的目标奋进。他马不停蹄地做自己过去想做没有时间做、没有条件做的事情，包括他喜爱的文学创作，特别是他钟情的音韵文墨。《七绝四百首》，就是他迈入人生第二个春天，在文坛打响的一声春雷，绽放的一朵鲜花。在社会身份变换、位置转移的重要关头，想的不是放缓节奏，颐养天年，不是退却，而是继续进取，创造价值。此等人生态度、奋斗姿态、创作激情，就不止有文友们在击掌钦羡了。

其四，碧泉先生耕耘多年，形成了鲜明的个人文学创作特色，就是坚持文学来源于社会生活，服务于社会生活，不做无病呻吟。担任地方领导期间的许多文学创作，与他的工作职责、社会角色紧密相连。同频共振，彼此呼应，相互推动。离开领导岗位后，他的岗位职责转变，但是文学为社会服务、为大众服务的文风没有变。他的这种坚持在《七绝四百首》中展示得十分突出。全书收入的十五个篇章、四百首诗歌，全都贴近社会生活，全都烙着时代印记，回响着民众心声。比如，书中《擎雷书院组诗》篇章，收入七绝四十八首，咏唱了书院建设策划立项、筹措经费、设计施工的全过程，连缀起来就是一部擎雷书院建设史。书院建设一直是碧泉先生的理想，他在担任湛江市政协主席期间，就开始筹划启动，退休后更是集中精力，协助当地政府推进项目建设。他说，自己是背着米袋来建设书院的。诗中写尽工程建设中的甜酸苦辣，理想抱负，奋斗欢歌。诗文激情澎湃，字句瑰丽，必将与擎雷书院一起，载入雷州文明史册。比如《百歌唱雷州》，将雷州歌与七言绝句嫁接融合，创造了“雷七绝”这一新颖诗歌样式，进而以一百首“雷七绝”，吟诵雷州文明发展历程，表达了诗人对家乡本土文化的热爱、敬仰和期待。再如《南渡河人家》篇章，更是意味深长。诗人祖祖辈辈居住在南渡河畔，喝着河水长大老去。他以深情的笔触，聚焦雷州母亲河——南渡河，按时令节气，吟诵沿岸平常人家农耕捕捞、柴米油盐、婚丧嫁娶、民俗风情、社会变迁种种情状，亦诗亦画，如醉如痴。

其五，碧泉先生有两支笔。他是伏案诗人，也是临池书家。他在创作过程中常常是撰写诗文和研习书法交替进行。此种创作方式，给他带来更多乐趣和灵感，两种创作方式分别动用大脑和躯体不同部位，可以提高效率，可以减少疲劳，就像农民轮种土地，增产增收。受此启发，创作和编辑《七绝四百首》时，他别出心裁地将诗歌和书法合为一体，诗为灵魂，书为媒介，诗书合璧，相辅相成，相得益彰。以自书形式编辑出版自己的文学作品，是一个创新，大大丰富了作品内涵，增加美感，提高品位，给读者更多的艺术享受。

碧泉先生种种美意，想必读者朋友心领神会。

目录

南渡河人家

南渡河人家（组诗）

川流不息的南渡河即擎雷水，属南海水系河流。其发源于遂溪县的坡子沟，于今雷州市双溪口注入南海雷州湾。全长88公里，流域面积1444平方公里，是雷州半岛唯一一条集雨面积大于1000平方公里的河流，直贯雷州半岛中部。南渡河流域有着良田万顷的雷州东西洋平原，是半岛人最早居住、繁衍生息的地方，是雷州文化的发祥地。千百年来，人们在此创造出灿烂辉煌的农耕文明。余生于斯、长于斯、仕于斯、感悟于斯，得七绝一组。

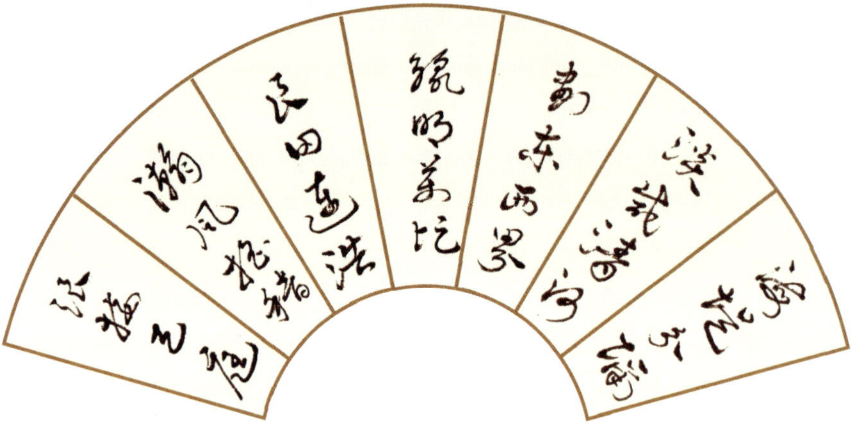

其一

海堤分隔淡咸清，
河划东西界线明。
万顷良田连浩瀚，
风摇稻浪接天庭。

其二

天公赐福万村宁，
通海长河涨又平。
水纳白云云纳野，
青黄两岸季分明。

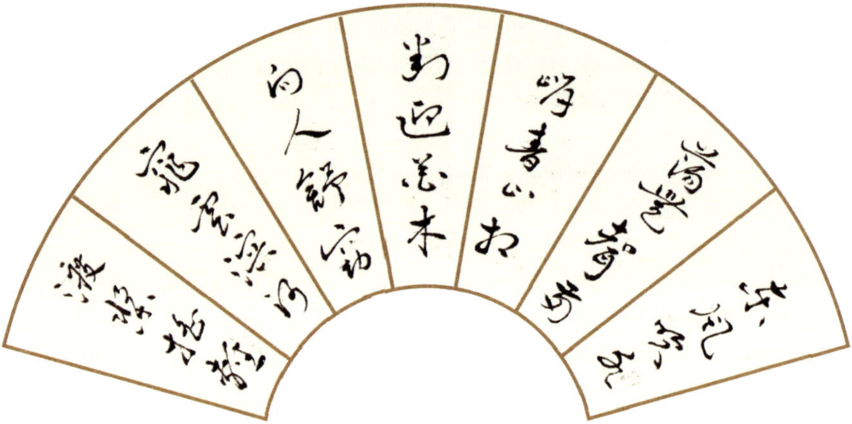

其三

东风吹水荡无声，

两岸青山相对迎。

花木向人舒窈窕，

云溶河渡桨摇轻。

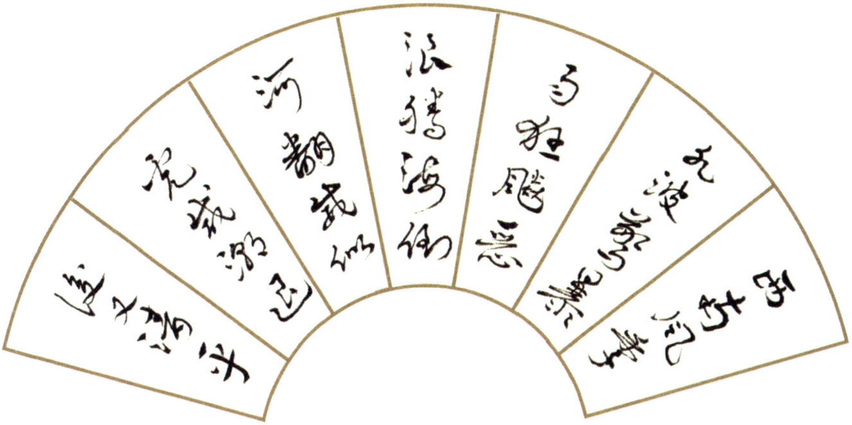

其四

西南风季水波惊，
暴雨狂飙恶浪腾。
海倒河翻威似虎，
咸潮退后又清平。

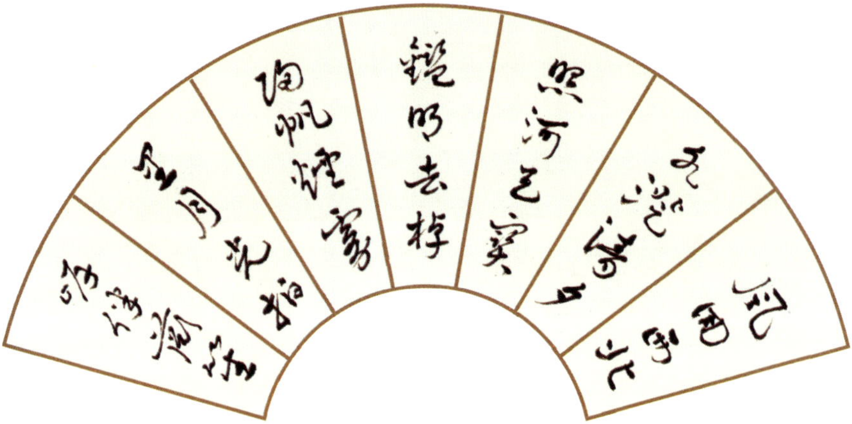

其五

风回西北水澄清，
夕照河天宝鉴明。
去棹归帆烟雾里，
月光拍岸伴箫笙。

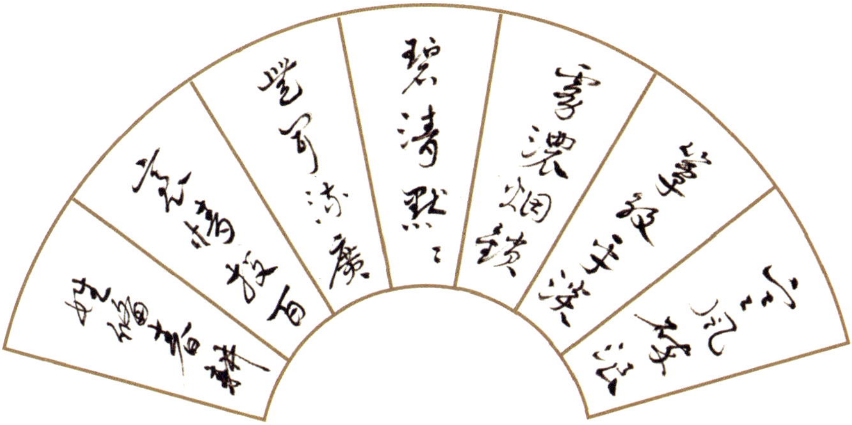

其六

寒风碎浪簟纹平，
淡雾浓烟锁碧清。
默默无闻流广袤，
情投百姓备春耕。

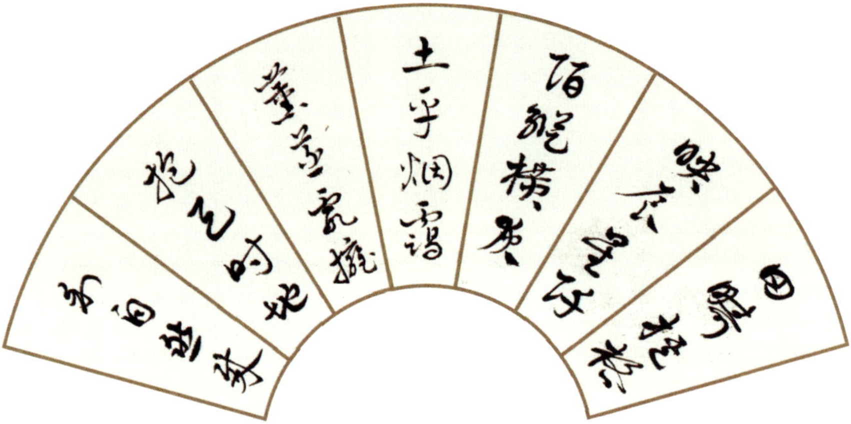

其七

田畴棋格映辰星，
阡陌纵横灰土平。
烟霭熏蒸霞拥抱，
天时地利自然成。

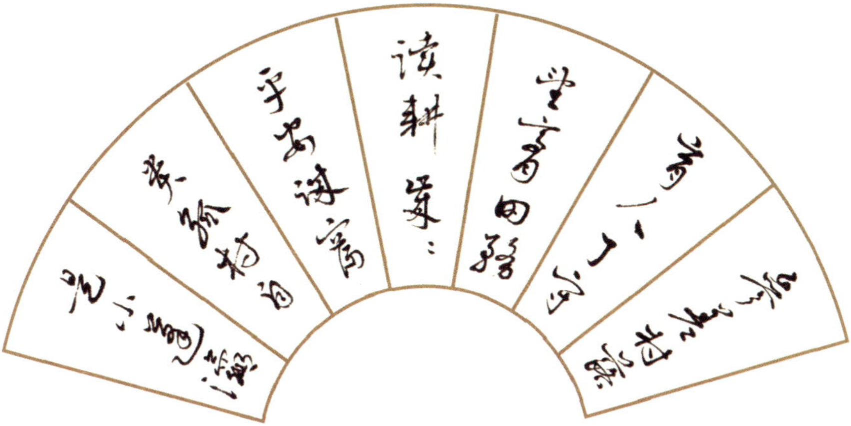

其八

参差村落育人丁，

守望膏田务读耕。

岁岁平安诚富贵，

孤村自是小蓬瀛。

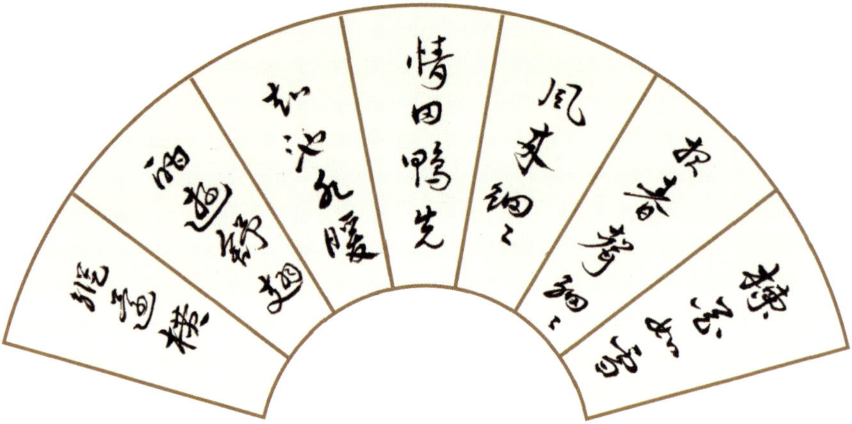

正月

楝花如雪报春声，
细细风来细细情。
田鸭先知池水暖，
酣游舒翅纵还横。

又

新岁三朝爆竹鸣，

农家米酒喜相迎。

新娘童稚狂欢乐，

老汉皱眉想晦晴。

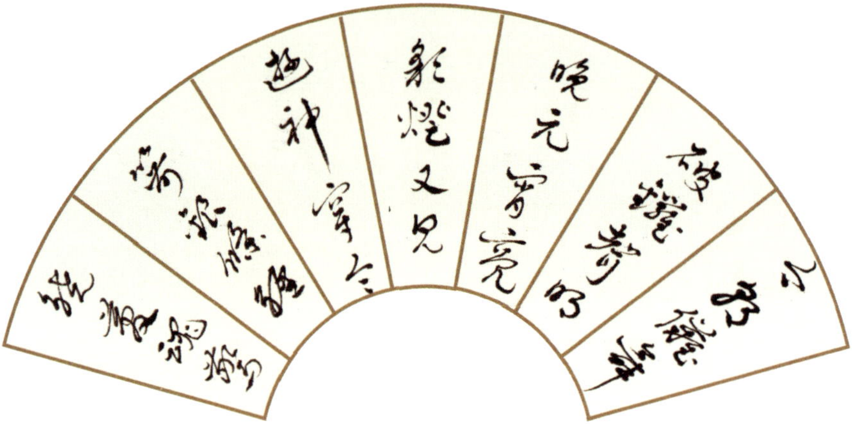

又

今朝傩舞破锣声，

明晚元宵亮彩灯。

又见游神穿令箭，

银条缠绕梦魂惊。

又

如丝雨滴路泥泞，

陌上行人厌恶声。

地里农夫心暗喜，

上天润泽自然明。

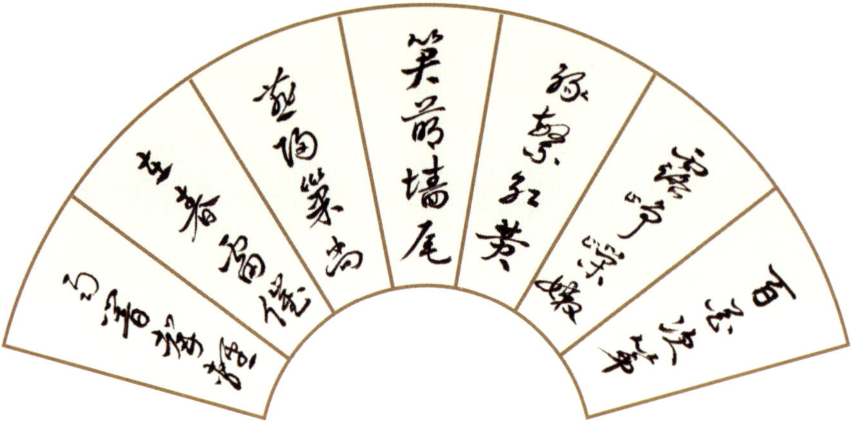

二月

百花次第露峥嵘，
嫩绿繁红黄笋萌。
墙尾燕归巢尚在，
春雷催雨响声轻。

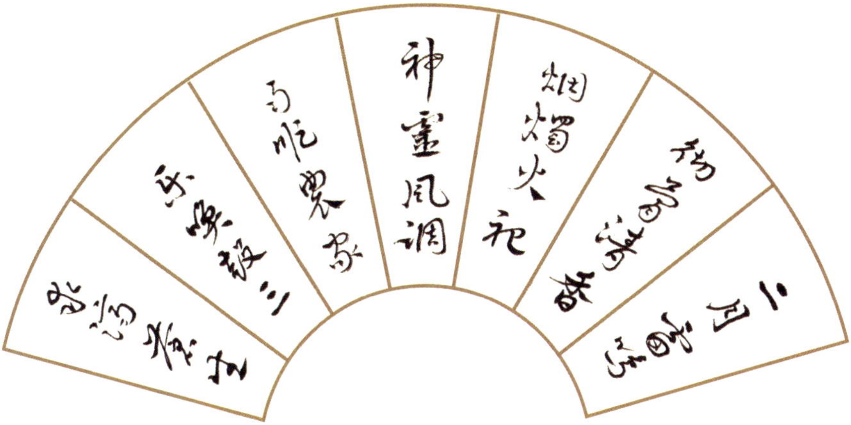

又

二月雷鸣彻骨清，

香烟烛火祀神灵。

风调雨顺农家乐，

唤鼓三求济苍生。

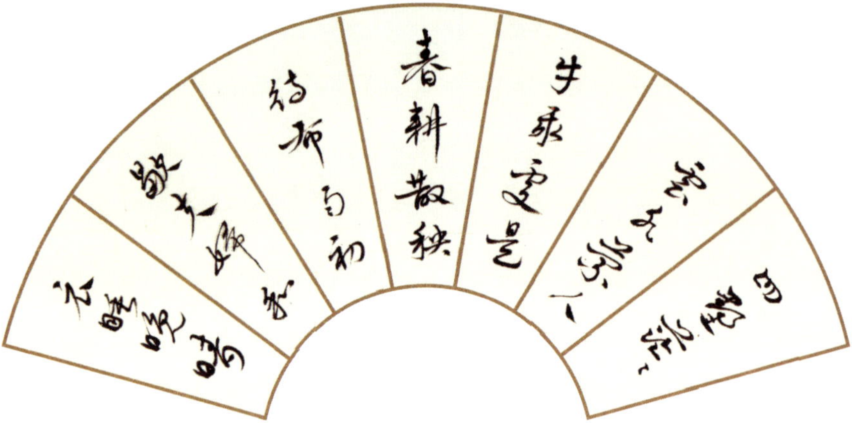

又

四野茫茫云水萦，
人牛聚处是春耕。
散秧待布雨初歇，
夫妇和衣睡晚晴。

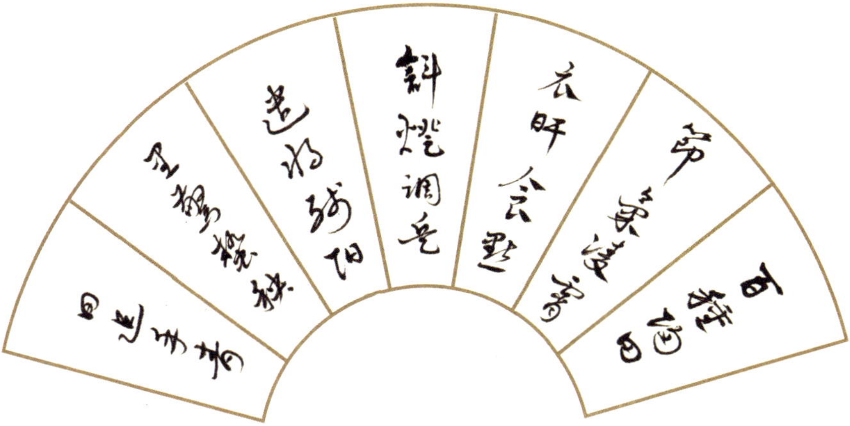

又

百种归田节气凌，
宵衣旰食点斜灯。
调兵遣将残阳里，
惊蛰秧田追手青。

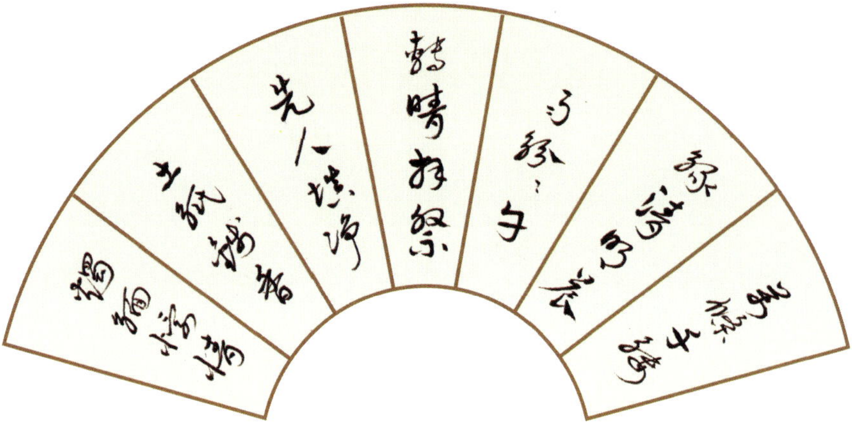

三月

万条千缕绿清明，
晨雨纷纷午转晴。
拜祭先人填净土，
纸钱香烛缅怀情。

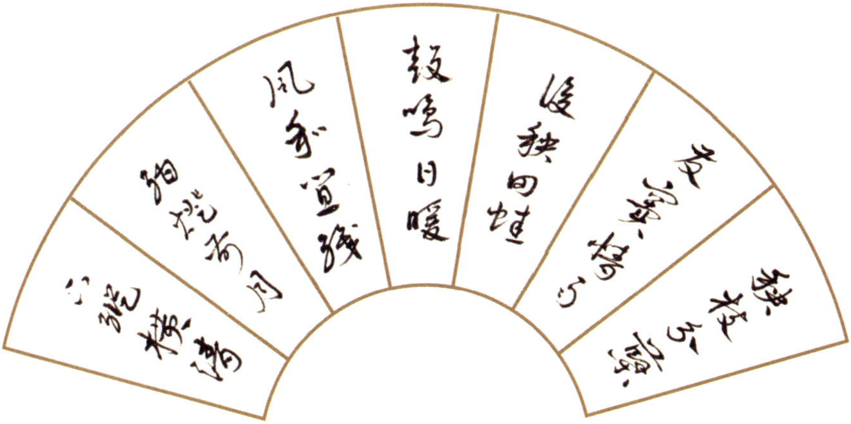

又

秧枝分蘖发窦情，

雨后秧田蛙鼓鸣。

日暖风和宜织席，

灯前月下纵横清。

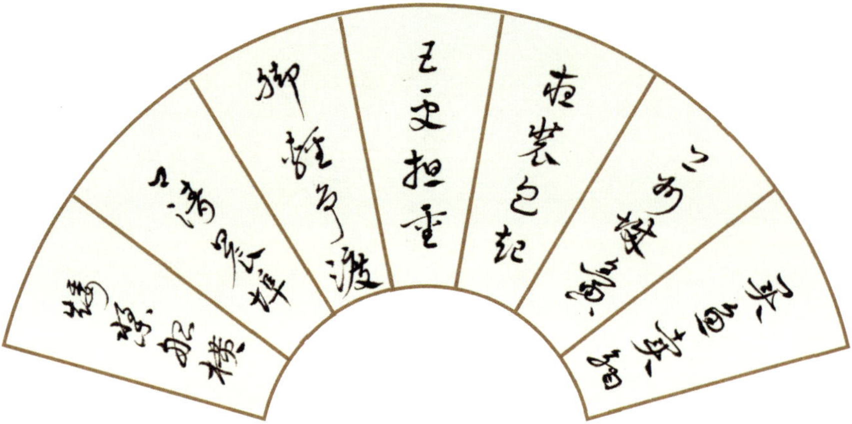

又

买鱼卖席上州城，

黉夜包装起五更。

担重脚轻争渡口，

清晨埠矮桨船横。

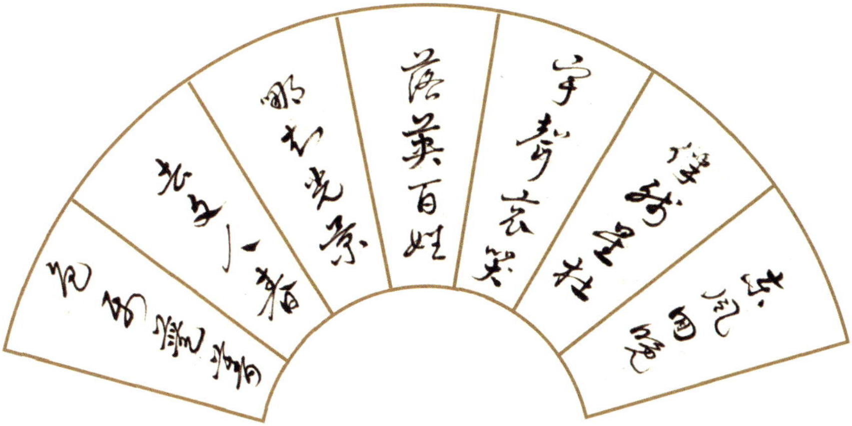

又

东风回晚伴残星，
杜宇声哀哭落英。
百姓哪知光景去，
文人春色属芜菁。

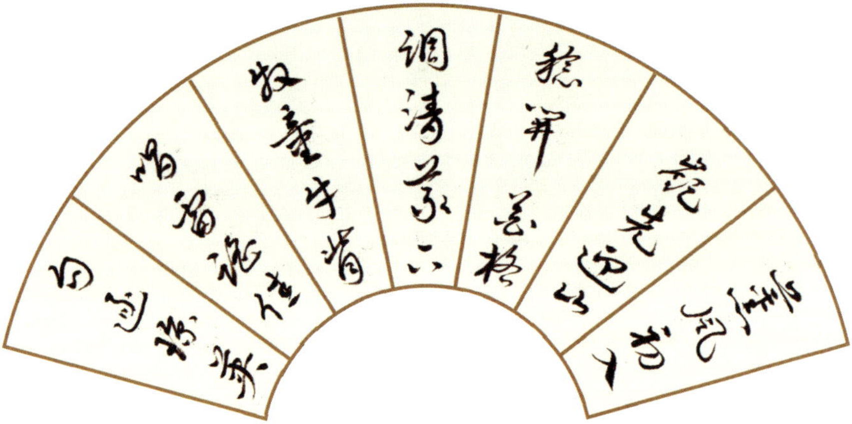

四月

熏风初入岭先迎，
山稔开花格调清。
丛下牧童牛背唱，
雷谣佳句逐琼英。

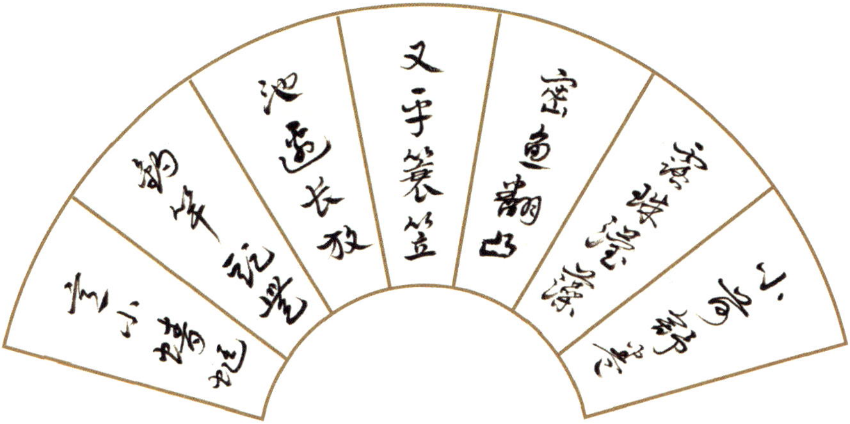

又

小荷舒卷露珠滢，
藻密鱼翻凸又平。
蓑笠池边长放钓，
竿头无意小蜻蜓。

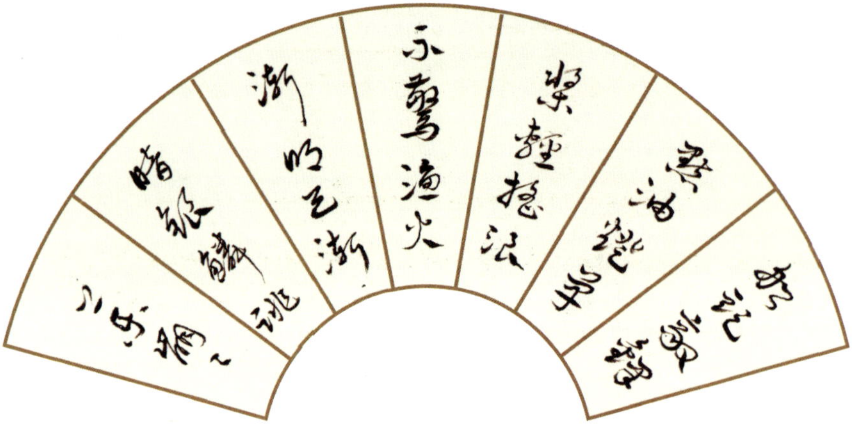

又

船头敲铎点油灯，
单桨轻摇浪不惊。
渔火渐明天渐暗，
银鳞跳上乐崩崩。

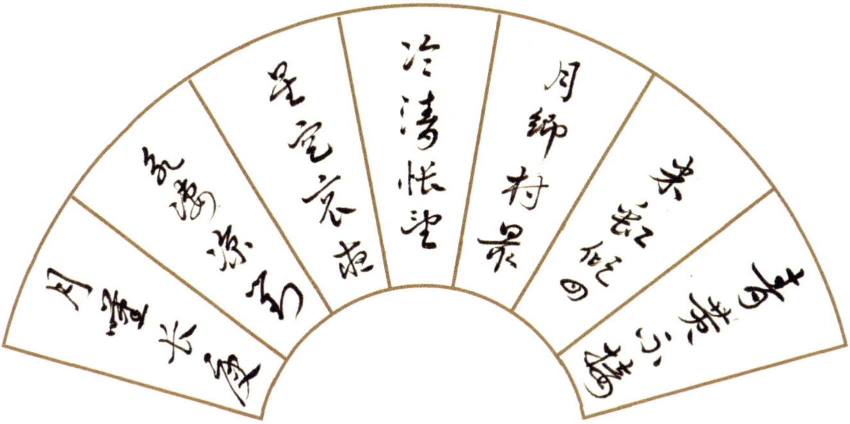

又

青黄不接米缸倾，
四月乡村最冷清。
怅望星空哀夜永，
凄凉对月叹长庚。

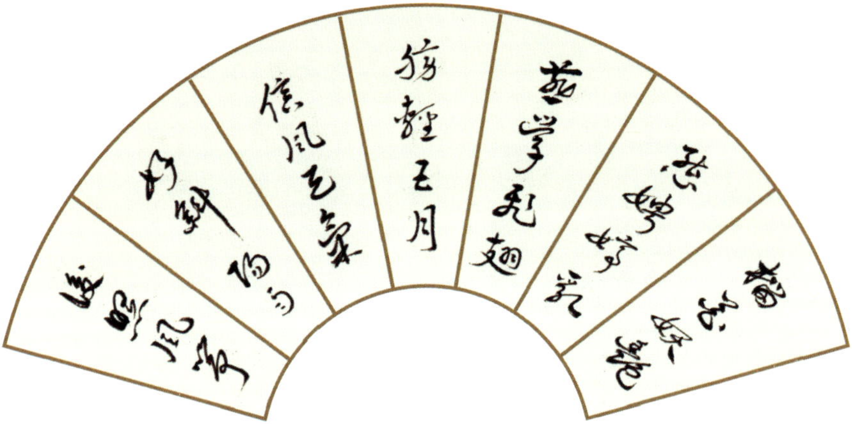

五月

榴花妖艳态娉婷，
乳燕学飞翅膀轻。
五月信风天气好，
斜阳雨后照风筝。

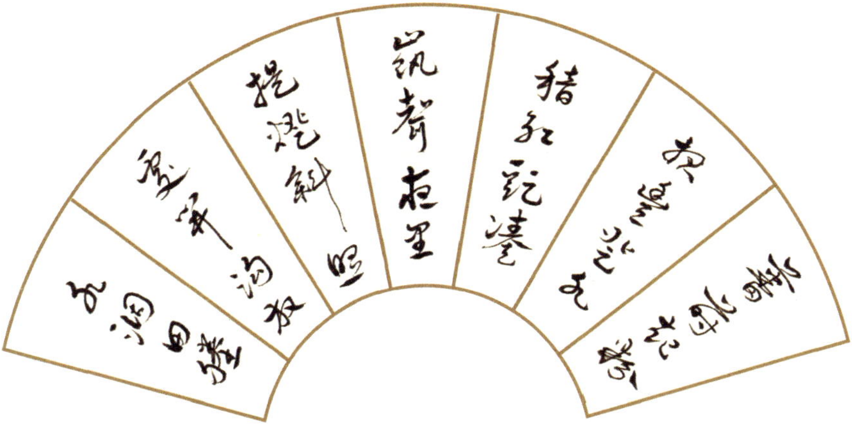

又

蕃薯起粉报丰登，

水稻红头凑凯声。

夜里提灯斜照处，

开沟放水涸田塍。

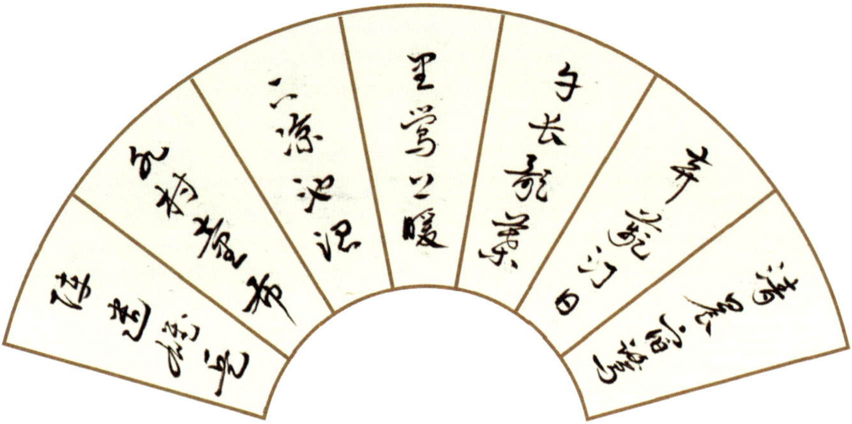

又

清晨宿鹭弃苹汀，

日午长歌叶里莺。

上暖下凉池沼水，

村童布阵遣雄兵。

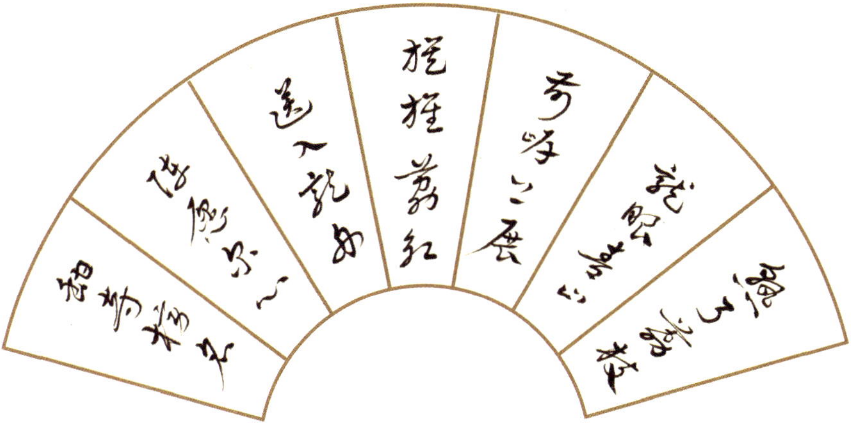

又

熟了荔枝龙眼青，
山前岸上展旗旌。
荔红送入龙舟阵，
愿尔心甜夺榜名。

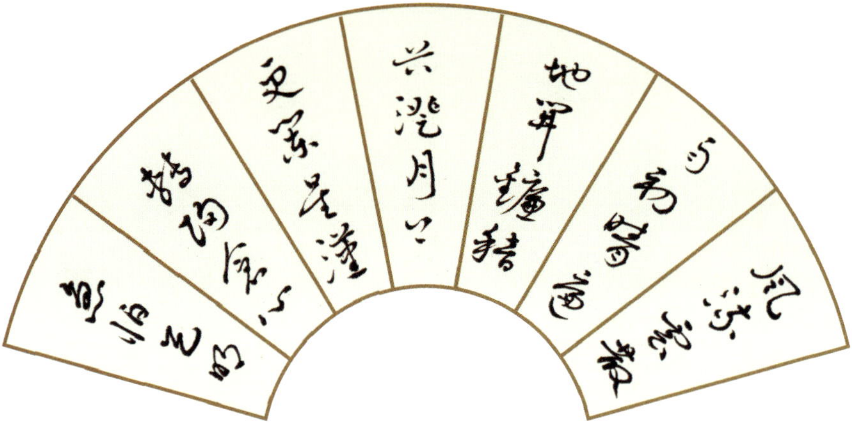

六月

风流云散雨初晴，
遍地开镰稻谷澄。
月上更阑星汉转，
归仓心急怕天明。

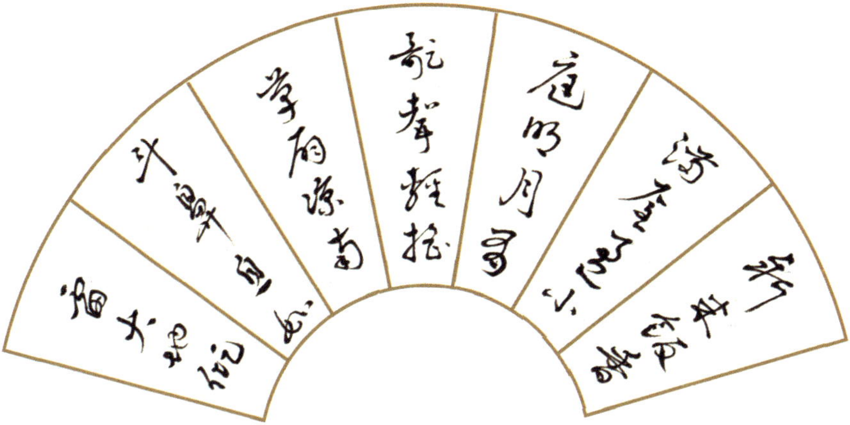

又

新米饭香满屋盈，

小庭明月有歌声。

轻摇草扇凉南斗，

鼻息如雷大地倾。

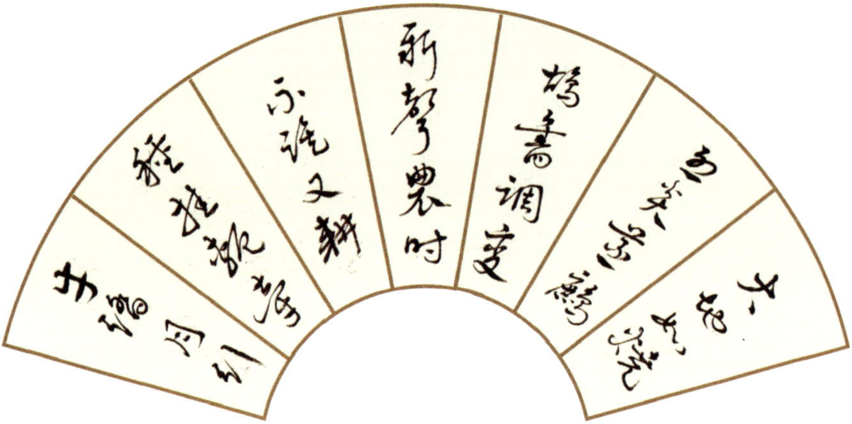

又

大地如烧烈炎蒸，
鹧鸪旧调变新声。
农时不误又耕种，
挂轭牵牛踏月行。

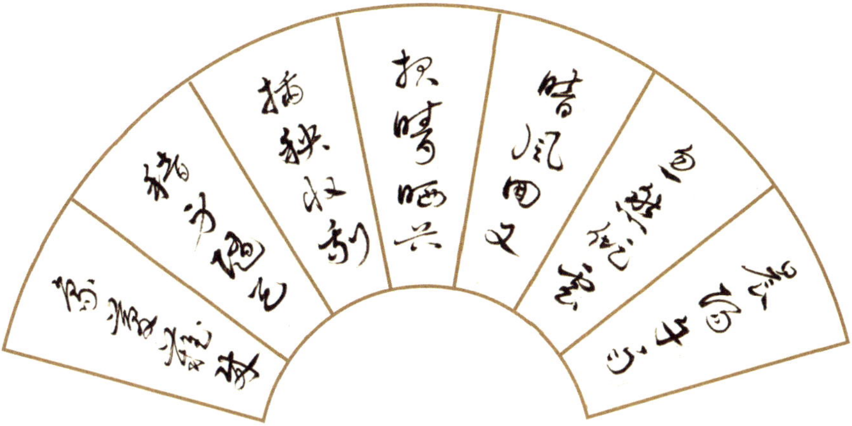

又

晨阳午雨忽然倾，

云暗风回又报晴。

晒谷插秧收剩稻，

身随天象梦难成。

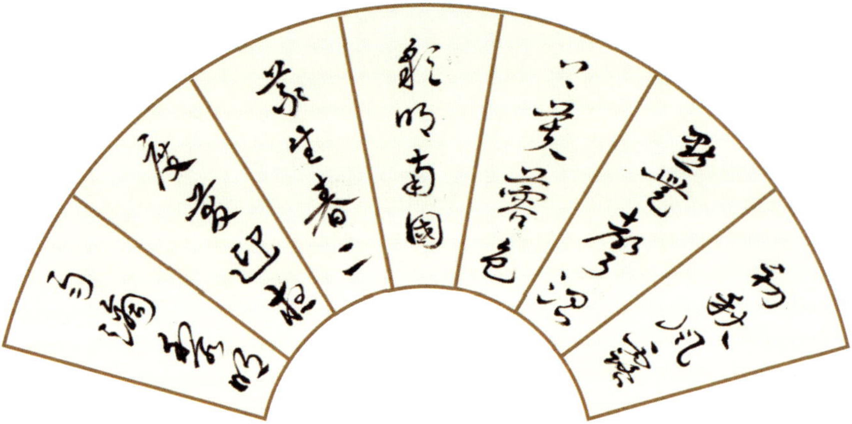

七月

初秋风露瑟无声，
沼上芙蓉色彩明。
南国丛生春二度，[①]
笑迎夜雨滴黎明。

① 树木在南方一年生长两次。

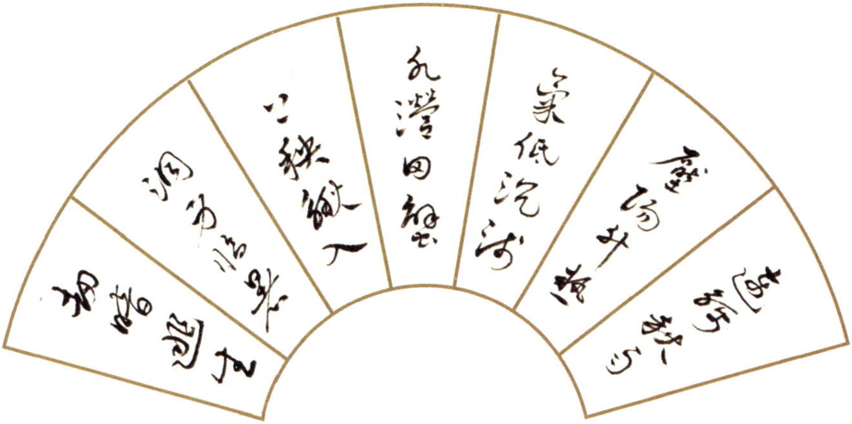

又

连绵秋雨压阳升，

热气低沉浅水潆。

田蟹上秧鳅入洞，

身临暑劫暗逃生。

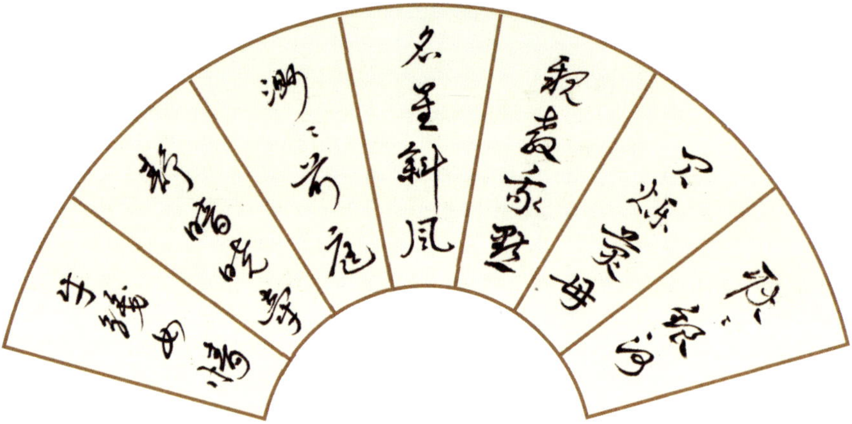

又

耿耿银河闪烁荧，
母亲教我点名星。
斜风渺渺前庭静，
暗晓牵牛织女情。

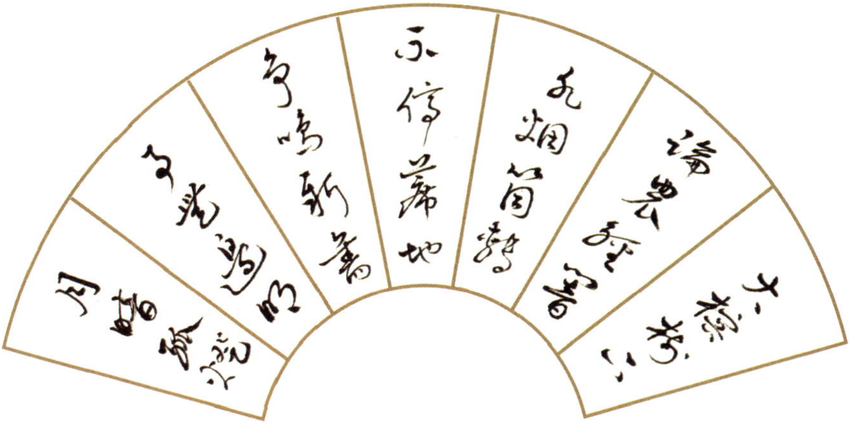

又

大榕树下论农经，

响水烟筒转不停。

席地争鸣新旧事，

无边明月暗孤灯。

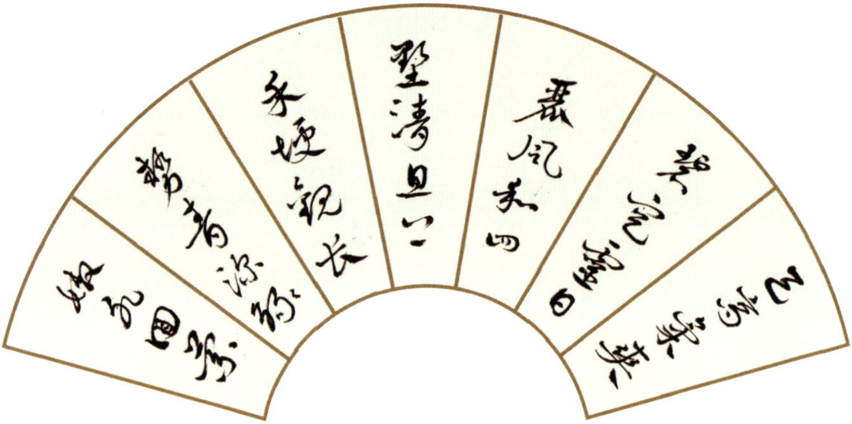

八月

天高气爽碧空灵，
日丽风和四野清。
且上禾埂观长势，
青深绿嫩水回萦。

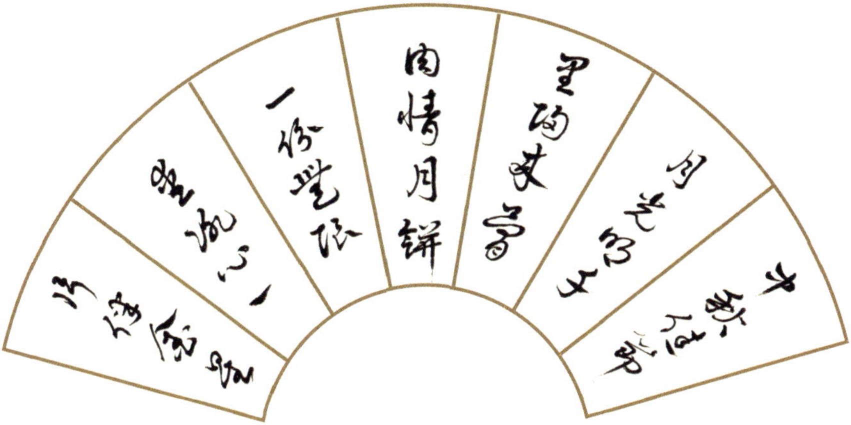

又

中秋佳节月光明，
千里归来骨肉情。
月饼一份无限爱，
冰心一片伴金星。

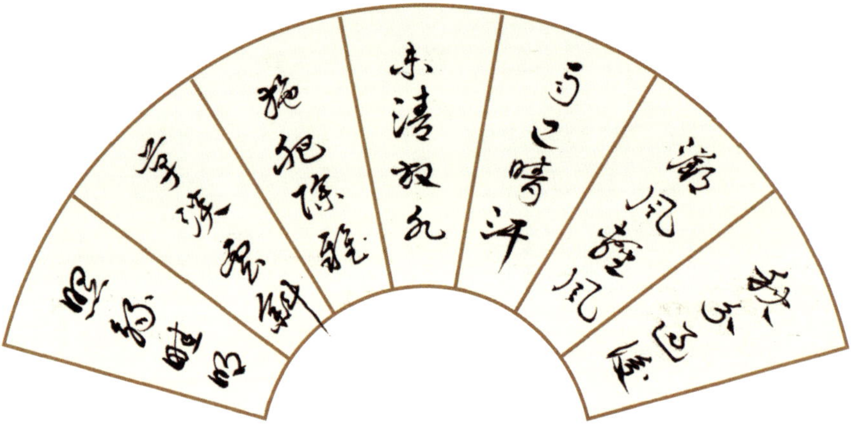

又

秋分过后溯风轻，
风雨已晴汗未清。
放水施肥除杂草，
淡云斜照绿畦明。

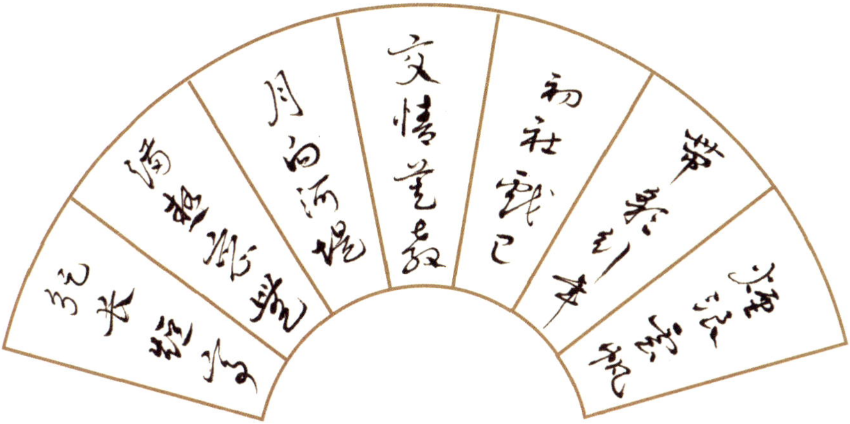

又

烟浪云帆带彩行，
年初社戏已交情。
莫教月向河堤满，
热恋无须长短亭。

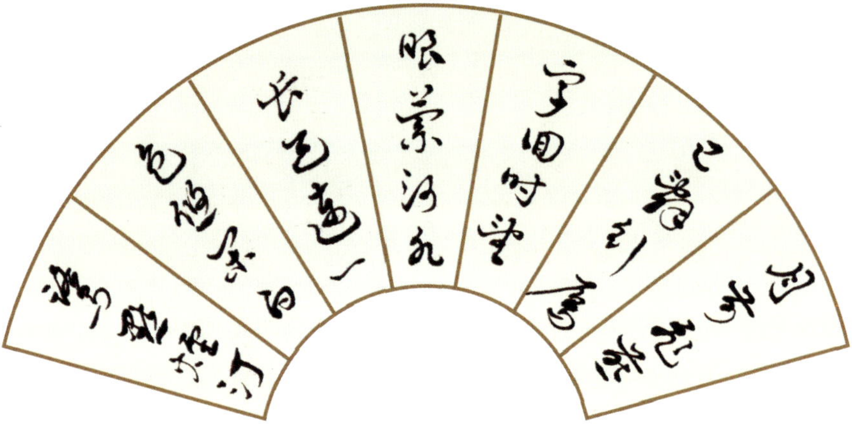

九月

月前飞燕已辞行，
雁字回时望眼萦。
河水长天连一色，
悠闲白鹭点烟汀。

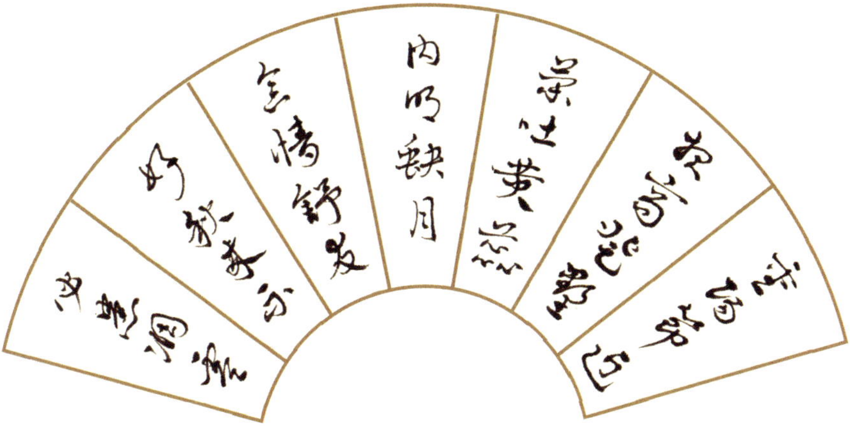

又

重阳节近报高登，

野菊吐黄蕊内明。

缺月含情舒友好，

秋来不必患凋零。

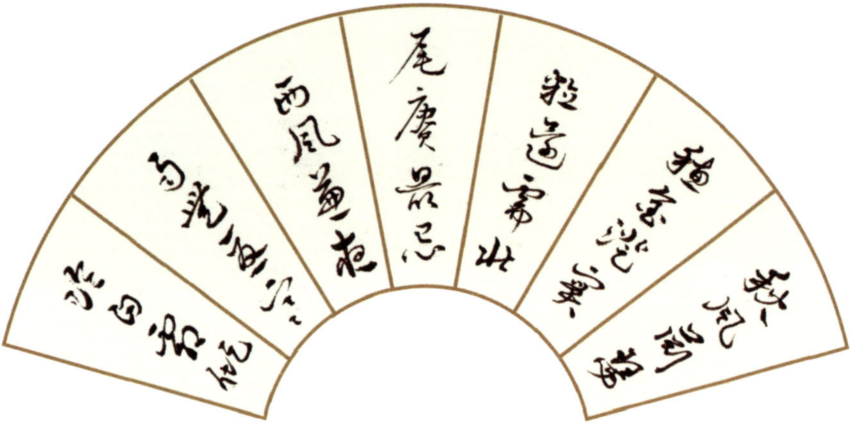

又

秋风萧瑟穗金澄，

实粒还需壮尾赓。

最忌西风兼夜雨，

无忧寒冷白霜倾。

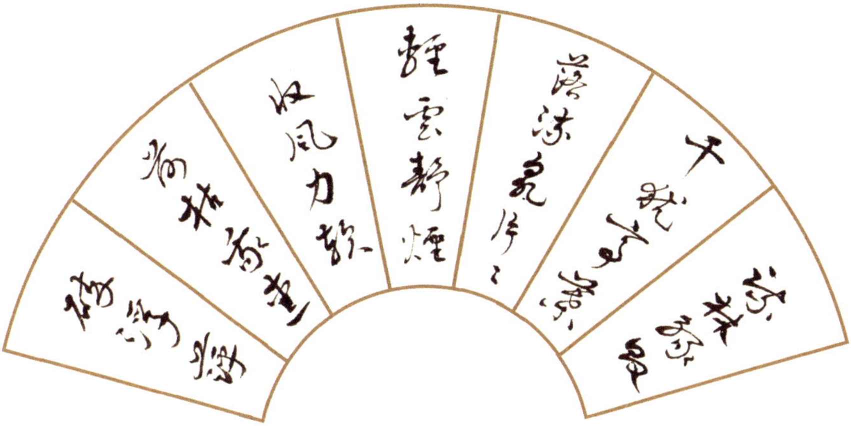

又

疏林绿败干犹亭，

叶落流泉片片轻。

云静烟收风力软，

荷枯我爱碎浮萍。

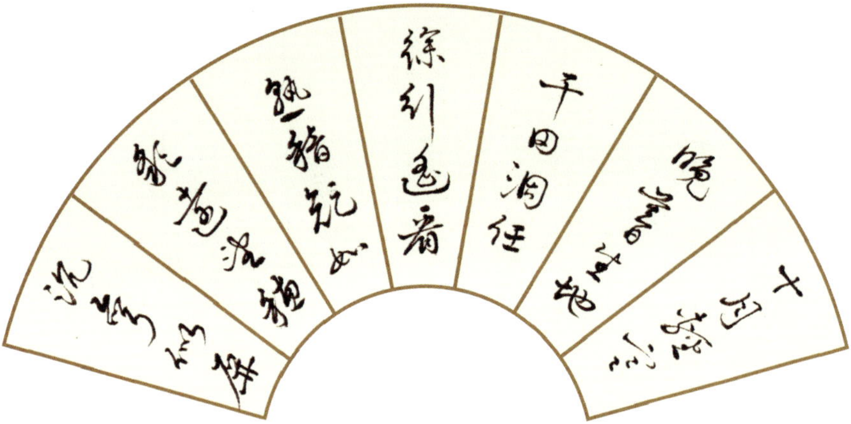

十月

十月轻寒晚暮生，
地干田涸任徐行。
遥看熟稻颜如彩，
远望穗沉弯似屏。

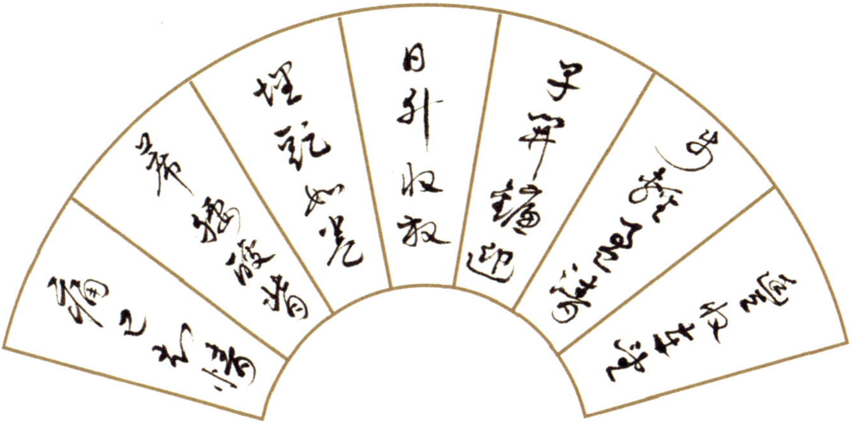

又

丰收在望步轻盈，
清早开镰迎日升。
收放埋头如卷席，
腰酸背痛已知情。

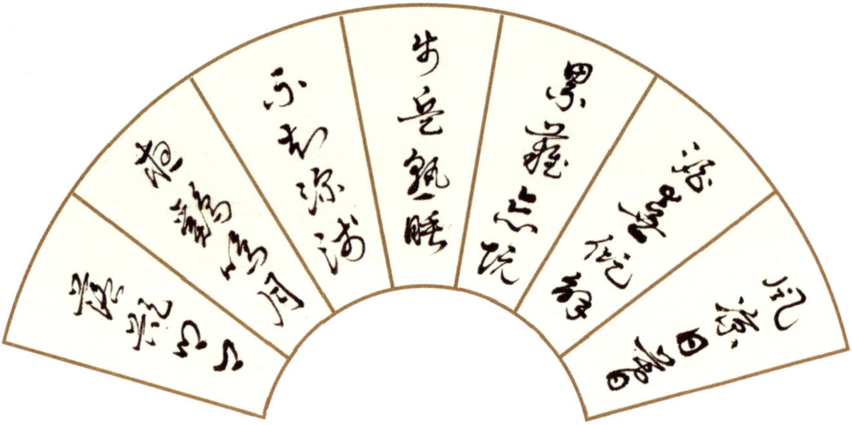

又

风凉日暮酒壶倾，
解累难忘阮步兵。
熟睡不知深浅夜，
鸡鸣月落欲卿卿。

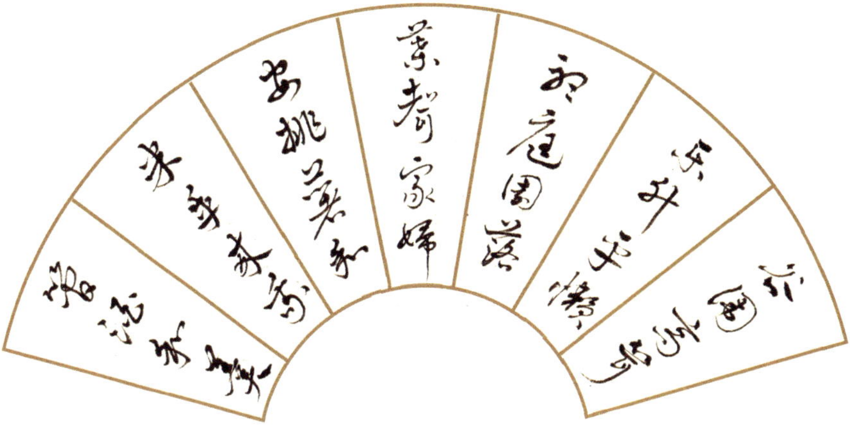

又

谷围高耸乐升平，
懒听庭园落叶声。
家妇安排薯共米，
年来我管酒和羹。

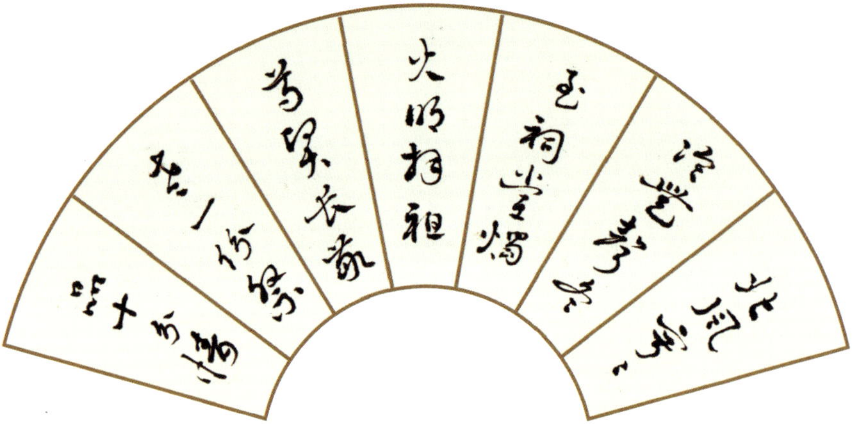

十一月

北风寂寂冷无声，
冬至祠堂烛火明。
拜祖尊贤长敬老，
一份祭品十分情。

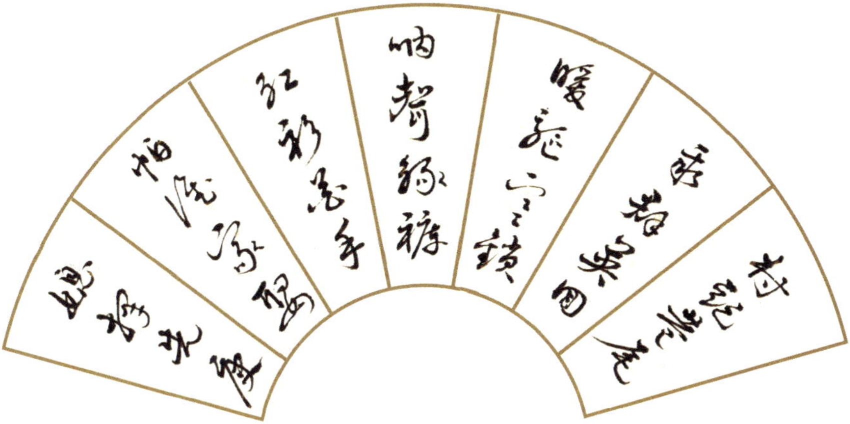

又

村头巷尾聚群英，

回暖驱寒唢呐声。

绿裤红衫花手帕，

谁家娶媳择先庚。

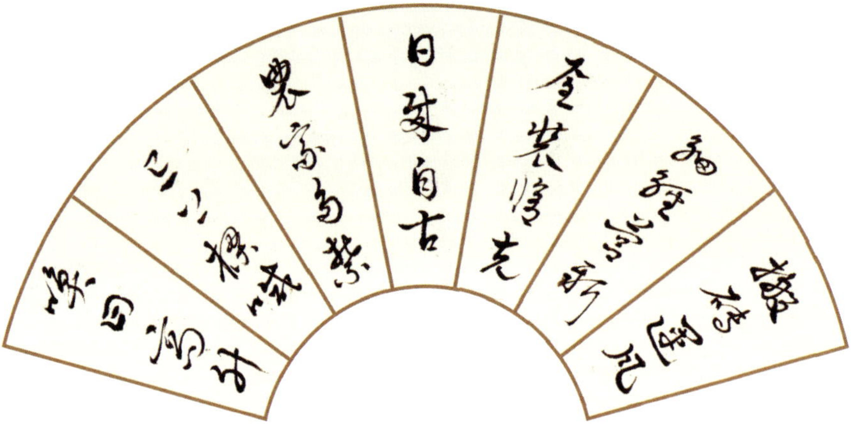

又

搬砖运瓦细经营，
新屋装修克日成。
自古农家多禁忌，
上梁喊唤曰高升。

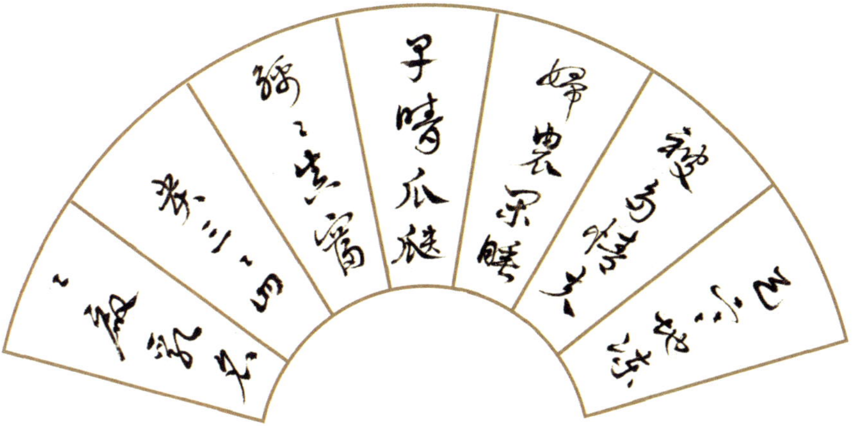

又

天寒地冻被多情，

夫妇农闲睡早晴。

瓜瓞绵绵真富贵，

三三四四启乳名。

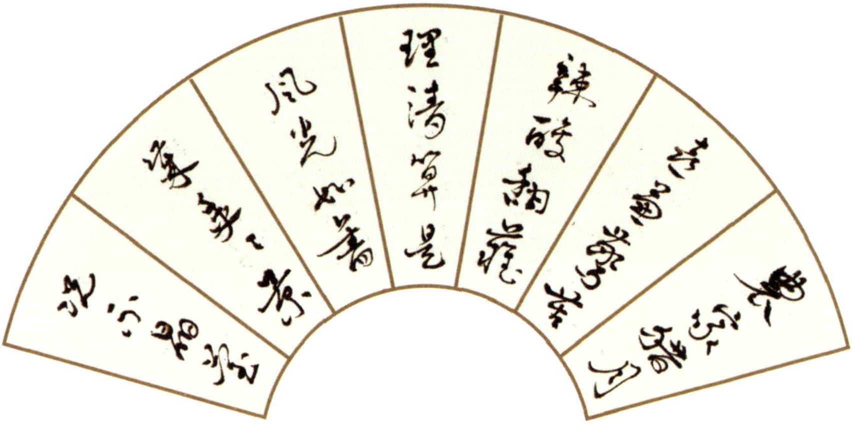

十二月

农家腊月喜兼惊，

苦辣酸甜难理清。

算是风光如旧岁，

年年景况不晶莹。

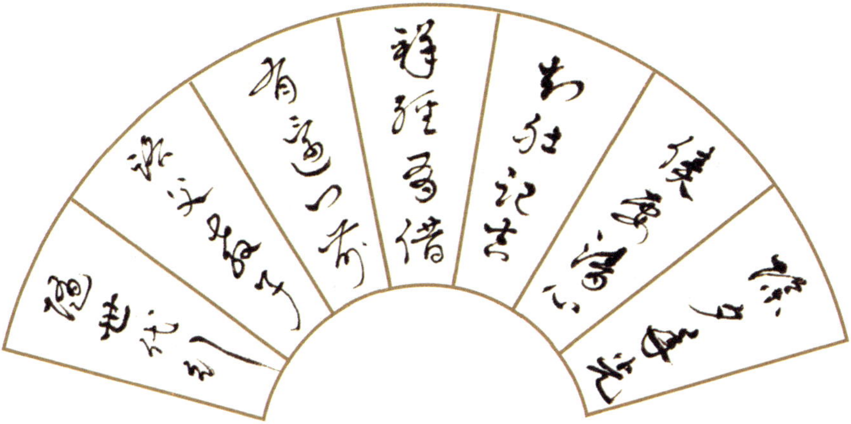

又

除夕年光债要清，

心知肚记吉祥经。

有还有借门前路，

父教子随世代行。

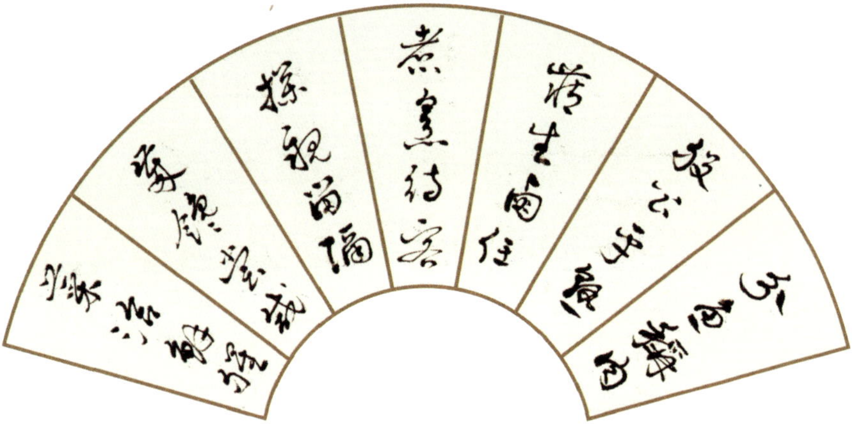

又

分鱼称肉股公平，

熟藏生卤任煮烹。

待客探亲留隔岁，

馋尝咸菜洽鲜腥。

又

暮云飘散露寒星，

香火计时灶火明。

锅煮年糕如炼铁，

孩童心急闹雷霆。

湖光岩十八咏

湖光岩十八咏

湖光岩乃天地间一异数与奇葩，为远古时期，地下水蒸气升腾爆炸形成玛珥湖。

水火相激，平地生雷，石破天惊。独特成因塑造了湖光岩奇异的地质面貌，催生别具一格的精神禀赋。它是探索地球奥秘的样本，观赏自然风光的平台，滋养一方文化的风水宝地。古往今来，世人敬之畏之歌之咏之，创造了丰厚的文明成果。它湖岩辉映，熙光潋滟，寺庵相望，暮鼓晨钟，传奇故事不绝于耳，摩崖石刻比比皆是，典籍诗文层出不穷，成为雷州半岛文明不可或缺之源泉。

戊戌孟春，余和《解放军画报》原副社长陈立人大校前往湖光岩访古探幽，现场拍照，观景吟哦，成七绝十八首，以表对其历史文化满怀景仰之情。

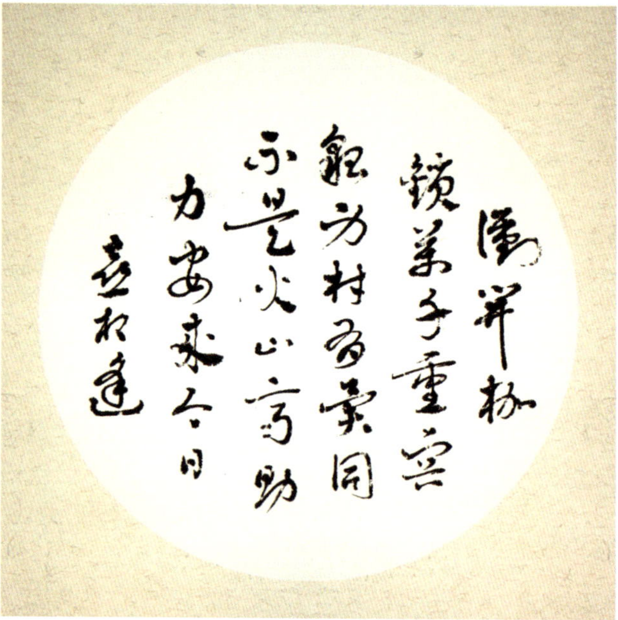

地质广场

冲开枷锁万千重，
容貌身材有异同。
不是火山齐助力，
安来今日喜相逢。

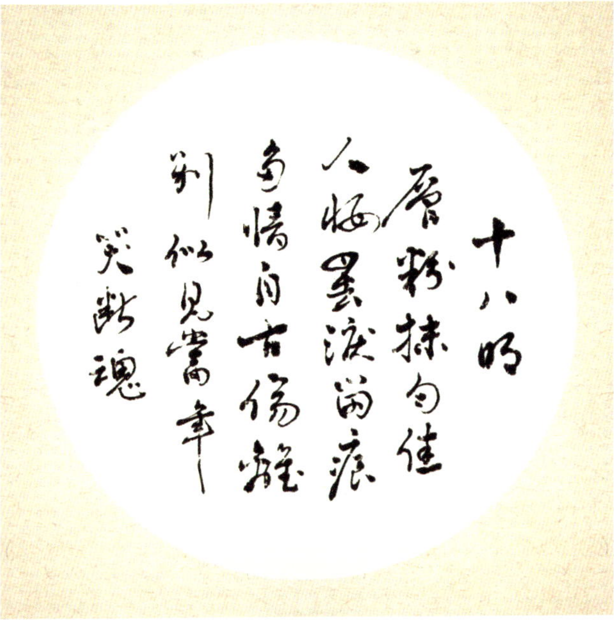

古浪蚀洞穴[①]

十八明层粉抹匀，

佳人妆罢泪留痕。

多情自古伤离别，

似见当年哭断魂。

① 古浪蚀洞为地质学名，岩体脱落流失所致，曾见证当年水平面。此处悬崖十丈，叠有岩体十八层。

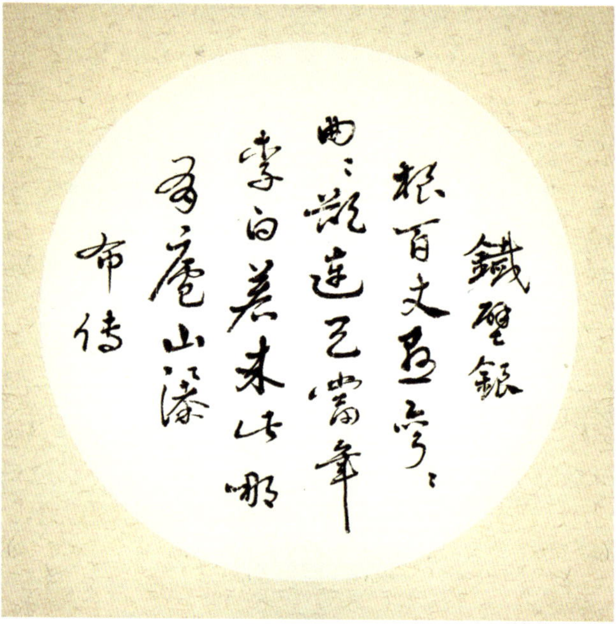

根瀑连云

铁壁银根百丈悬，

弯弯曲曲欲连天。

当年李白若来此，

哪有庐山瀑布传。

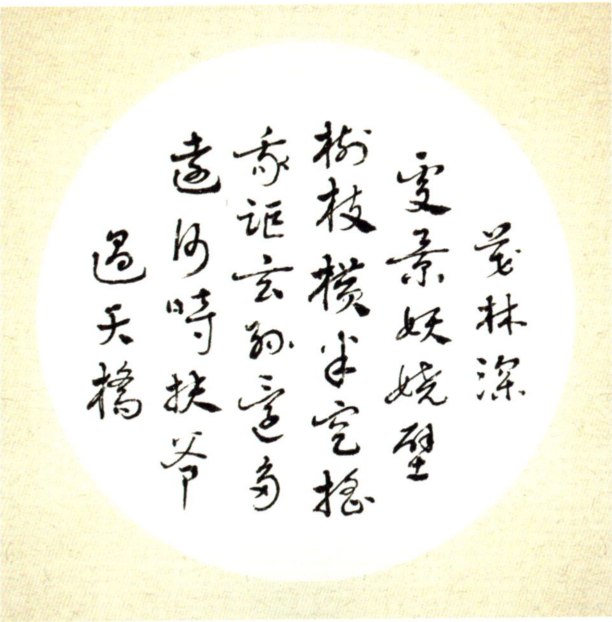

榕桥凌空

茂林深处景妖娆，
壁树枝横半空摇。
我距玄孙还多远，
何时扶爷过天桥。

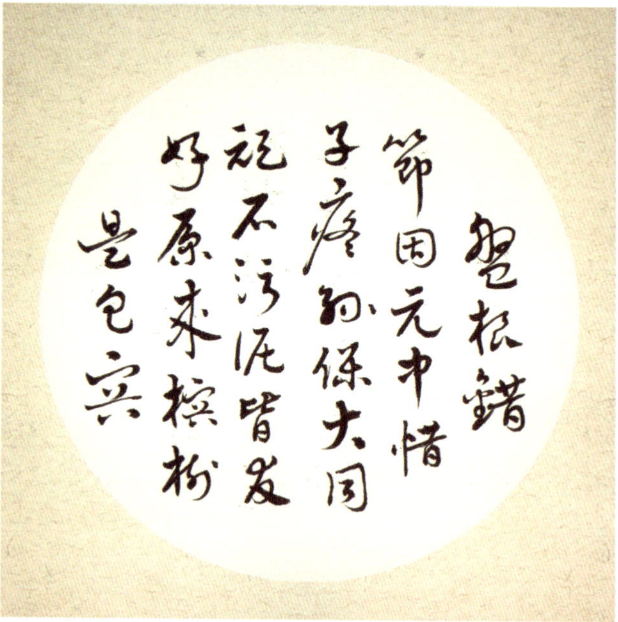

咏榕

盘根错节固元中，

惜子疼孙保大同。

顽石污泥皆友好，

原来榕树是包容。

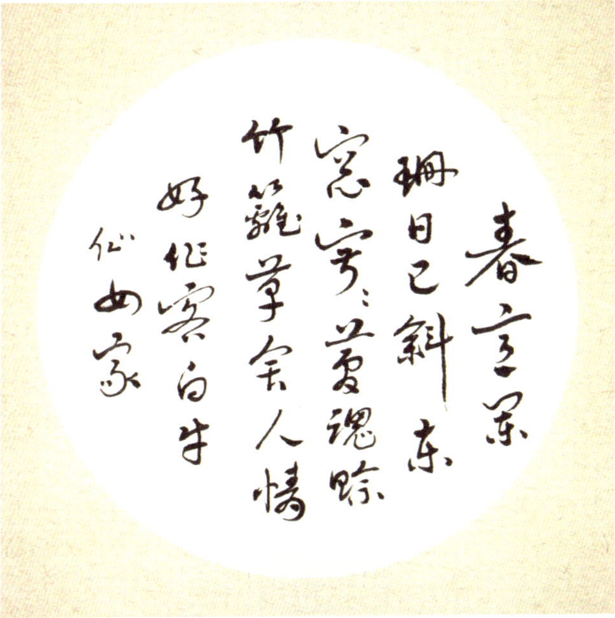

梦见牛女

春意阑珊日已斜，

东窗寂寂梦魂赊。

竹篱草舍人情好，

做客白牛仙女家。

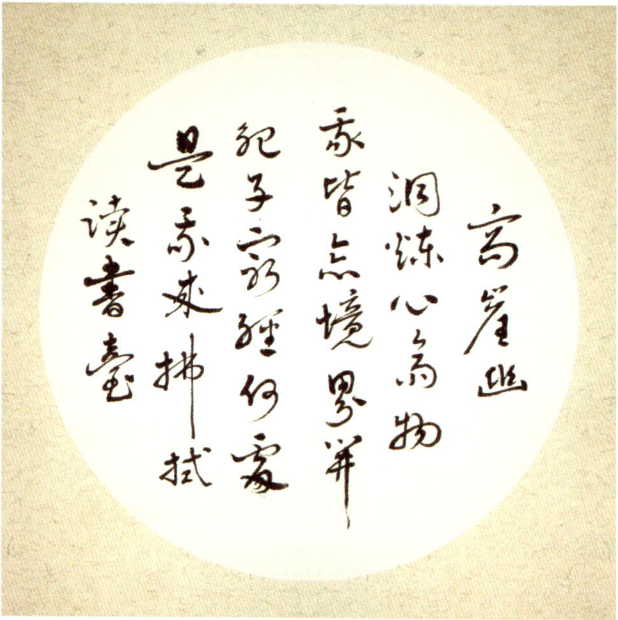

寻觅贤踪[1]

高崖幽洞炼心斋，
物我皆忘境界开。[2]
纪子穷经何处是，
我来拂拭读书台。

① 宋人纪应炎在湖光岩面壁，后中进士。
② 庄子把空明虚静的心境称为“心斋”，把离形去知的无我境界称为“坐忘”。

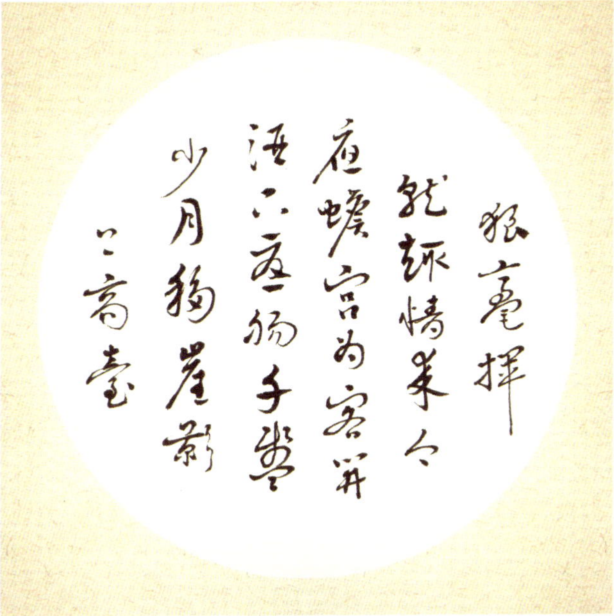

李纲醉月

狼毫挥就趣情来，[1]

今夜蟾宫为客开。

酒下忧肠千盏少，

月移崖影上高台。

① 南宋宰相李纲由高僧宗师陪同，欣然命笔写下“湖光崖”三字，后改为“湖光岩”。

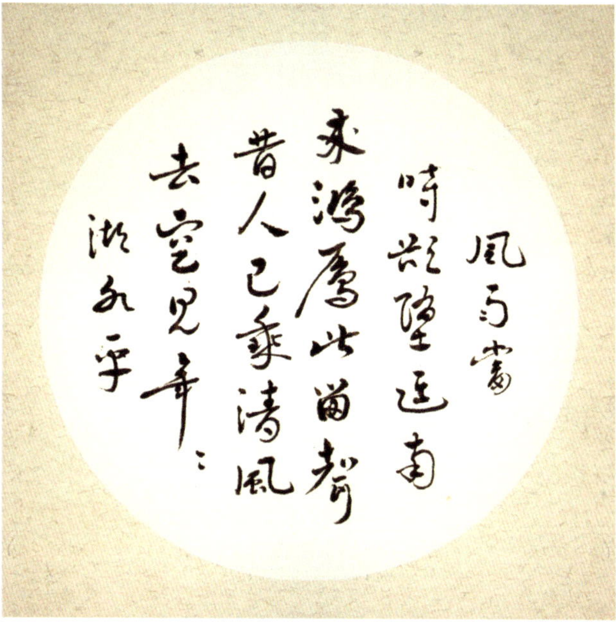

石刻摩崖[①]

风雨当时欲堕廷，

南来鸿雁此留声。

昔人已乘清风去，

空见年年湖水平。

① 在湖光岩楞岩寺附近崖石上刻有南宋宰相李纲题写的“湖光岩”三字。

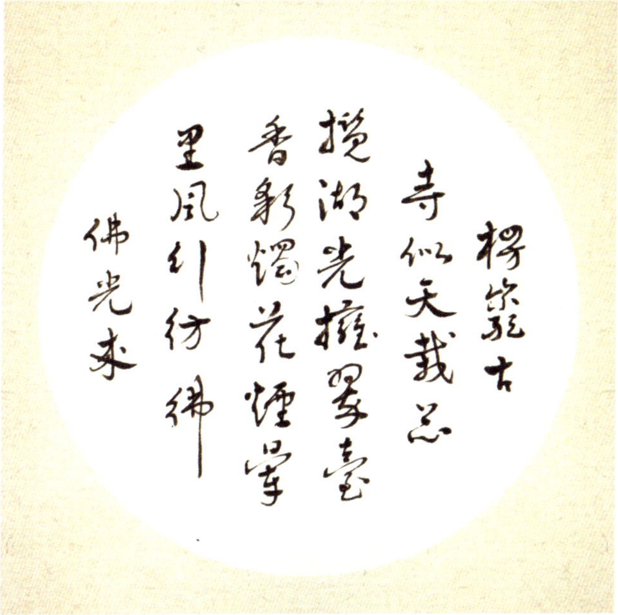

楞岩寺

楞岩古寺似天栽，
总揽湖光拥翠台。
香彩烛花烟晕里，
风行仿佛佛光来。

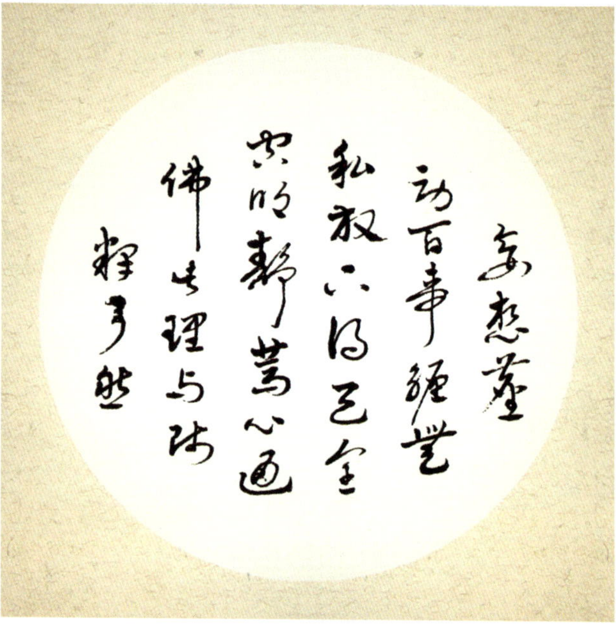

楞岩寺与法师论佛

妄想尘劳百事缠，

无私放下得天全。

空明静笃心通佛，

此理与师释了然。

楞岩寺谈经

苍茫湖水月光华，
院静台凉冷烛花。
儒僧啜茶谈顿悟，
清风佛影满袈裟。

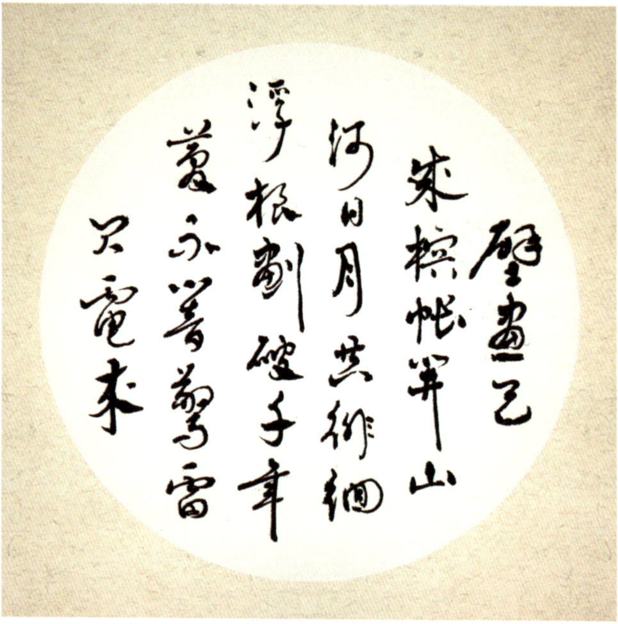

涌流凝灰岩[①]

壁画天成榕帐开，

山河日月共徘徊。

浮根划破千年梦，

不响惊雷闪电来。

① 涌流凝灰岩为地质学名，岩体脱落流失所致。

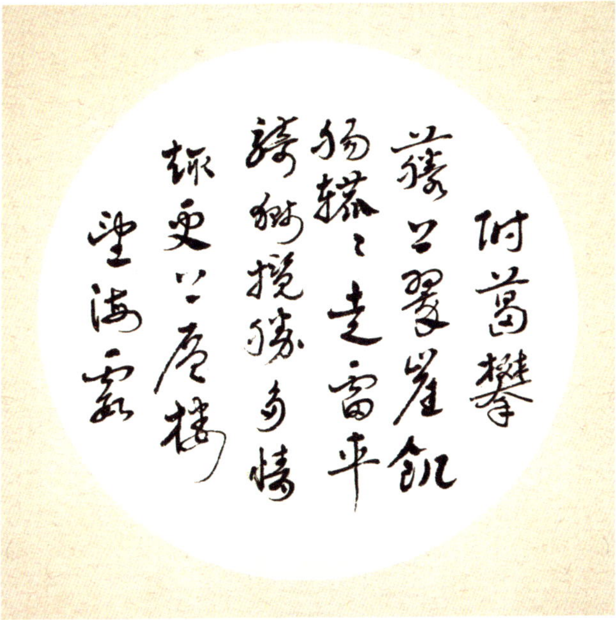

登狮子峰

附葛攀藤上翠崖，

饥肠辘辘走雷车。

骑狮揽胜多情趣，

更上层楼望海霞。[1]

① 狮子峰上有望海楼。

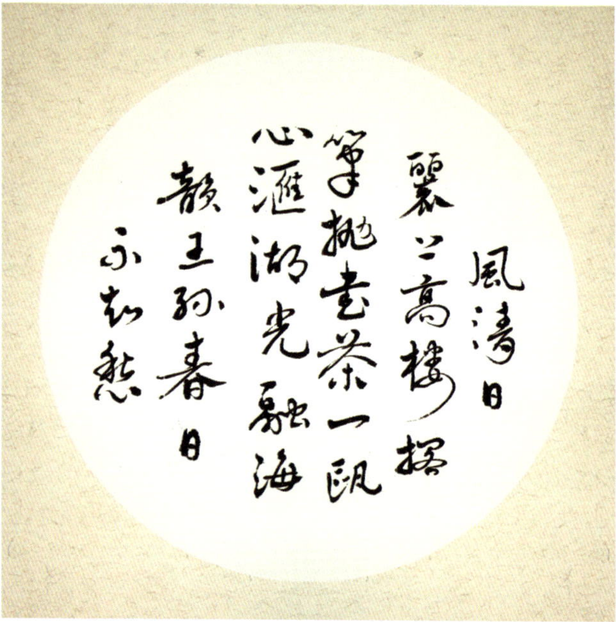

望海楼

风清日丽上高楼，
搁笔抛书茶一瓯。
心汇湖光融海韵，
王孙春日不知愁。

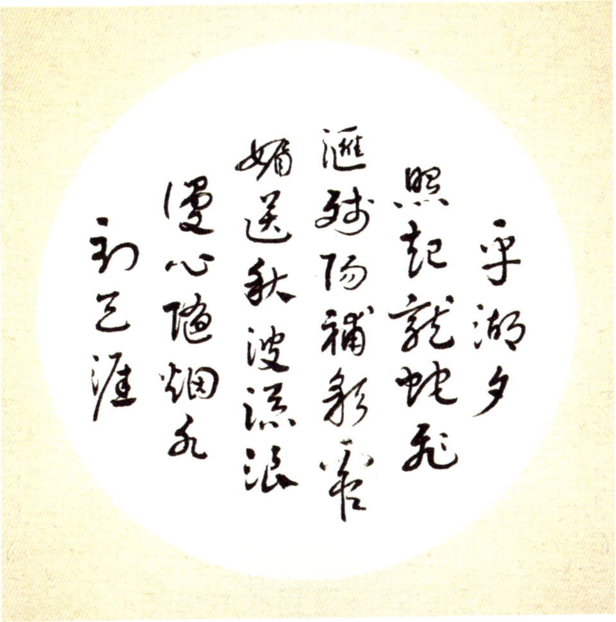

夕照台

平湖夕照起龙蛇，

飞汇残阳付彩霞。

媚送秋波添浪漫，

心随烟水到天涯。

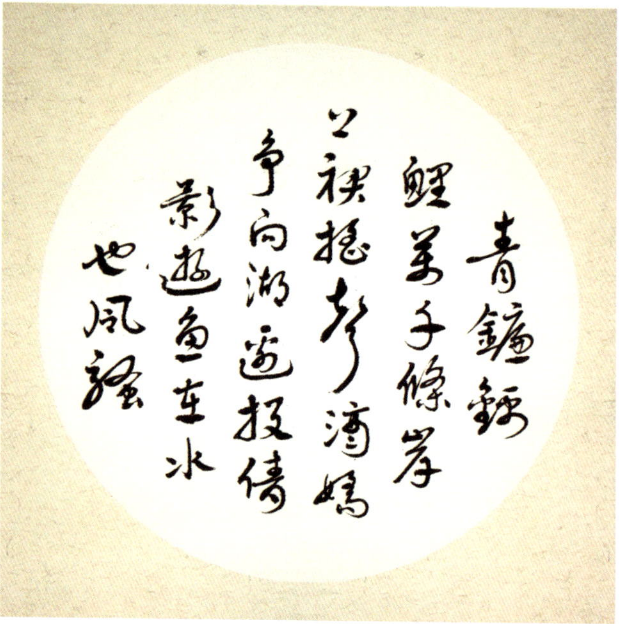

湖滨广场

青镰锦鲤万千条，
岸上裙摇声滴娇。
争向湖边投倩影，
游鱼在水也风骚。

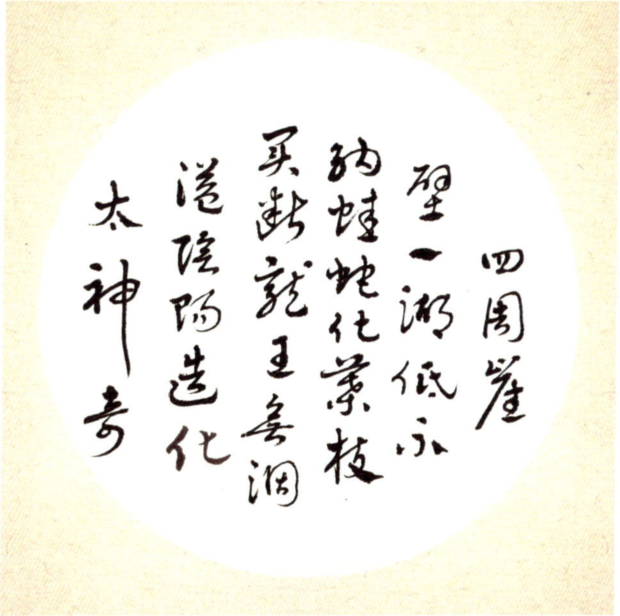

观湖有感

四周崖壁一湖低，
不纳蛙蛇化叶枝。
买断龙王无涸溢，
阴阳造化太神奇。

擘雷书院组诗

擎雷书院感怀

二〇一八年三月

雷州古有元代学宫、濬元、雷阳等书院。书院精神高山仰止，源远流长。其学术昌明，俊采风流。承文运于北斗，示士风于南邦。余首倡建立擎雷书院，绍续雷州书院之风气，旨为“剖儒家之元，析道家之奥，探释家之玄，兴微继绝；循历史之序，究文化之根，品民俗之果，守正创新”。具体功能为：讲学、藏书、祭祀、研究、培训。以此促进文风、社风丕振，襄助文化产品生产、文化产业发展，带动雷州乃至湛江文化旅游事业成规模、上档次、出品牌。擎雷书院位于风光秀丽的雷阳湖畔。岸线曲折多姿。然而，创办书院之路，也是曲折之路。

书院筹备五年，迟迟未建，由是感慨。

寇公门

去年今日立斯门，

草木枯荣又一轮。

雨水回寒惊蛰冷，

一声长叹已春分。[①]

① 雨水、惊蛰、春分乃节气名。

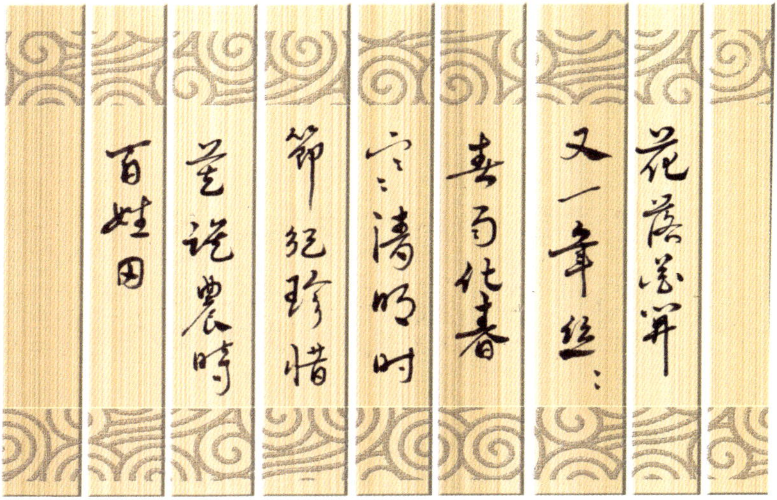

无题

花落花开又一年，

丝丝春雨化春寒。

清明时节须珍惜，

莫误农时百姓田。

书院抒怀

频添白发岁华催，
汤冷茶凉酒一杯。
纵是风云多变幻，
晚年心志寄擎雷。

雷阳湖

莺唱鸥鸣野鸭泅，
桃红柳绿竹枝修。
天开丽象乾坤洗，
地禀明湖日月浮。

顾书院选址

之一

才上三竿却又斜，
光阴荏苒孰能赊。
无情岁月苍凉地，
荒草狰狞咧龇牙。

之二

夕照残阳铺万家，
黄昏近迫走雷车。
劝君更尽壶觞酒，
西望浮云补断霞。

之三

湖水苍茫起浪花，
风吹垂柳月光华。
三巡过后无忧虑，
一品香泉煮黑茶。

之四

云白天蓝堪自嘉，
轻轩顺逆任生涯。
春风在手知时节，
谷雨清明摘嫩芽。

擎雷书院工程开工仪式偶成

其一

声声爆竹震湖陬，
鸥鹭仓惶弃绿洲。
抬望长空无雁阵，
席间人道是初秋。

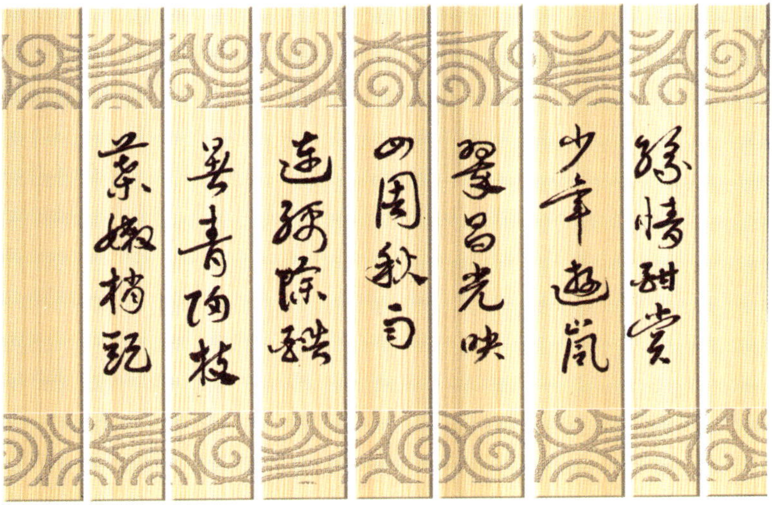

其二

缘情酣赏少年游，
岚翠昌光映四周。
秋雨连绵除酷暑，
青归枝叶嫩梢头。

其三

跋前踬后不言愁，
笑对当年苏子裘。[①]
来日乾坤何运转，
兰摧玉折忆观楼。[②]

① 苏秦游说秦国不被采用，所穿黑貂之裘破旧不堪。
② 观楼即岭南学者陈昌齐，乃越秀书院、雷阳书院山长。

其四

烟笼秋水雾笼丘，
波浪漂浮一叶舟。
两岸青山遮不住，
江河毕竟向东流。

工作室感怀

近日，书院工地用轻质材料搭建工棚，苟当工作室。其建筑随意，造型新颖，房间宽敞，虽简陋却凝重。作小诗以志。

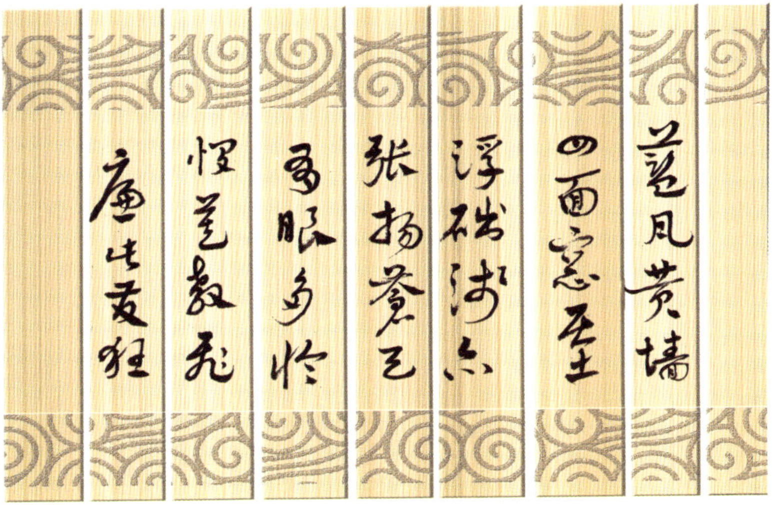

其一

蓝瓦黄墙四面窗，
基浮础浅亦张扬。
苍天有眼多怜悯，
莫教飞廉此发狂。

其二

名木新栽满目苍，
扶疏枝叶列屏厢。
晨扬百啭多情曲，
夜写银华水月光。

其三

门纳菁华吐八荒，
湖光云影入厅堂。
南山景色悠然见，
胜却东篱赏菊黄。

其四

琴韵书声翰墨香，
心闲方寸是天长。
夜窗梦断留风月，
邀请刘伶再举觞。

擎雷书院八景

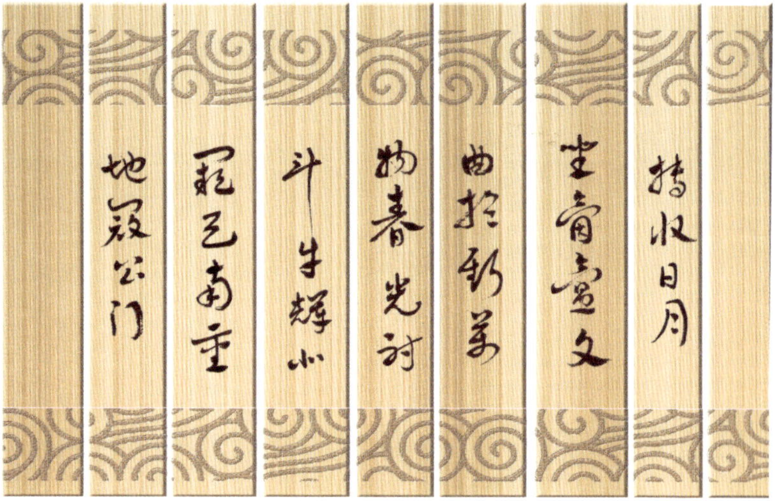

寇公门

传收日月坐氤氲，
文曲于斯万物春。
光射斗牛辉北阙，
天南重地寇公门。

苏子堤

大江东去莫追寻，

云梦南州付道心。

苏子堤长连楚豁，

月明风袅水龙吟。

楚豁岛

撕去斜封岁月尘，
依然璀璨一时新。
开疆拓土春秋事，
楚豁名前忆古人。

春熙园

输赢未决待明年，
姹紫嫣红斗艳颜。
啼软流莺蜂蝶累，
一声杜宇又争妍。

腾蛟湾

雷阳湖水浪千重，

蛰伏蛟龙化彩虹。

一柱擎雷云雾致，

飞腾四海卷苍穹。

鉴桥

玉颜半醉泛红潮，
对对双双过鉴桥。
最是留连波底月，
人间天上共良宵。

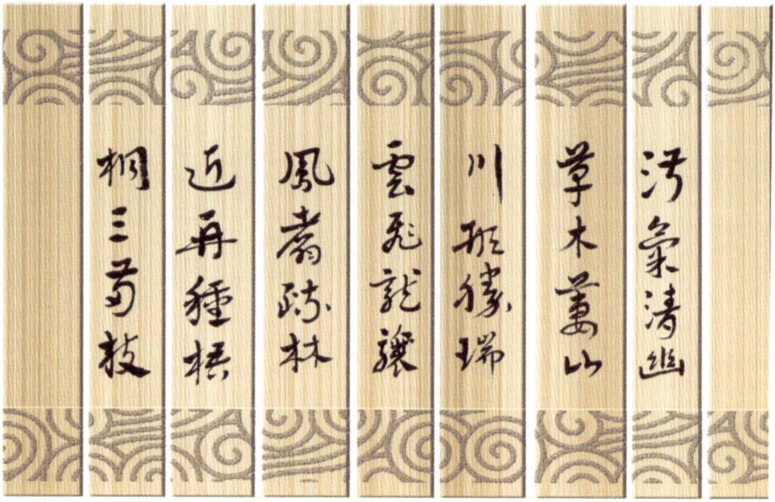

起凤嘴

淑气清幽草木萋，

山川形胜瑞云飞。

龙骧凤翥疏林近，

再种梧桐三两枝。

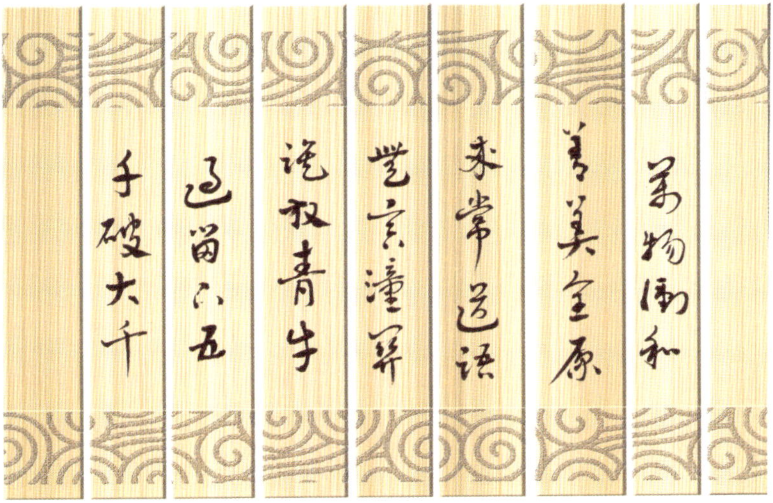

冲和广场

万物冲和善美全，

原来常道语无言。

潼关误放青牛过，

留下五千破大千。

诗化环境

二〇二一年一月

时值庚子寒冬，擎雷书院主体工程进展顺利，环境建设如火如荼。余亲历亲为，作七绝小诗一组以记。

其一：广植罗汉松

（十二月六日）

斜风细雨作寒期，

冶艳园林莫负时。

纵是春风红共紫，

情投绿叶与青枝。

其二：种亮叶木莲树

（十二月十五日）

湖光潋滟泛涟漪，

映眼木莲亮叶枝。

蛇曲龙蜒摇碧浪，

景融太白少陵诗。

其三：沿路种三角梅

（一月八日）

朝露莹莹冬日迟，

寒云漠漠散轻丝。

蝶眠未醒蜂知晚，

一路飘红三角梅。

其四：门外造景

（一月十日）

寇公门外起风雷，

虎踞龙盘隐翠微。

文曲于斯辉北阙，

紫虚鸿雁正南归。

其五：修剪荔枝

（一月十三日，腊月初一）

剪去残弱育壮枝，

新痕犹散旧芳菲。

天南五月荔枝熟，

洒扫庭除接贵妃。

其六：立奇石

（一月十四日，腊月初二）

似龙似虎似鹰飞，

日月精华各具姿，

谁解天公情与意，

造型取势自然奇。

其七：植草皮

（一月十七日，腊月初五）

一夜清风芳草萋，

丹青粉笔莫相疑。

湖连绿野堤连月，

不待春来烟雨时。

其八：亮路灯

（一月十九日，腊月初七）

环湖一线火龙飞，

直上扶摇银汉低。

的砾流光惊水月，

芳丛斜照见新枝。

其九：筑山延脉

（一月十九日，腊月初七）

苍茫湖水白云飞，

风卷嵯峨落院西。

新土容颜非旧土，

山光月影总相宜。

其十：装修门楼

（一月二十日，腊月初八）

鲲鹏展翅九天垂，

光射斗牛锦绣堆。

淑气氤氲淳化物，

卿云烂漫入擎雷。

工地酷暑

五月二十日

其一

天气今年非旧时，
才来小满火流驰。
炎蒸太盛为何故？
木匠不留身上衣！

其二

平湖漠漠敛涟漪，

酷暑游鱼水底栖。

泥匠低声祈赤帝，

心忧降雨滑高梯。

其三

骄阳似火热成堆，
晒哭石头无泪垂。
暗扫香尘风力软，
闲分薏粥盼惊雷。

其四

黎明即起借晨曦，
造景园林不负时。
酒力频催诗兴发，
且将莽石赋神姿。

题九天揽月石景

九天揽月气横秋，

万里云霄一望收。

拭去嫦娥芳泽泪，

人间正道复兴猷。

题书院仿宋建筑

青墙黛瓦顶尖收，
翘角飞檐细线流。
斗拱抚山红木柱，
分明回转宋时游。

擎雷书院新八景

清明、谷雨间，书院连片种植酸枝、沉香、格木、黄花梨等名贵树苗数百棵。见其发芽抽叶，乐从心来，得诗一组。

雨后新苗

密云已散鸟鸣啾，
春意催芽雨未收。
复照斜阳平野静，
新苗烂漫叶齐抽。

玉蕊山

湖边玉蕊满山丘，
疑是帝皇落帽裘。
鸥鹭近来恩宠恃，
成双成对闹枝头。

缉熙台

缉熙台上凤凰游，①
登望湖天溯碧流。
芳草烟林连日暮，
怡人风月满汀洲。

① 台上建有来仪亭。

来仪亭

翼然栖石蔚然丘，
亭外烟波万顷秋。
日就月将新秀出，
来仪龙凤慕雷州。

笔架山

五指如峰笔架浮，

畅游翰海驾轻舟。

水为墨汁湖当砚，

气韵形神贯九州。

果园新栽

园苗招展嫩梢头，
到此心宽百事休。
映晚晴霞浑醉酒，
流觞曲水且赓酬。

是山

是山虽矮士山猷，
今日是山昨日不。
花木扶疏奇石暖，
暗香浮动月光流。

楚豁木棉

楚豁岛圆对月愁，
木棉独立苦难酬。
莺声无懒催春去，
寄意秋光烟雨楼。

寻和园组诗

导和园组诗

导和园位于余之故乡北边村西，始建于2007年夏暑。其宽不过廿丈，地不足四亩。园主既非达人，亦非豪富。钱帛用之有限，精神耗之无数。天性天然，自乐自娱。观其前临浩渺，内溢清淑。茅亭草轩，争红紫之妍；小桥流水，同构丹翠之姝。树根盘礴而岩直，竹影扶疏而窗虚。万羽争妍于云影天光，百啭清圆于参天佳木。霞蒸而日氛，岚幻而风徐。吟花石净，醉月草酥。得影随形，涉门有趣。欲造孤村之讲堂，海滨之邹鲁。以报乡亲之恩，故土之哺也！

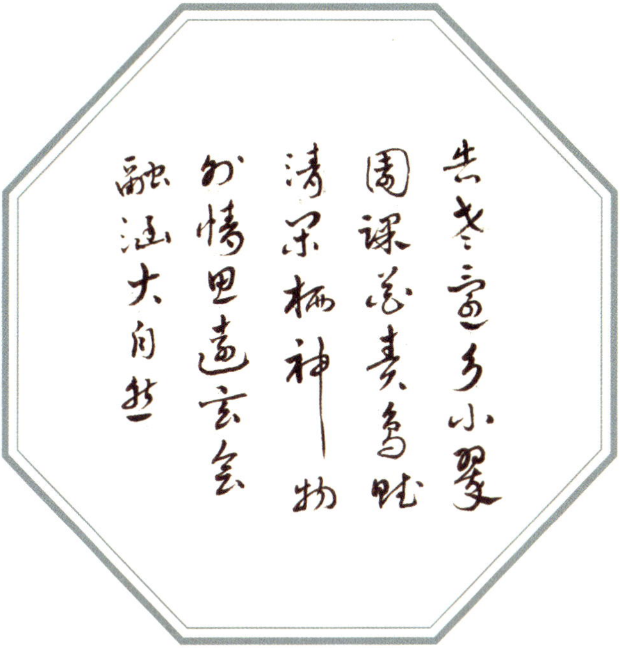

和园抒怀

告老还乡小翠园，

课花责鸟赋清闲。

栖神物外情思远，

玄会融涵大自然。

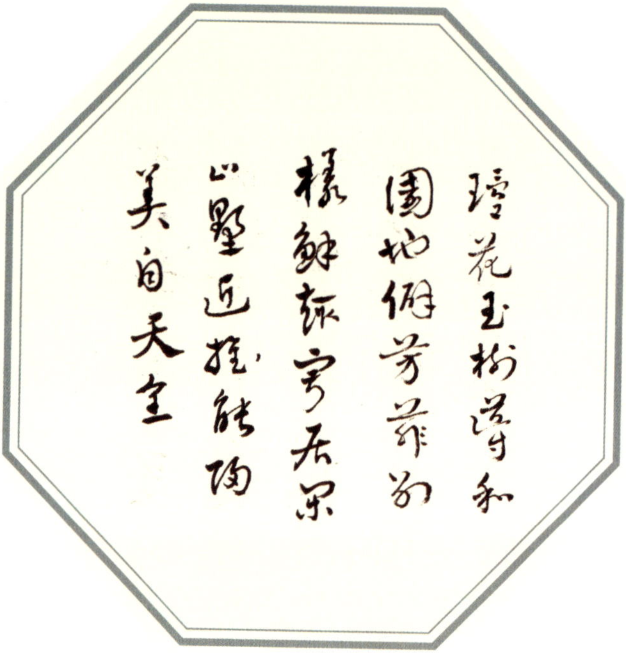

导和园

琼花玉树导和园，
地僻芳菲别样鲜。
趣寂居闲山野近，
推能归美自天全。[①]

① 道家有四标论：日月云霞为天标，山川草木为地标，推能归美为德标，居闲趣寂为道标。

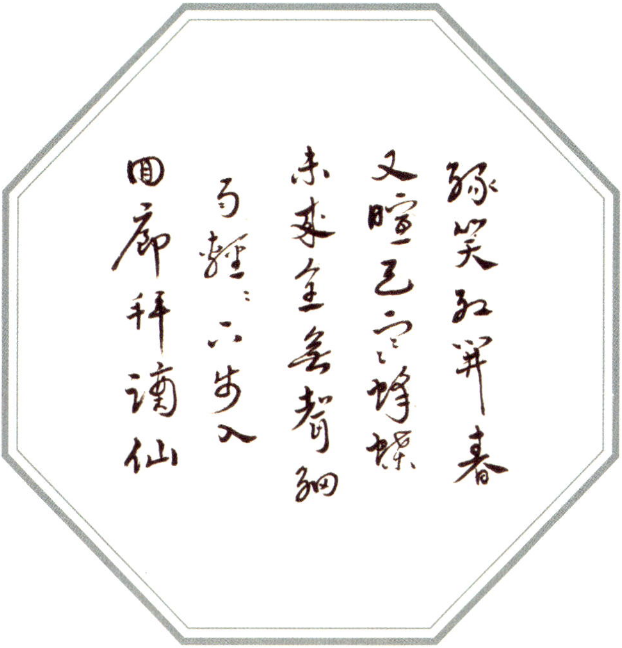

和园春早

绿笑红开春又暄，

天寒蜂蝶未来全。

无声细雨轻轻下，

步入回廊拜谪仙。

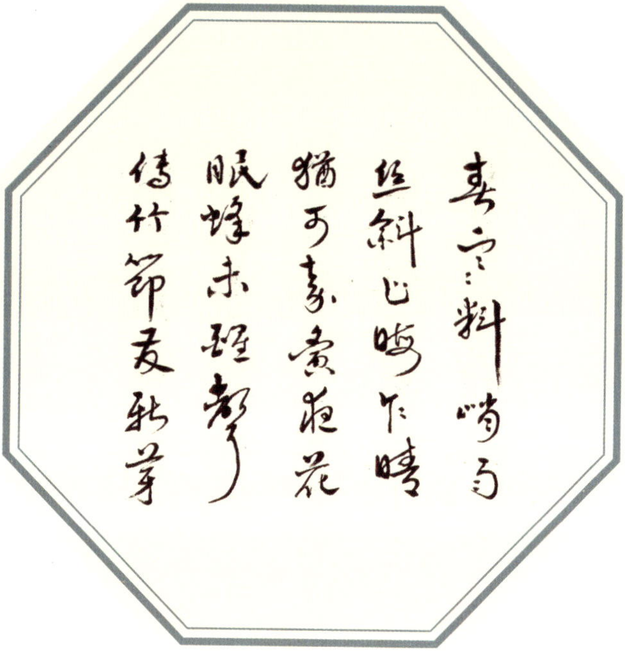

和园春宵

春寒料峭雨丝斜，

乍晦乍晴犹可嘉。

黄夜花眠蜂未醒，

声传竹节发新芽。[1]

① 竹节，树名，四季常青。

和园暮春

枝叶全新谷雨春，
莺喉燕舌不须分。
鸾俦鹤侣园中聚，
活火烹茶迎贵人。

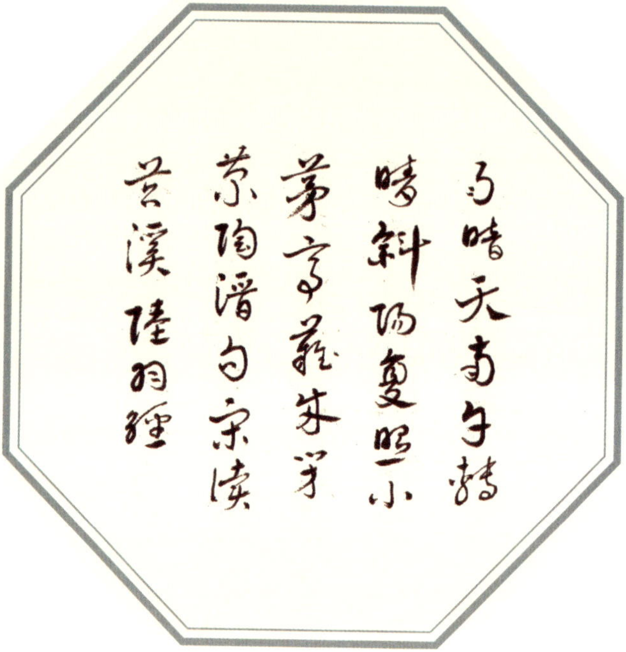

和园夏日

雨暗天南午转晴，
斜阳复照小茅亭。
难成采菊陶潜句，
闲读茗溪陆羽经。

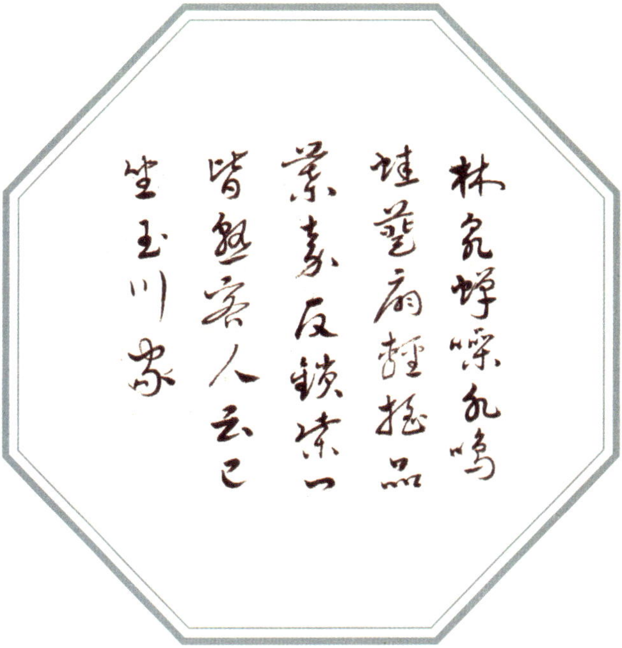

和园夏晚

林泉蝉噪水鸣蛙，

葵扇轻摇品叶嘉。

反锁柴门皆熟客，

人云已坐玉川家。[①]

① 叶嘉即茶，苏东坡有“叶嘉传”。玉川即卢仝，卢仝茶歌是咏茶的千古绝唱，其中有“柴门反关无俗客，纱帽笼头自煎吃”。

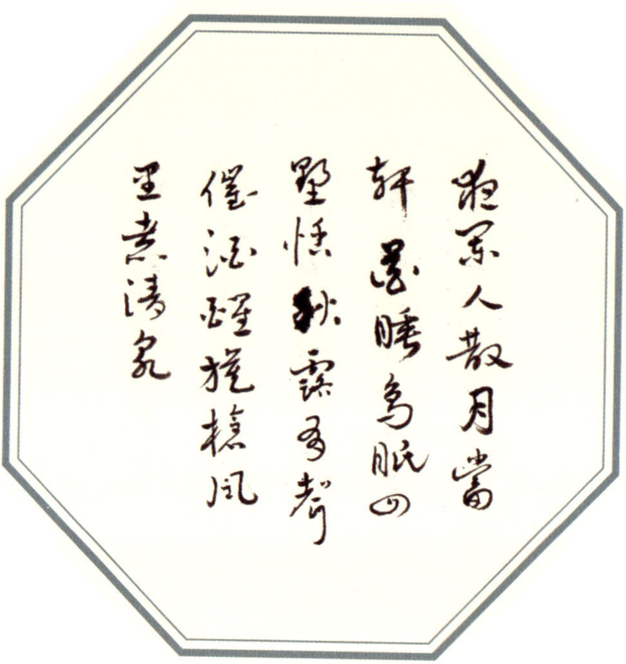

和园秋夜

酒阑人散月当轩，
花睡鸟眠四野恬。
秋露有声催酒醒，
旗枪风里煮清泉。

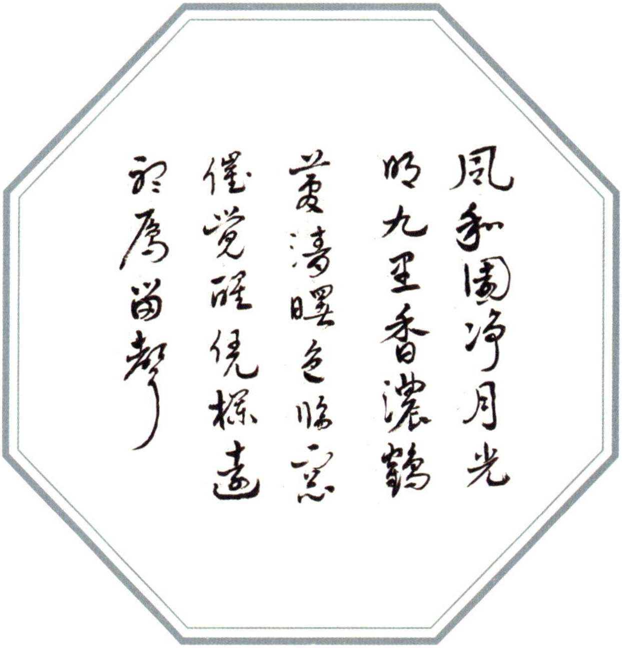

和园秋梦

风和园净月光明，

九里香浓鹤梦清。

曙色临窗催觉醒，

凭栏远听雁留声。

和园冬日

瑟瑟寒风瑟瑟身，
白云明月缺全真。
焚香取暖樽前乐，
对饮持螯盏盏新。

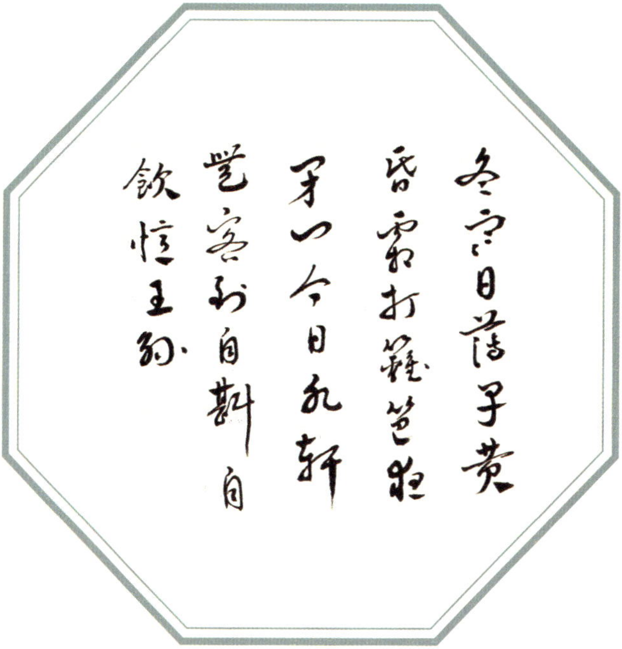

和园冬夜

冬寒日薄早黄昏，
霜打篱笆夜闭门。
今日水轩无客到，
自斟自饮忆王孙。

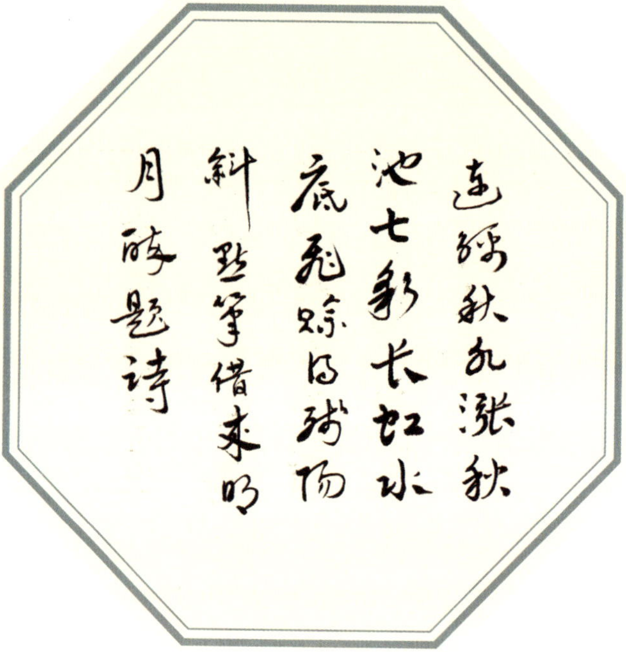

和园曲水

连绵秋水涨秋池，

七彩长虹水底飞。

赊得残阳斜点笔，

借来明月醉题诗。

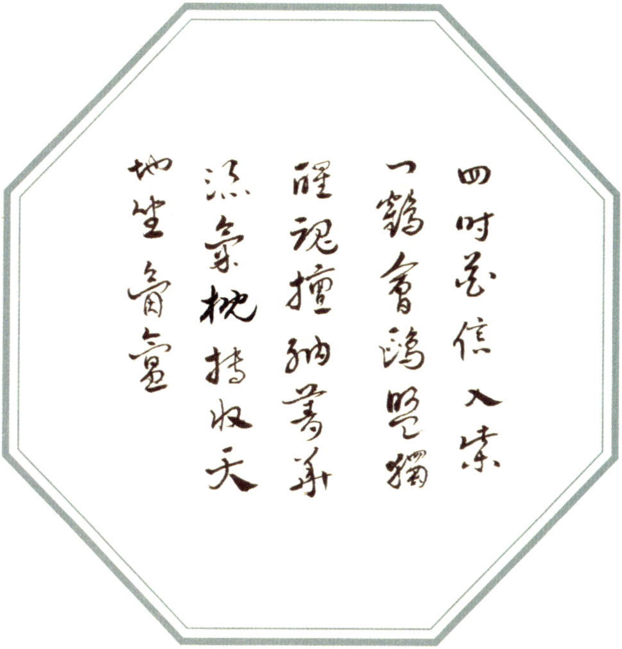

和园漫步

四时花信入柴门，
鹤会鸥盟独醒魂。
擅纳菁华添气概，
抟收天地坐氤氲。

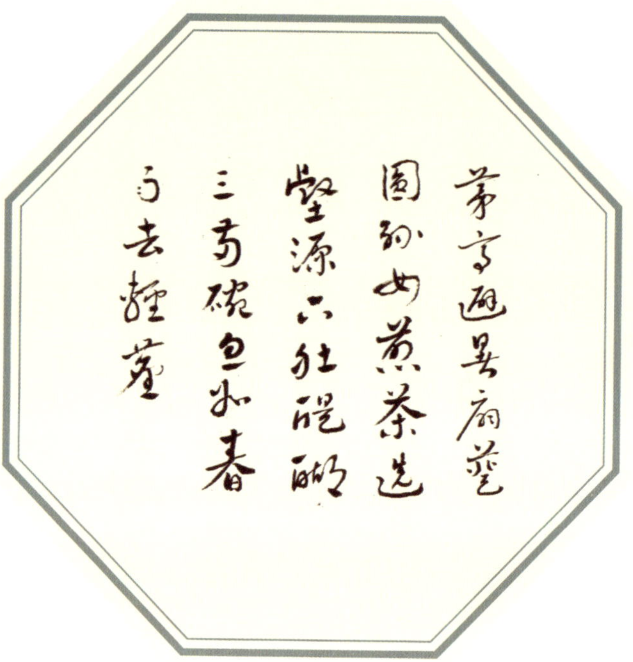

茅亭吃茶

茅亭避暑扇葵圆，
孙女煎茶选壑源。[1]
下肚醍醐三两碗，
忽如春雨去轻尘。

① 壑源是宋代所产贡茶最佳的地方，在今福建省建瓯市。

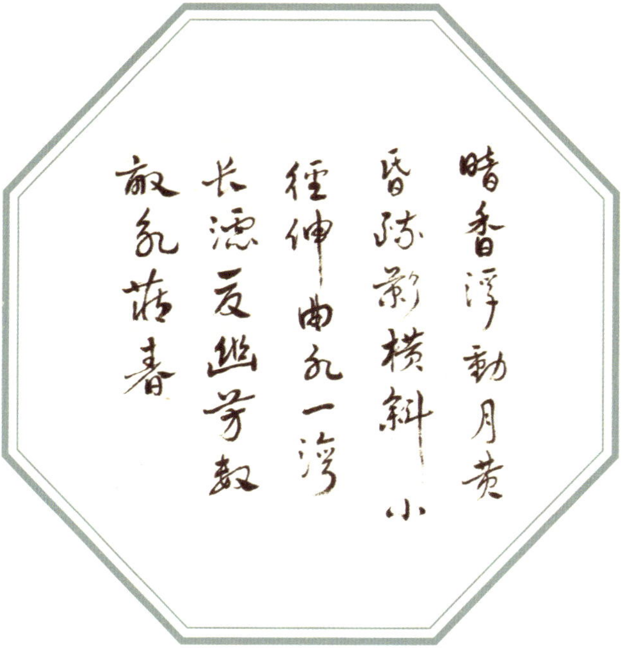

和园黄昏

暗香浮动月黄昏，

疏影横斜小径伸。

曲水一湾长滤夏，

幽芳数亩永藏春。

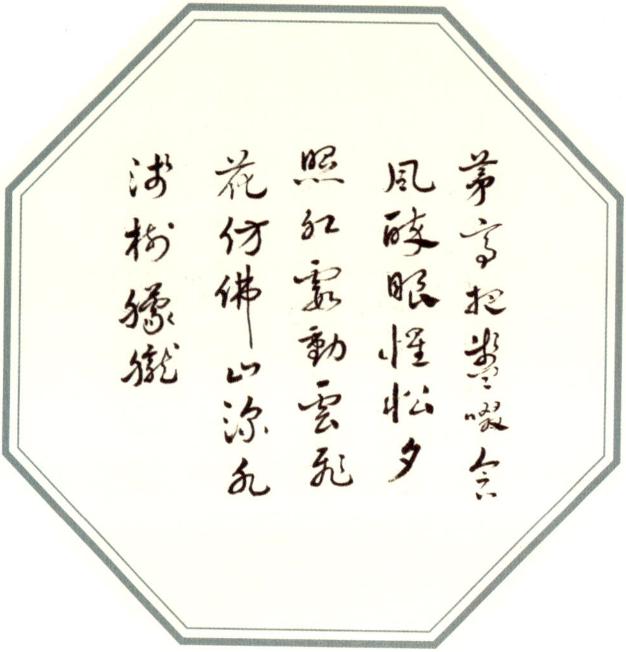

和园醉亭

茅亭把盏啜含风，

醉眼惺忪夕照红。

霞动云飞花仿佛，

山深水浅树朦胧。

和园聊亭

风亭石鼓坐鸿儒，
置腹推心茗一壶。
说地谈天新旧事，
评词论句古今书。

导和园新八景

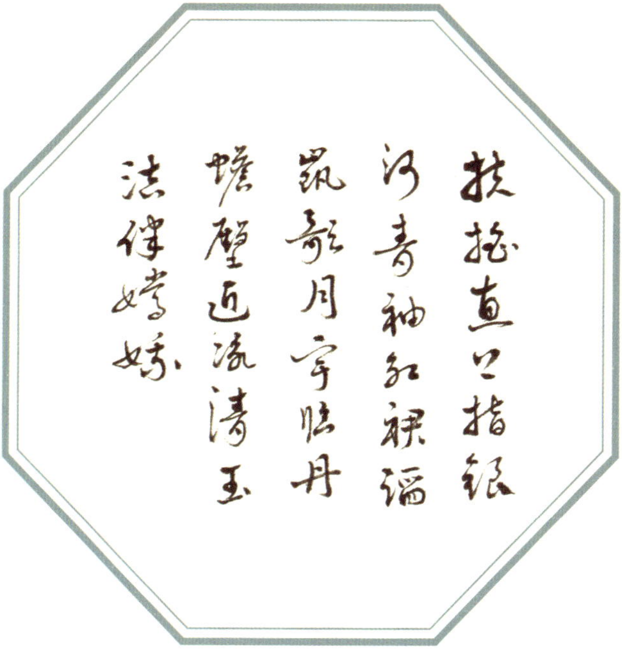

避雷花塔

扶摇直上指银河，

青袖红裙蹈凯歌。

月宇临丹蟾殿近，

冰清玉洁伴嫦娥。

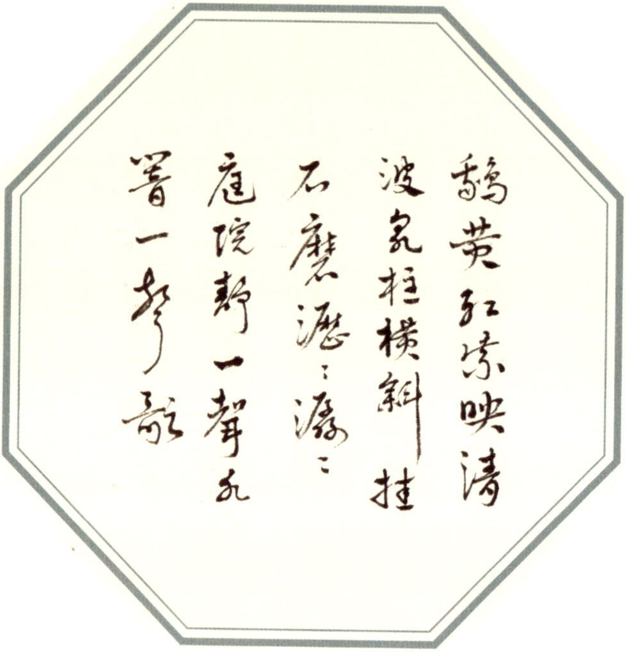

水上石磨

鹅黄红紫映清波，
泉柱横斜挂石磨。
沥沥潺潺庭院静，
一声水响一声歌。

导和园“是桥”

长廊花苑隔明河，
天禀是桥入导和。
桥上行人桥下水，
金鱼戏浪荡初荷。

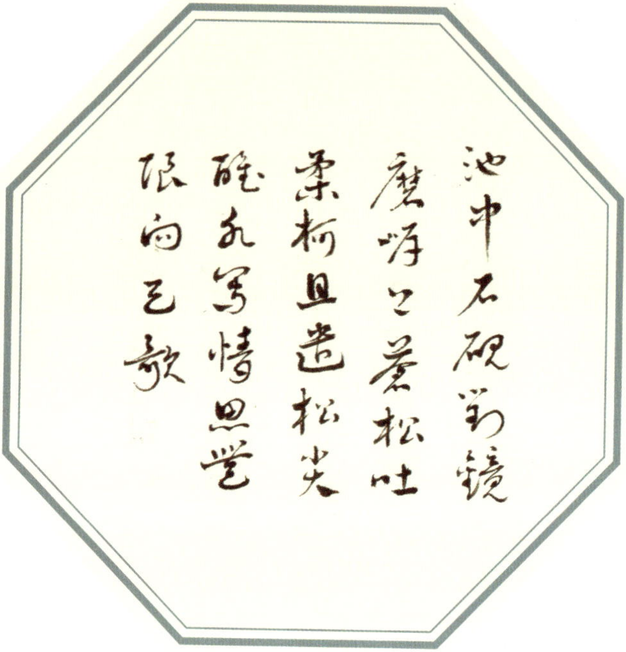

池水石砚

池中石砚对镜磨，
岸上苍松吐柔柯。
且遣松尖蘸水写，
情思无限向天歌。

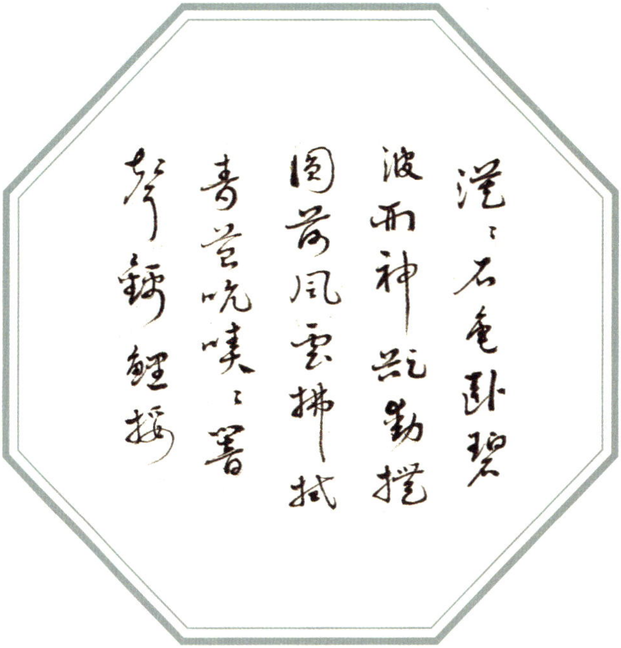

曲池石龟

漠漠石龟卧碧波，

形神欲动抚圆荷。

风云拂拭青苔吮，

啧啧响声锦鲤拨。

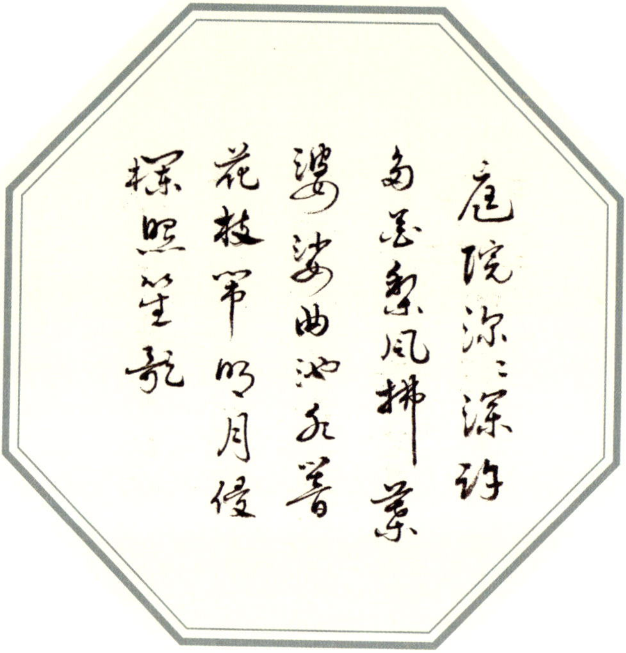

导和庭院

庭院深深深许多，
花梨风拂叶婆娑。
曲池水响花枝闹，
明月侵阑照笙歌。

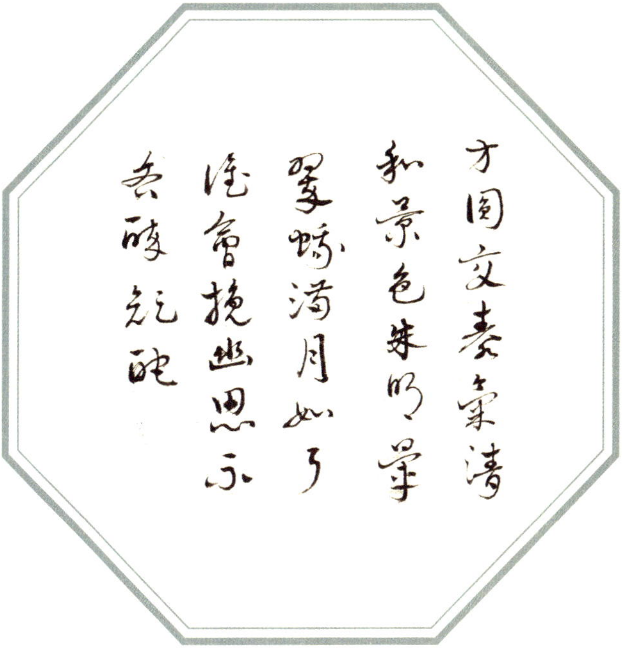

红墙月门

方圆交泰气清和，
景色朱明晕翠蛾。
满月如弓谁会挽？
幽思不吝醉颜酡。

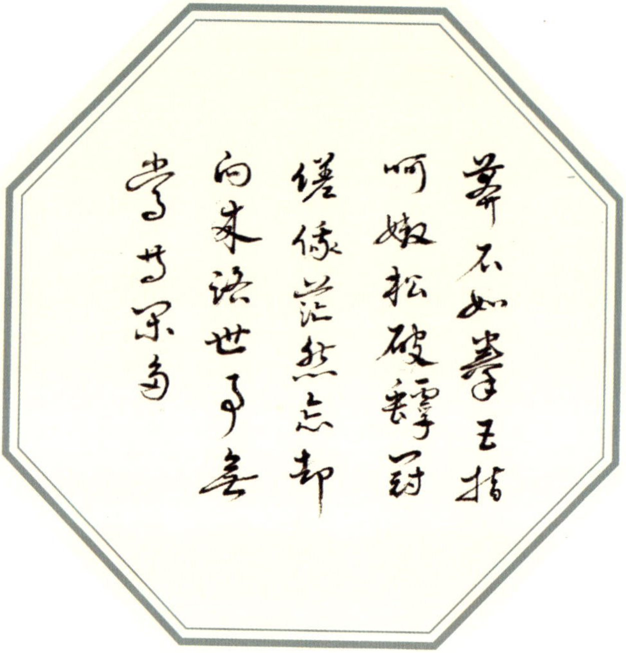

“放松”石景

莽石如拳五指呵，
嫩松破罅冠傞俄。
茫然忘却向来路，
世事无常等闲多。

诗记抗疫

诗记抗疫

2020，庚子鼠年，新冠疫情突如其来，武汉乃至湖北省为重灾区。余于二月五日（大年初一）后独居小园三月。身居一隅，情系万方，以诗记事，抒发情怀。

其一

（一月二十日）

天灾肆虐上新闻，

情系长江汉水滨。

独倚阑干心绪乱，

那堪疏雨滴黄昏。

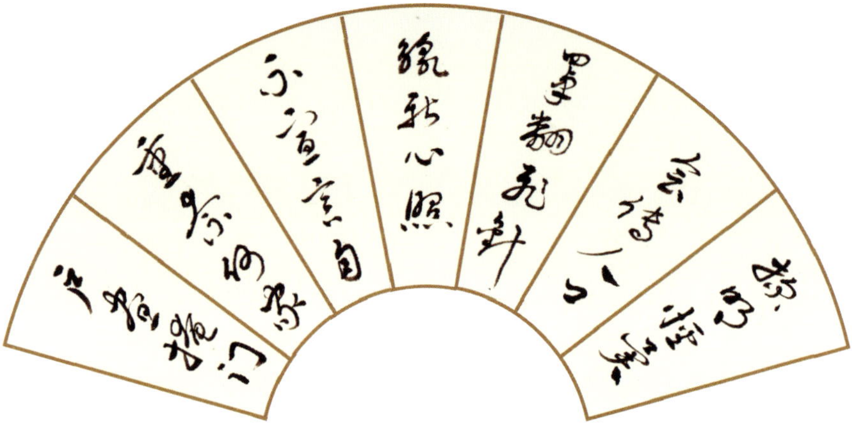

其二

（一月二十日）

探明怪异会传人，

口罩翻飞针线新。

心照不宣言自重，

奈何家户昼掩门。

其三

（一月二十日）

辽阔楚天渡乱云，

落花飞絮两纷纷。

风雨无情神仙远，

一缕苍凉入梦魂。

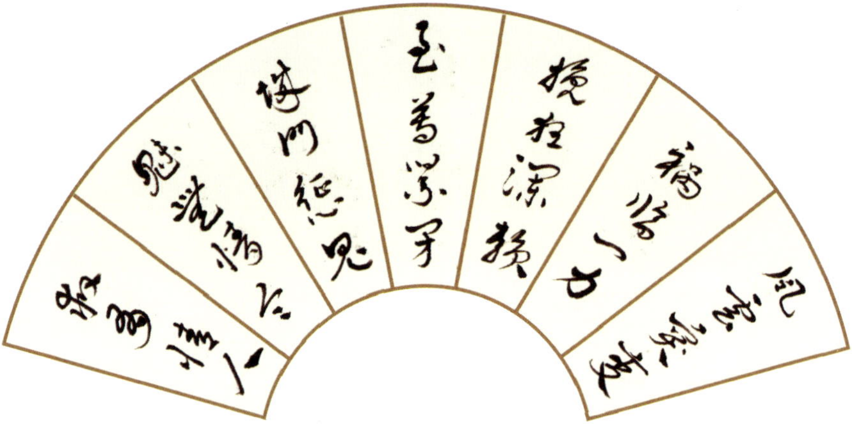

其四

（一月二十三日）

风云突变祸临门，

力挽狂澜赖至尊。

紧闭城门惩鬼魅，

无情令救有情人。

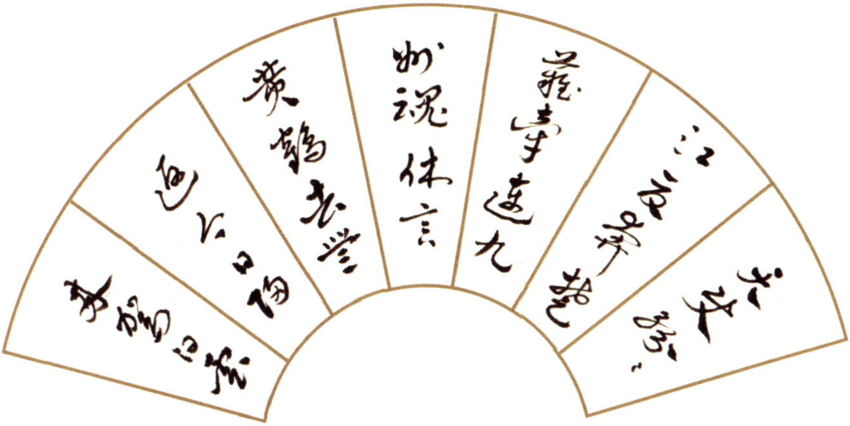

其五

（一月二十四日）

天使纷纷江夏奔，

楚难牵连九州魂。

休言黄鹤去无返，

今日归来驾白云。

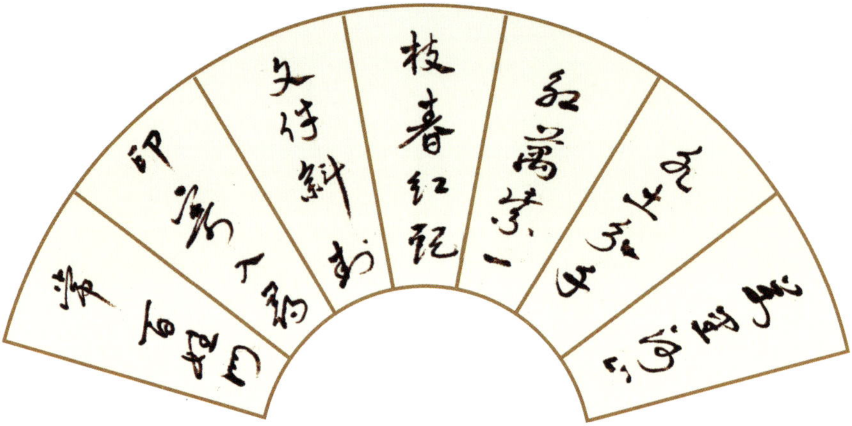

其六

（一月二十五日）

万里河山水土分，

千红万紫一枝春。

红头文件斜封印，

寄入寻常百姓门。

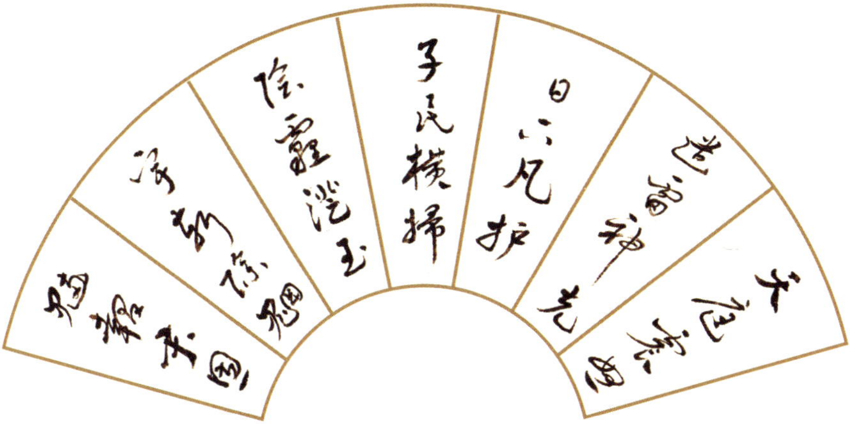

其七

（一月二十五日）

天庭震怒遣雷神，
克日下凡护子民。
横扫阴霾澄玉宇，
斩除魍魉报君恩。

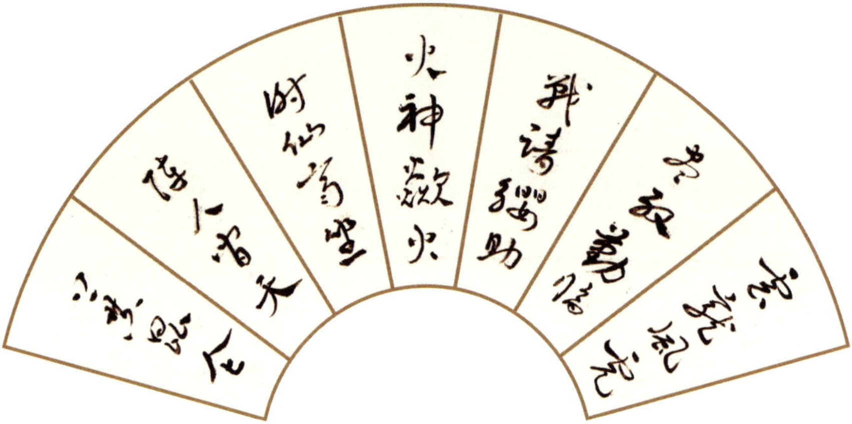

其八

（二月二日）

云龙风虎尽殷勤，①
临战请缨助火神。
欻火谢仙齐坐阵，②
人间天上共昆仑。

① 风从虎，云从龙。
② 欻火、谢仙俱掌雷火。

其九

（三月十一日）

风云变幻等闲分，

瘟疫难移荆楚春。

收拾山河添锦绣，

时光不负大乾坤。

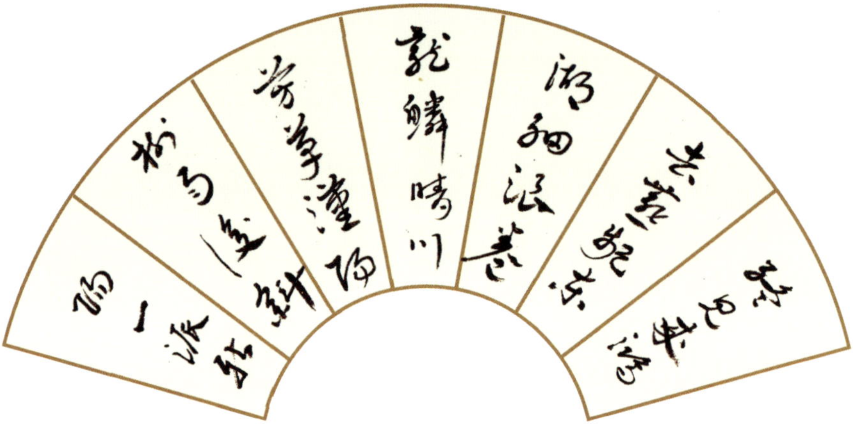

其十

（四月八日）

终见来鸿去燕频，
东湖细浪卷龙鳞。
晴川芳草汉阳树，
雨后斜阳一派新。

其十一

（四月十日）

春寒料峭夜初分，

消息传来惊断魂。

闻道白衣天使死，

望天长叹尽忠魂。

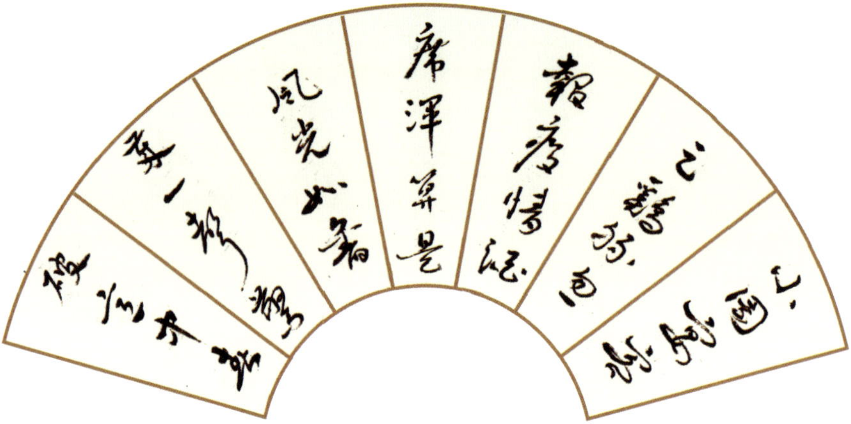

新年宴客

（二月五日，年初一）

小园宴客足鸡豚，

忽报疫情酒席浑。

新岁风光如旧岁，

一声惊破意中春。

闭门独居

（二月六日）

流年暗换锁柴门，

来访隔篱各自珍。

涤洗烦心临曲水，

花间啼鸟唤闲人。

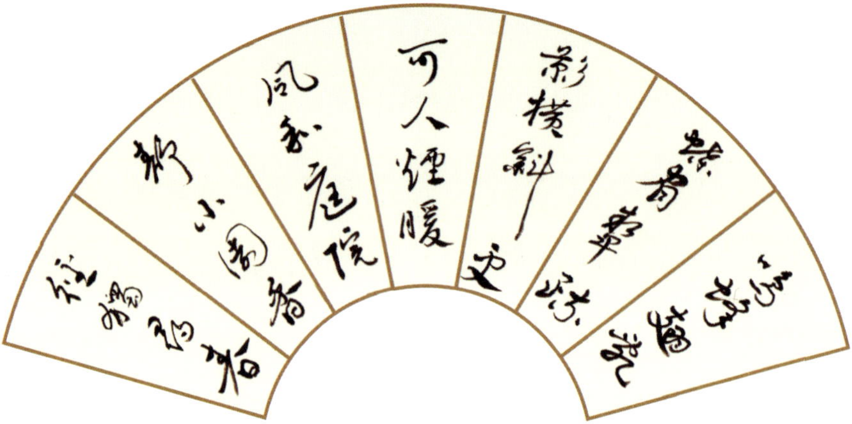

园中徘徊

（二月九日）

鸣蜂翅乱蝶眉颦，
疏影横斜更可人。
烟暖风和庭院静，
小园香径独寻春。

茅亭自饮

（二月十日）

独酌茅亭莫负春，

樽前放任醉醺醺。

作陪幸得天边月，

照见风云夜叩门。

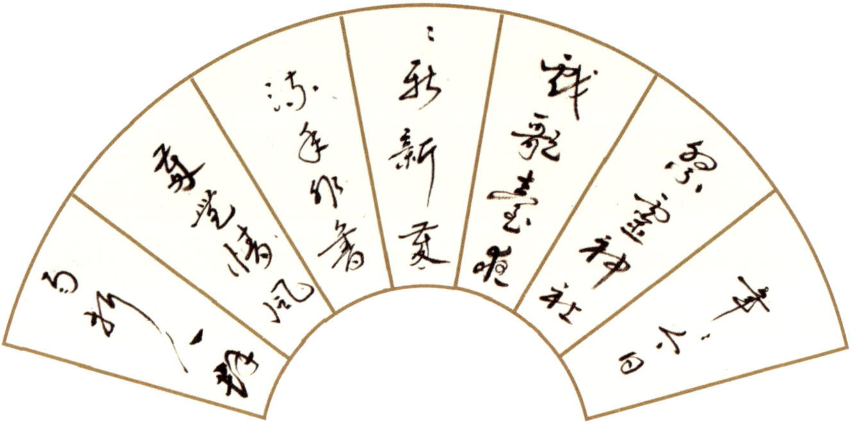

神诞

（二月十一日）

年年今日祭灵神，

社戏歌台夜夜新。

新岁流年非旧岁，

无情风雨拆人群。

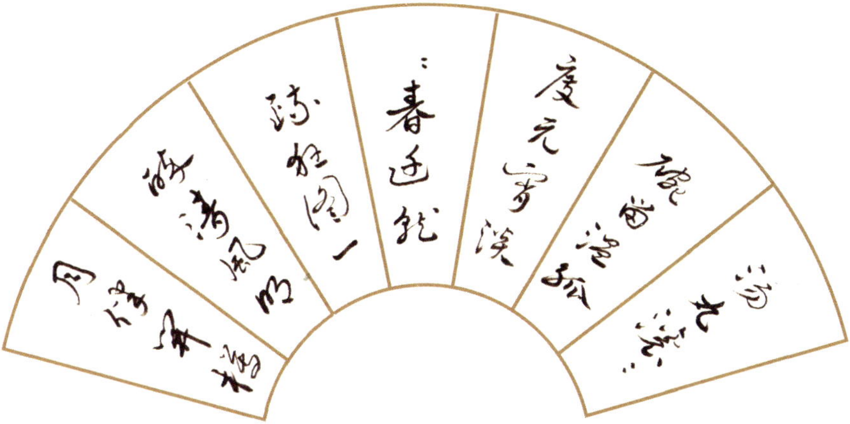

元宵节

（二月二十日）

汤丸滚滚碗留温，

孤度元宵淡淡春。

迁就疏狂图一醉，

清风明月伴开樽。

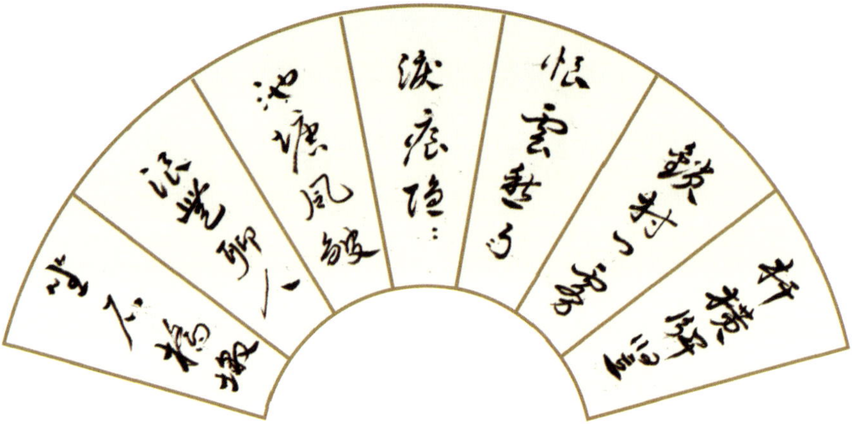

村内漫行

（二月二十二日）

杆横牌竖锁村门，

雾恨云愁雨泪痕。

隐隐池塘风皱浪，

无聊人坐石桥墩。

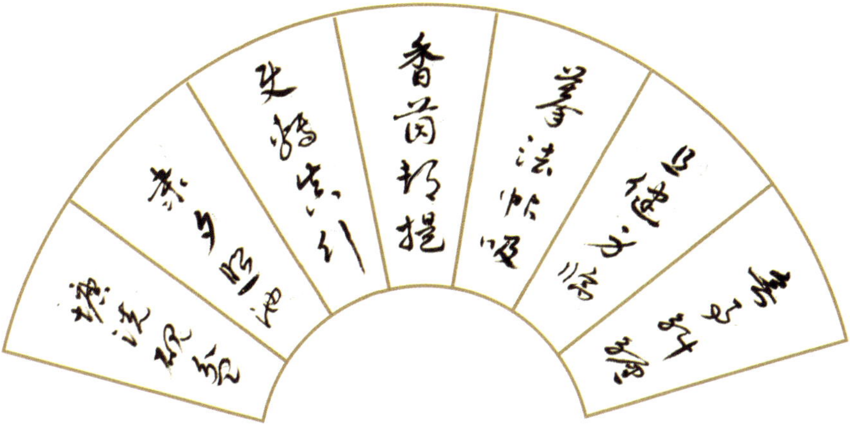

园中临帖

（四月八日）

无事纠缠且健身，

临摹法帖吸香茵。

顿提使转真行隶，

夕照池塘洗砚盆。

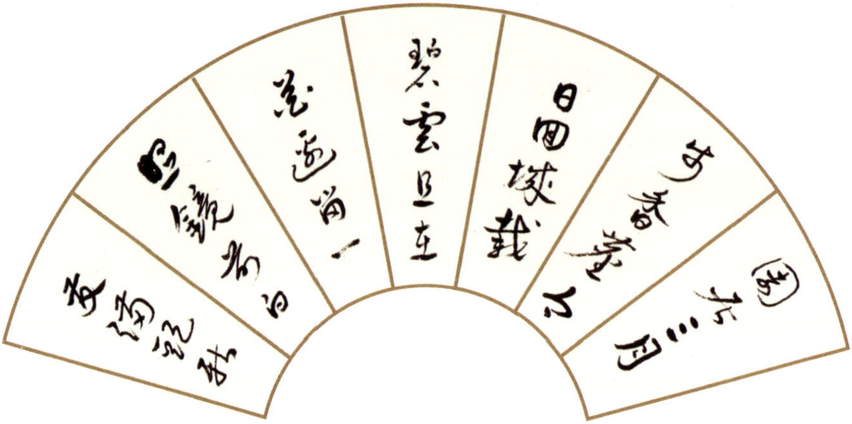

别园归城

（五月八日）

园居三月步香尘，
今日回城载碧云。
且在花边留一照，
镜前白发满头新。

民主园林诗篇

民主园林诗篇

2013年，市政协响应市委、市政府关于绿化三岭山之号召，在其南门近二百亩崩塌地块上植树栽花，挖湖立石，建造“民主园林”。经四年努力，民主园林树木葱茂，绿草如茵，湖水荡漾，花团锦簇。亭台楼阁、水轩花榭点缀有致。余去年卸去行政职务，今陪作家、美术家和摄影家协会会员上民主园林采风，时隔一年，景物依旧。回想当年，感慨万千，得小诗一组。

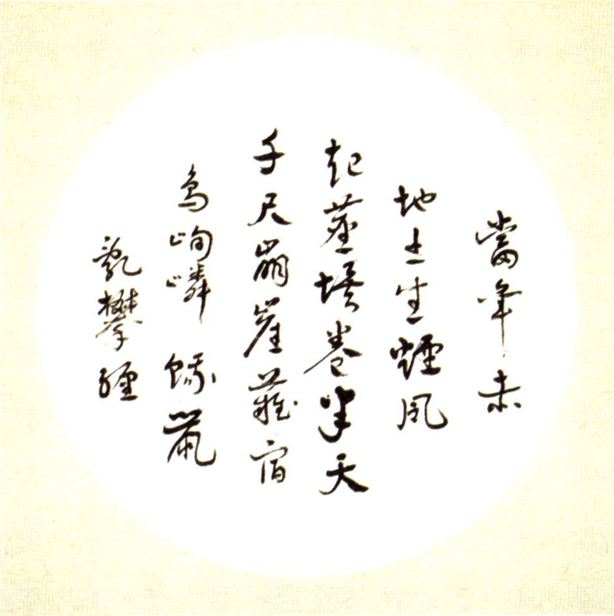

其一

当年赤地土生烟，
风起尘埃卷半天。
千尺崩崖难宿鸟，
峋嶙饿鼠乱攀缠。

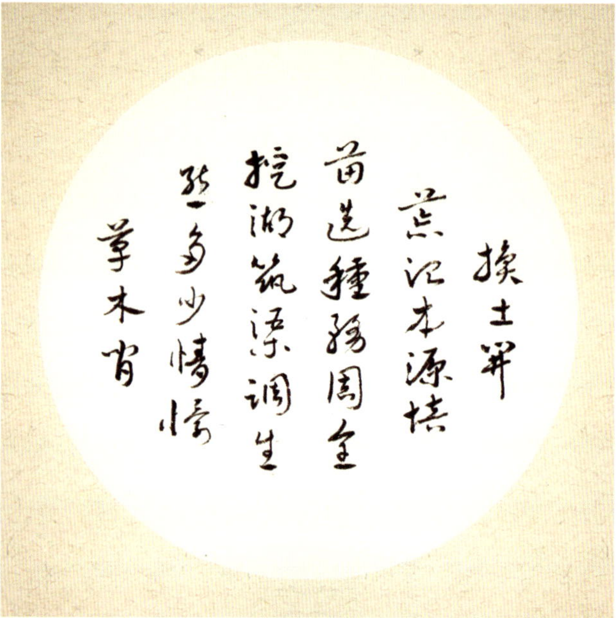

其二

换土开荒治本源，

培苗选种务周全。

挖湖筑渠调生态，

多少情怀草木间。

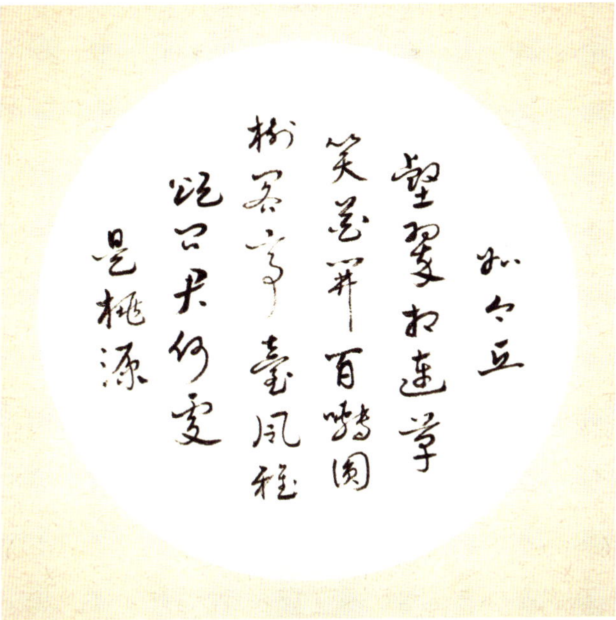

其三

如今丘壑翠相连，

草笑花开百蛱圆。

榭阁亭台风雅颂，

问君何处是桃源？

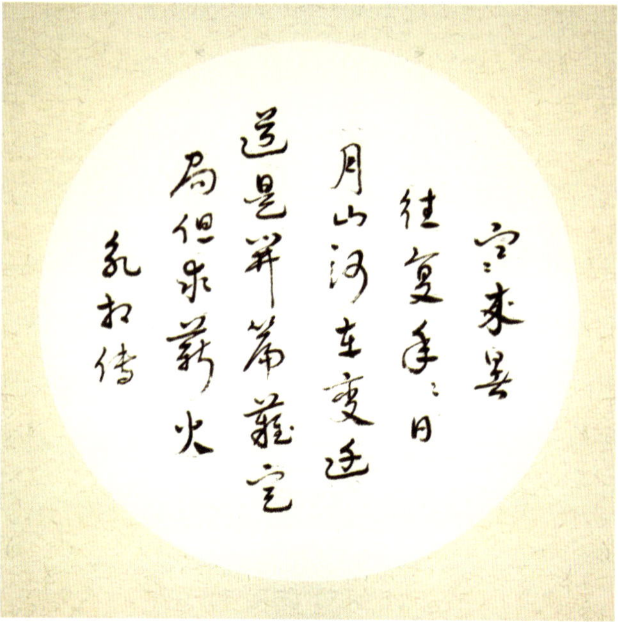

其四

寒来暑往复年年，
日月山河在变迁。
道是开篇难定局，
但求薪火永相传。

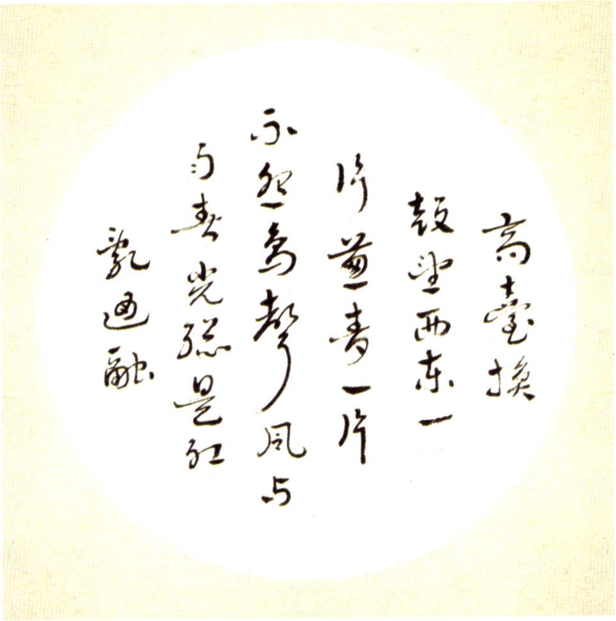

鼓台观景

高登换鼓望西东，[1]
一片葱青一片红。
不怨鸟声风与雨，
春光总是乱通融。

① 换鼓，即雷州换鼓。雷州换鼓为中华四绝（雷州换鼓、登州海市、钱塘江潮、广德埋藏）之首。民主园林观景台取意雷州换鼓打造。

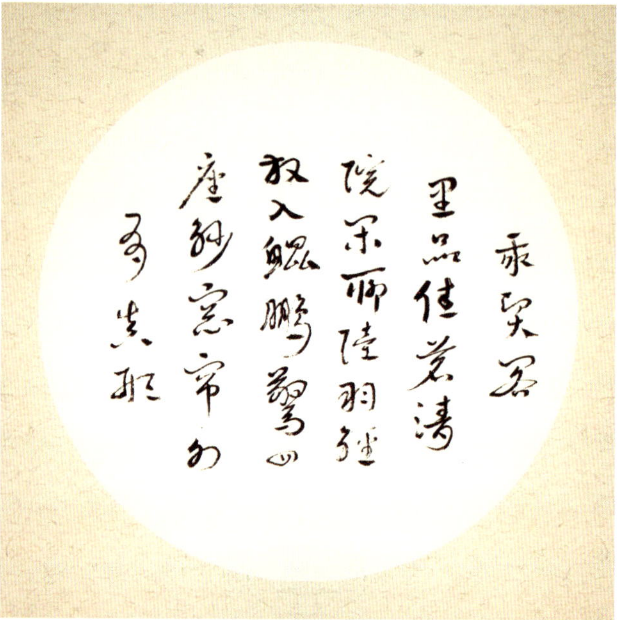

饮茶聚贤阁

聚贤阁里品佳茗，
清院闲聊陆羽经。
放入鲲鹏惊四座，
纱窗帘外有真形。[①]

① 民主园林有三座小山，形似鲲鹏展翅。聚贤阁坐落于中间一小山，乃鲲鹏之背。

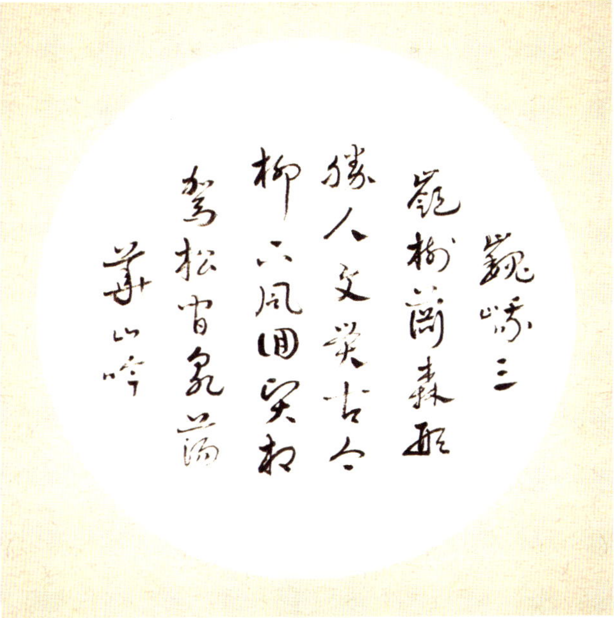

寇准像前[①]

巍峨三岭树萧森，
形胜人文贯古今。
柳下风回贤相驾，
松间泉荡华山吟。

① 寇准乃北宋宰相，流放雷州，曾到三岭山，留有诗文。

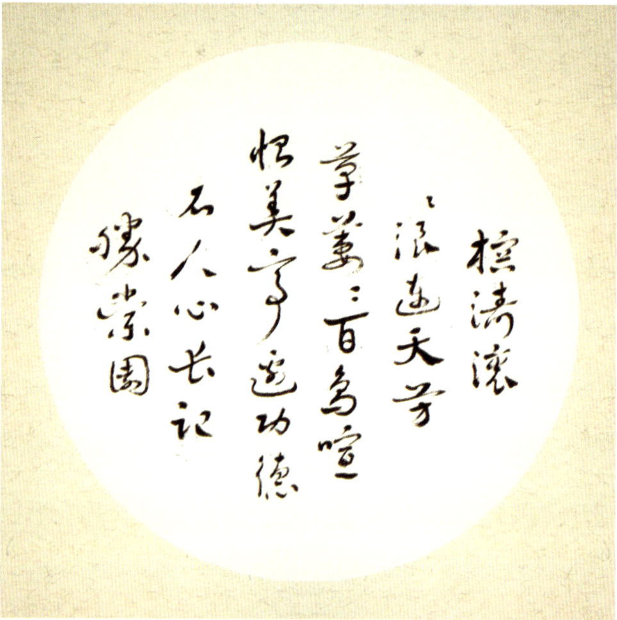

胜棠园

榕涛滚滚浪连天，
芳草萋萋百鸟喧。
怡美亭边功德石，
人心长记胜棠园。①

① 胜棠园乃澳门新恒星集团董事长、湛江政协常委房胜棠先生捐资所建的园林。其中有怡美亭、佳木、奇石。

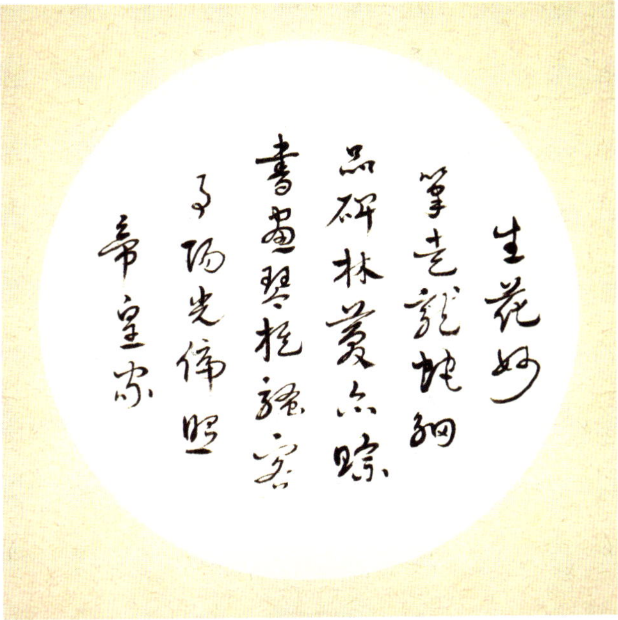

皇帝碑林[①]

生花妙笔走龙蛇，

细品碑林梦亦赊。

书画琴棋骚客事，

阳光偏照帝皇家。

① 皇帝碑林，刻有历代皇帝的书法作品。其廊前对联为：“峻岭高山湖水月，长廊陋室帝皇书”。

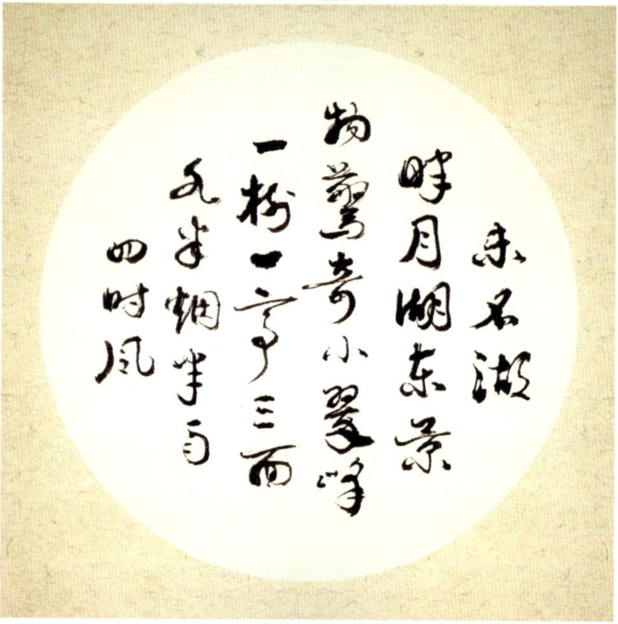

太和亭

未名湖畔月湖东，

景物惊奇小翠峰。

一树一亭三面水，

半烟半雨四时风。

怡美亭

黄昏对饮烛光迟，
怡美亭前唤紫薇。
河汉今宵归暗处，
银杯醉撞见明时。

园林广场

广场青石日光华，

姹紫嫣红簇簇花。

龙眼含苞榕展叶，

新枝我爱报春芽。

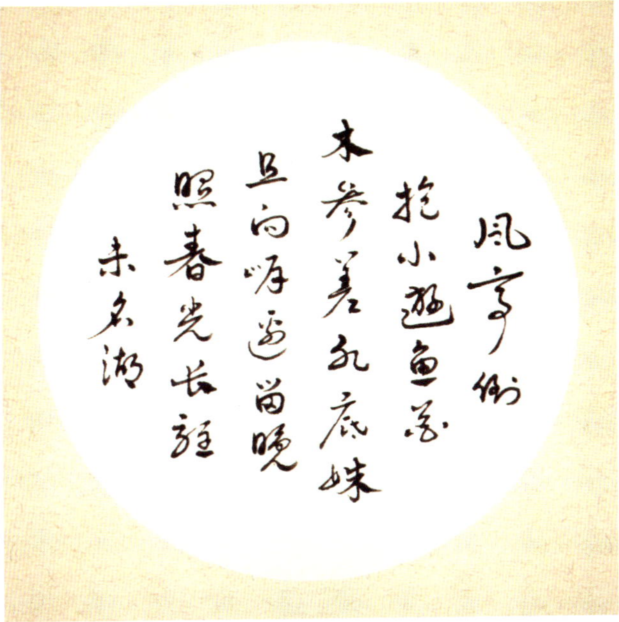

未名湖

风亭倒抱小游鱼，

花木参差水底姝。

且向岸边留晚照，

春光长驻未名湖。

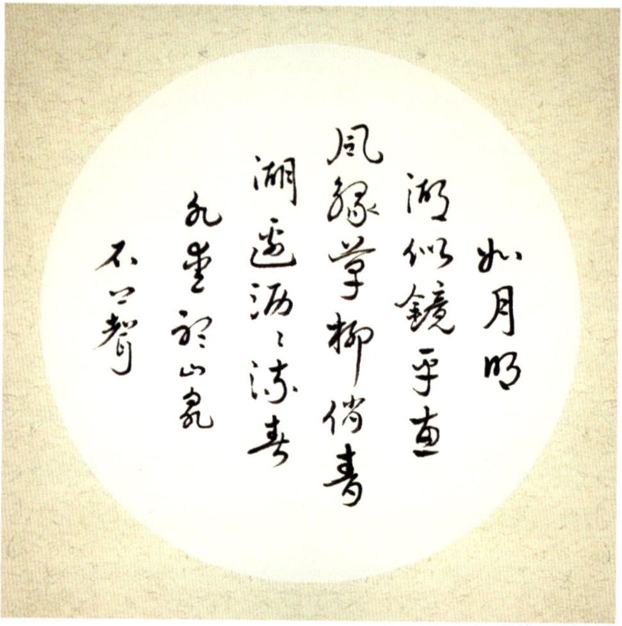

月湖

如月明湖似镜平，

惠风绿草柳俏青。

湖边沥沥流春水，

爱听山泉石上声。

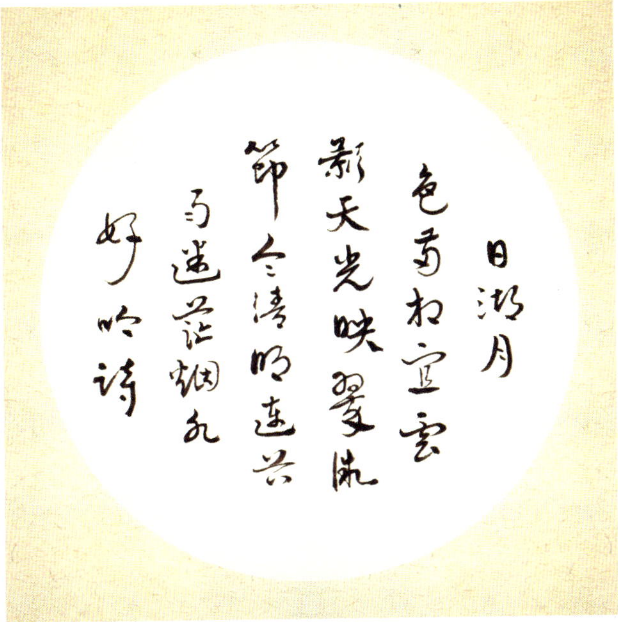

日湖

日湖月色两相宜，
云影天光映翠微。
节令清明连谷雨，
迷茫烟水好吟诗。

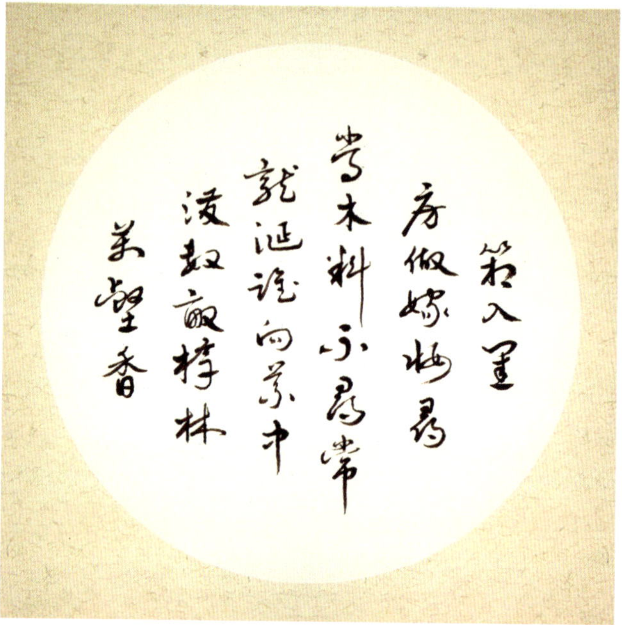

香樟林

箱入闺房做嫁妆，
寻常木料不寻常。
龙涎谁向丛中泼，[1]
数亩樟林万壑香。

① 龙涎，一种香水味。

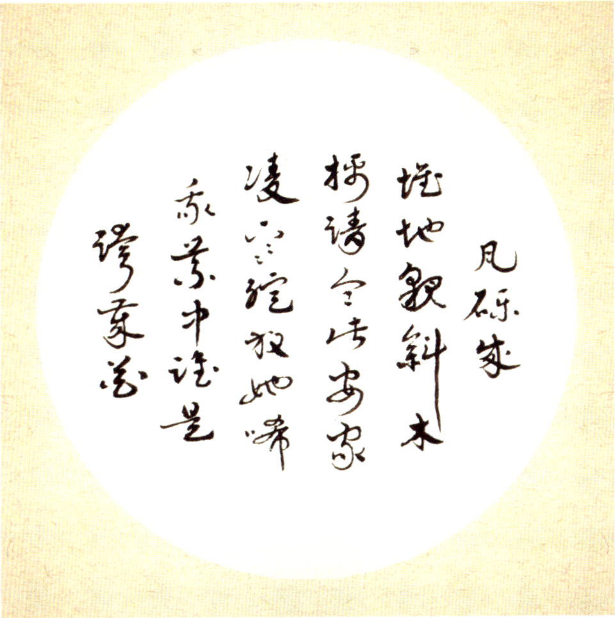

木棉园

瓦砾成堆地貌斜，
木棉请令此安家。
凌寒绽放她唏我，
丛中谁是跨岁花？

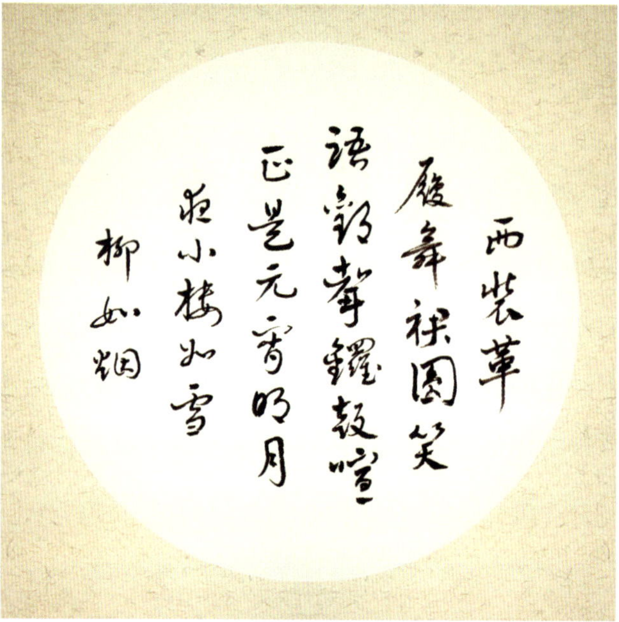

白楼月夜

西装革履舞裙圆，
笑语欢声锣鼓喧。
正是元宵明月夜，
小楼如雪柳如烟。

毓秀榭看花

榭前柳影日西斜，

春意阑珊看落花。

但愿来年重结蕊，

吹尘坐石试新茶。

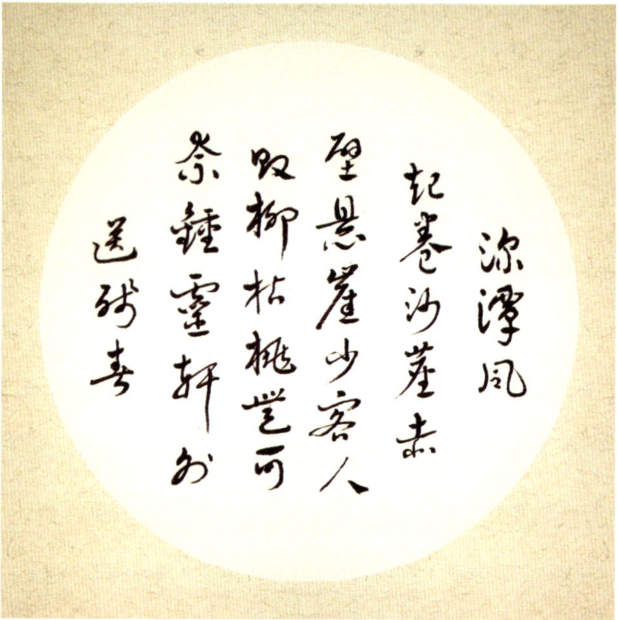

钟灵轩送春

深潭风起卷沙尘，
赤壁悬崖少客人。
败柳枯桃无可奈，
钟灵轩外送残春。

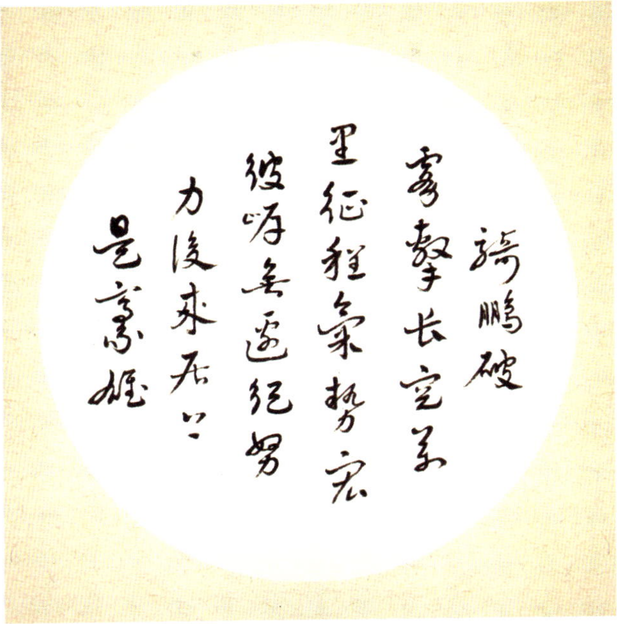

园林碑前

骑鹏破雾击长空，①
万里征程气势宏。
彼岸无边须努力，
后来居上是豪雄。

① “民主园林”碑石重百余吨，高八米，竖在聚贤阁前面，有如鲲鹏之头。

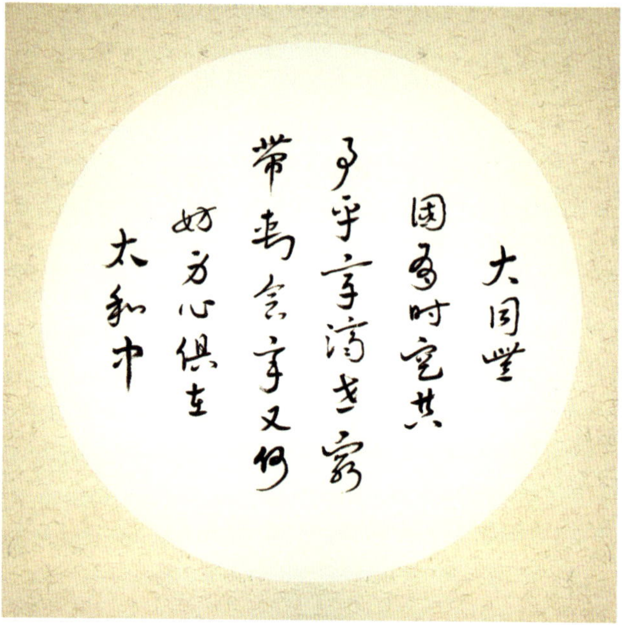

谒大同石

大同无国有时空，
共事平章济世穷。
带刺含辛又何妨，
身心俱在太和中。

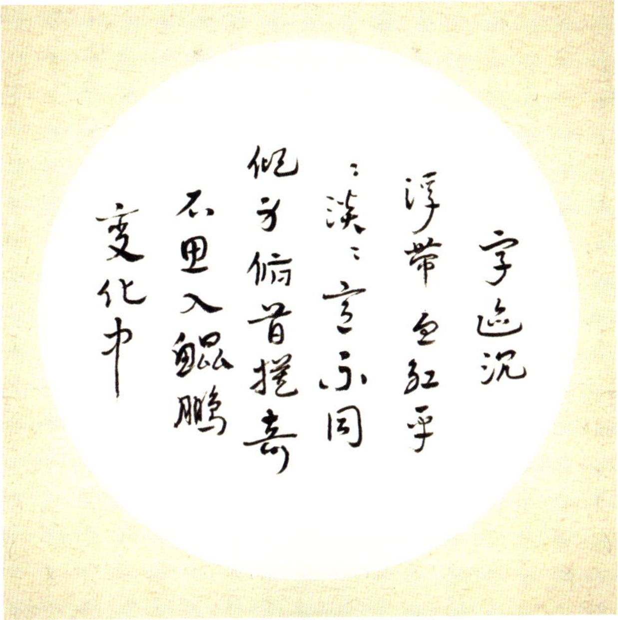

谒合和石

字迹沉浮带血红，

平平淡淡意不同。

倾身俯首摸奇石，

思入鲲鹏变化中。

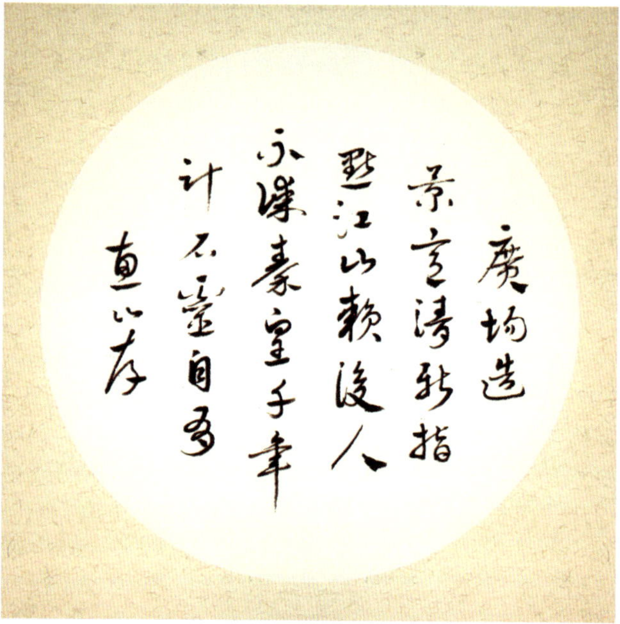

谒云鹏石[①]

广场造景意清新，

指点江山赖后人。

不谋秦皇千年计，

石灵自有惠山存。

① 云鹏石位于民主园林广场之茂林间，其旁有寇准像、白楼。

七绝四百首

（下）

⊙ 邓碧泉 著

作家出版社

目录

大理游

大理游

金秋十月，余作“风花雪月大理行”，得七绝十八首。

其一

景观无限九重天，
雪月风花大理全。
料是天公施厚爱，
三分明月十分妍。

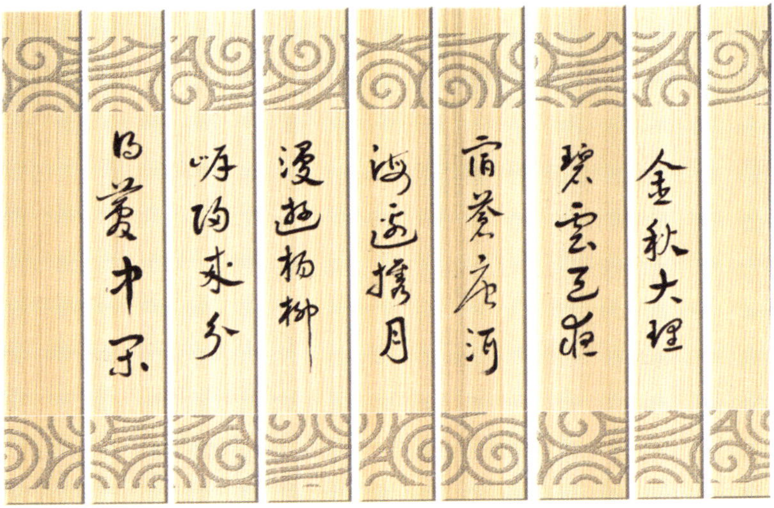

其二

金秋大理碧云天，
夜宿苍唐洱海边。
携月漫游杨柳岸，
归来分得梦中闲。

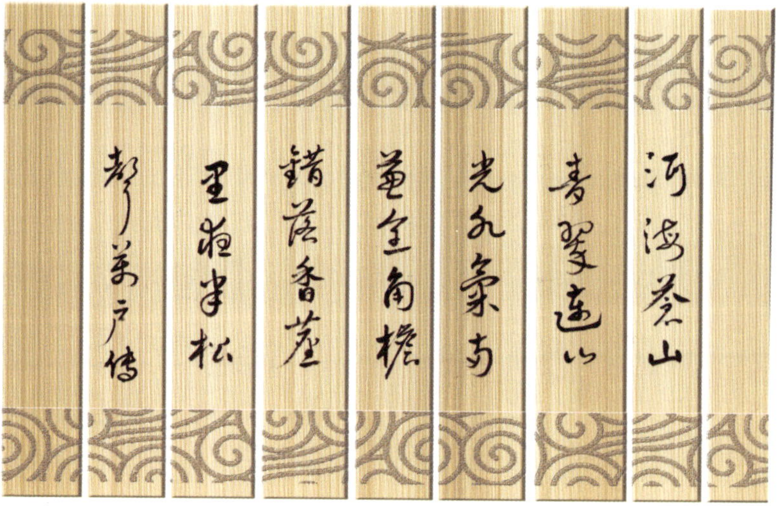

其三

洱海苍山青翠连，
山光水气两兼全。
角檐错落香尘里，
夜半松声万户传。

苍山

拖红垒翠绣芳妍，
云影山岚蝴蝶泉。
十九峰峦皆皓首，
银河惠顾月长圆。

洱海

苍茫海水欲连天，

浪静波恬落月圆。

四岸清风杨柳绿，

明珠一颗缀高原。

游苍山三塔

千寻古塔弄云烟，
掩映苍山百景鲜。
倚杖高攀应乐顶，[1]
风光犹在碧峰巅。

① 应乐，即苍山十九峰之一，三塔建于应乐峰下。

喜洲民居

白墙黛瓦配图颜，
水墨丹青镇乡延。
表里山河如画卷，
初来乍到入桃源。

无为寺唐杉树

老树苍苍立寺前，

栉风沐雨越千年。

披苔抱蕨丛中笑，

友善包容广结缘。

游崇圣寺

皇家寺院国王传，[1]
不爱江山爱理禅。
佛国佛心今尚在，
向人花木亦依然。

① 国王传，大理国共24位国王，其中9位在崇圣寺修行当住持。

扎染作坊学技

红英紫艳染缸偏，

锦簇花团一线缠。

远客好奇童趣发，

玉颜把手扎花边。

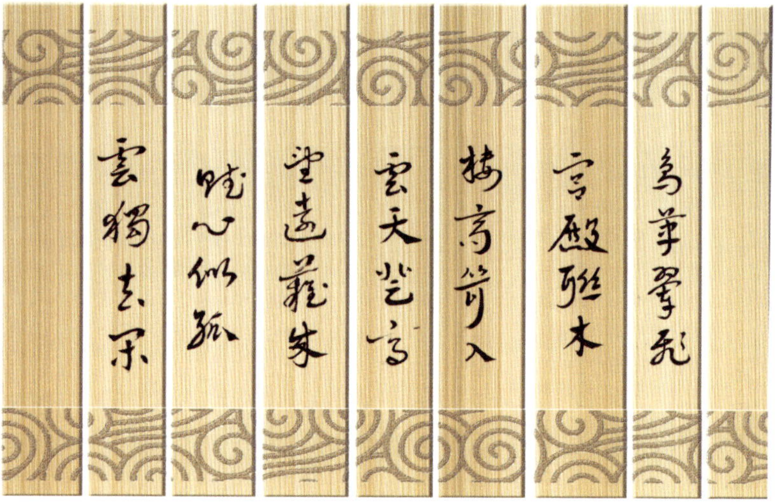

游垒翠园

鸟革翚飞宫殿联，

木楼高耸入云天。

登高望远难成赋，

心似孤云独去闲。

草坪烤羊排

烂漫草坪开宴筵，

羊排烧烤冒香烟。

清风明月勤添酒，

说笑醇醪皓齿传。

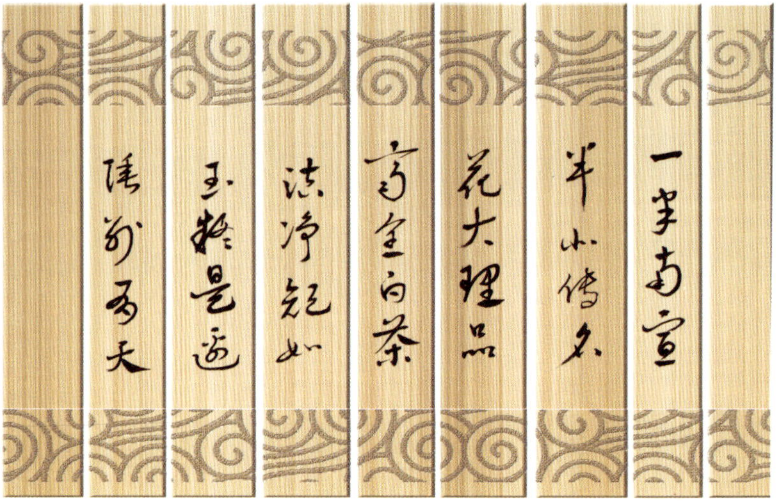

上关赏花

一半南宣半北传，
名花大理品齐全。
白茶洁净颜如玉，
疑是边陲别有天。

月夜对饮

花间对酒饮云烟，
醉听清泠绕阶泉。
酒醒梦回神未醒，
侵人明月掠窗前。

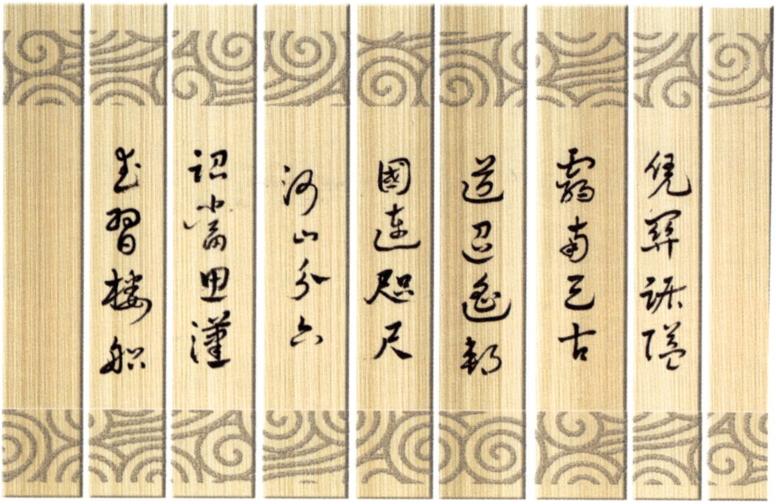

其一

凭关踞隘霸南天，
古道迢遥邦国连。
咫尺河山分六诏，
当思汉武习楼船。[1]

① 习楼船，当年汉武帝决心征服洱海地区，便下令在长安挖掘形似洱海的昆明池，建造战船，操练水师。

其二

唐标铁柱息烽烟，①
怎解曾流赤血川？②
唯有苍山公道雪，
年年披白吊奇冤。

① 唐标铁柱，唐王朝为了恢复对大理地区的统治，派遣唐九率兵讨伐吐蕃。为纪念唐军的功绩，就在大理铸立铁柱。

② 唐天宝年间，李宓率兵征南诏，全军覆没，流血成川。大理人收战士之尸骨，合葬称为万人冢。

其三

宋挥玉斧定山川，[1]
大渡河横划两边。
疆界分明非楚汉，
祥云瑞霭总相连。

① 宋挥玉斧，玉斧乃文房古玩。宋太祖赵匡胤为求得国内安定，与西南少数民族和睦相处，曾手执玉斧沿地图上的大渡河一划，并说“宋朝与大理以此为界”。

其四

金沙江水浪滔天，
元跨革囊挥马鞭。
踏破苍山应乐缺，
山河易色换流年。[①]

---

① 元跨革囊，元忽必烈率蒙古军乘革囊（皮筏）渡过金沙江，翻过苍山攻占大理。

茂德公大观园十八咏

茂德公大观园十八咏

茂德公大观园是根据陈茂德（茂德公集团董事长陈宇先生之祖父）生活故事为意境，运用雷州本土建筑风格及不同艺术手法建造的大型主题景区，有牵手广场、“牵手”雕塑、茂德宫、食工坊、诗歌与人雕塑园、许愿廊、迷宫等十余个大小景点。整座园区设计精湛，建筑宏伟，红砖灰石，相衬成趣，绿树成荫，红花覆地，兼具现代建筑气派和雷州乡土特色风格。戊戌元宵，余同陈宇先生游览大观园，感触颇深，收获良多，得七绝十八首。

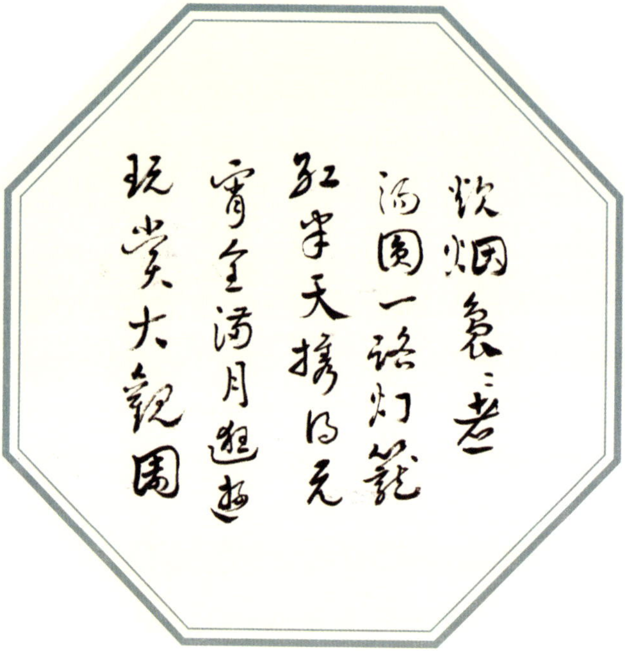

游大观园

炊烟袅袅煮汤圆，

一路灯笼红半天。

携得元宵全满月，

逛游玩赏大观园。

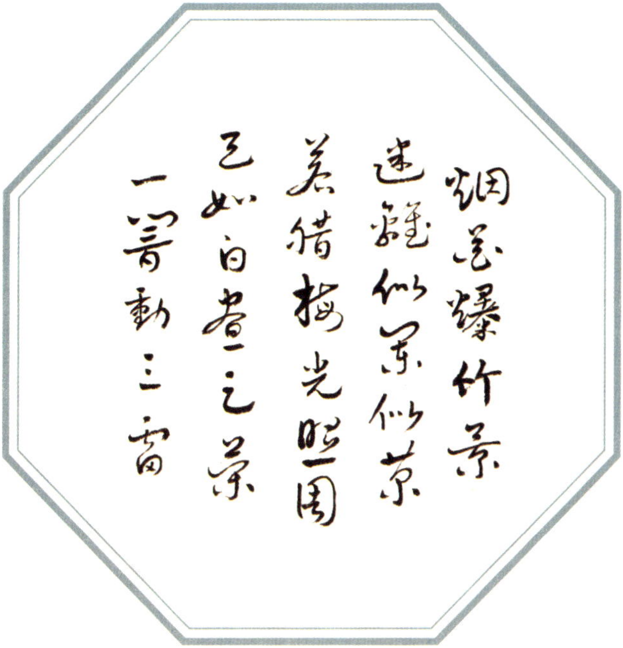

看烟花

烟花爆竹景迷离，
似兰似菊若腊梅。
光照周天如白昼，
足荣一响动三雷。[1]

① 大观园在陈宇先生家乡——足荣村。

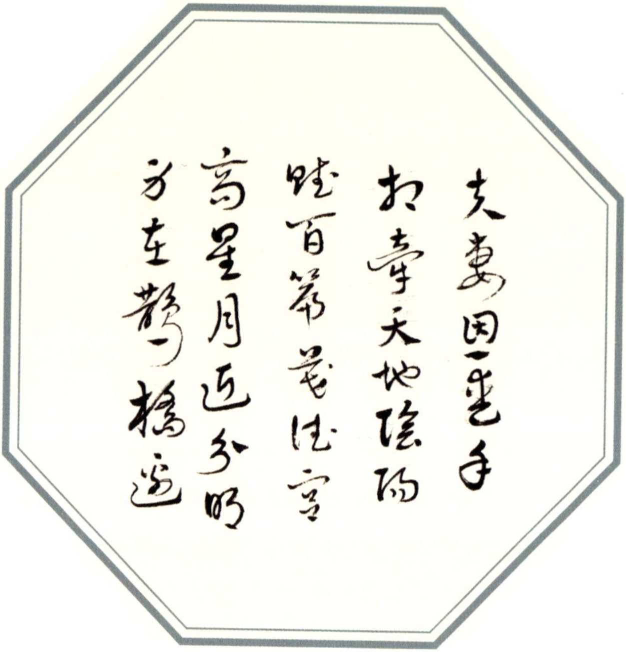

牵手广场

夫妻恩爱手相牵，
天地阴阳赋百篇。
茂德宫高星月近，[1]
分明身在鹊桥边。

① 茂德宫，建筑物名称，乃大观园主体建筑。

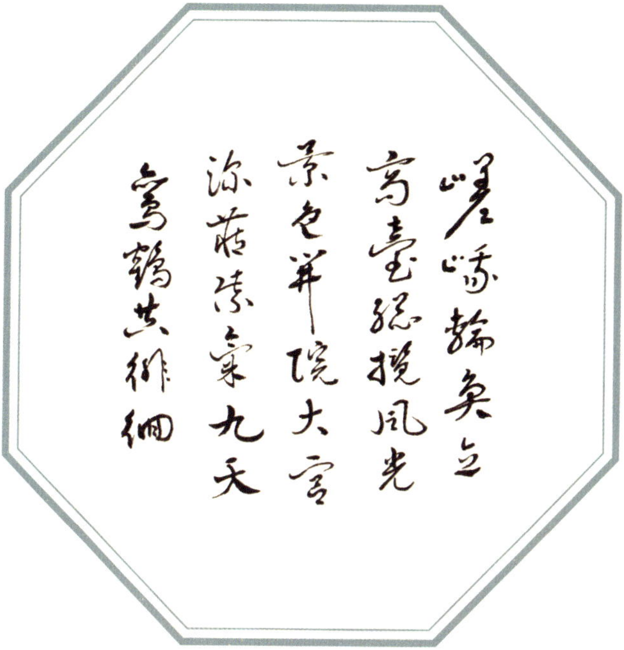

茂德宫

嵯峨轮奂立高台，

总揽风光景色开。

院大宫深藏紫气，

九天鸾鹤共徘徊。

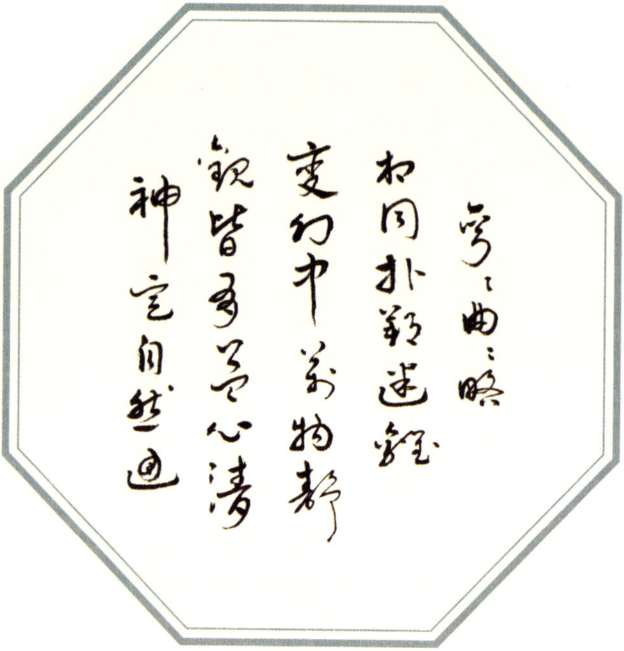

迷宫

弯弯曲曲略相同，
扑朔迷离变幻中。
万物静观皆有益，
心清神定自然通。

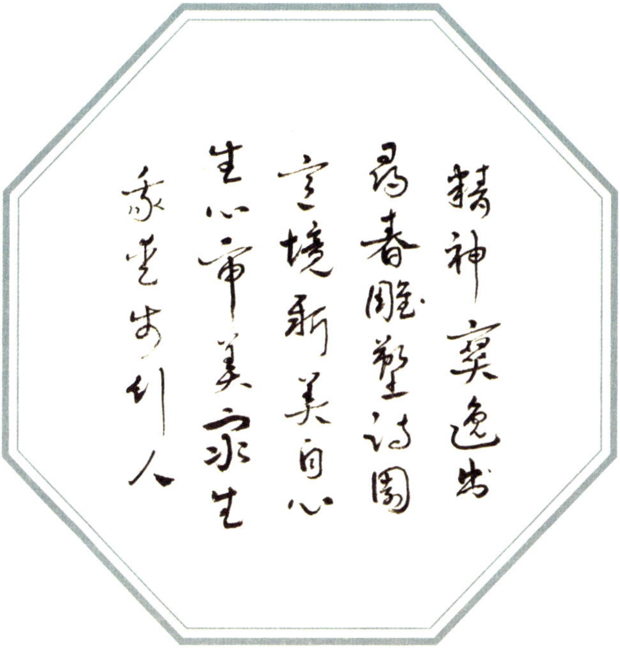

诗歌雕塑园[1]

精神爽逸出寻春，

雕塑诗园意境新。

美自心生心审美，

众生我爱步行人。

① 该园以抽象手法雕有用“两腿”意味行走、“双翅”意味飞腾、“两胸部”意味爱情的塑像。

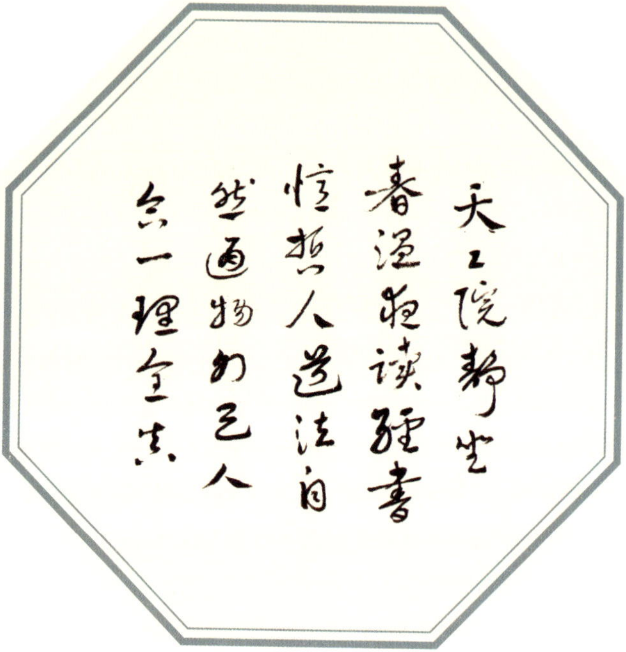

夜宿天工院

天工院静坐春温，

夜读经书忆哲人。

道法自然通物外，

天人合一理全真。

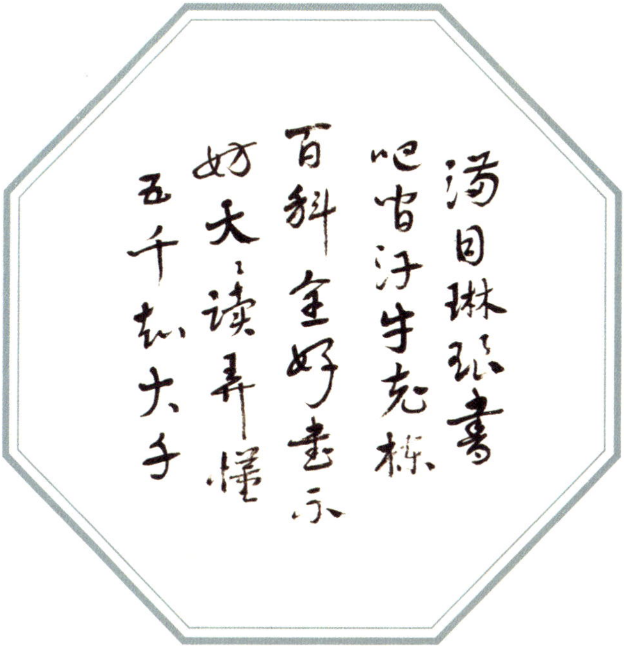

书吧感怀

满目琳琅书吧间，

汗牛充栋百科全。

好书不妨天天读，

弄懂五千知大千。[①]

① 五千，老子《道德经》全书五千字。五千言、五千卷、五千等等，均指《道德经》。

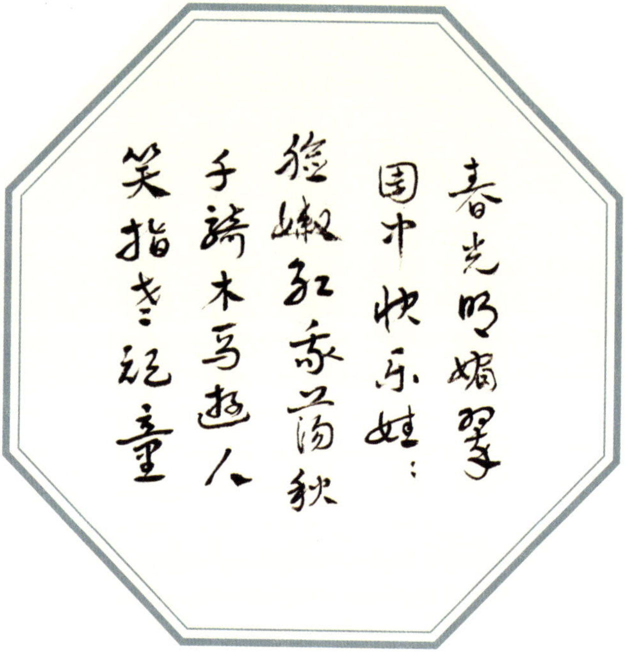
春光明媚翠
园中快乐娃娃
脸嫩红我荡秋
千骑木马游人
笑指老顽童

儿童乐园

春光明媚翠园中，
快乐娃娃脸嫩红。
我荡秋千骑木马，
游人笑指老顽童。

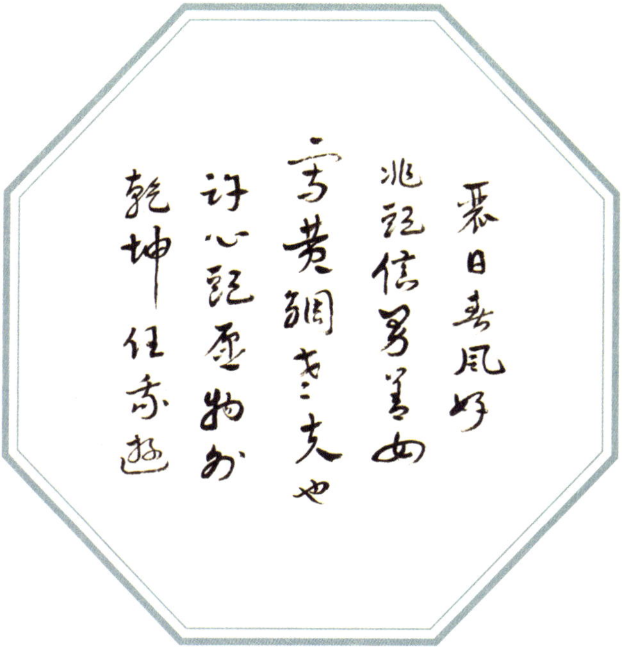
丽日春风好
兆头信男善女
写黄绸老夫也
许心头愿物外
乾坤任我游

许愿街

丽日春风好兆头，
信男善女写黄绸。
老夫也许心头愿，
物外乾坤任我游。

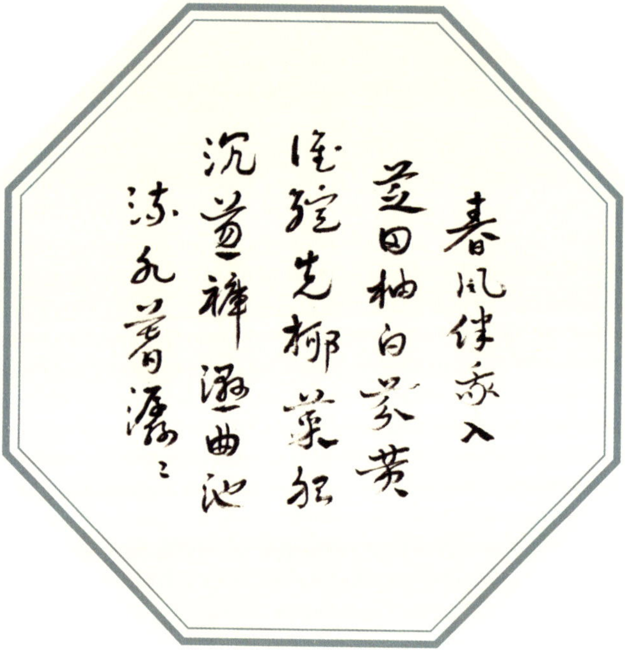

网院田园

春风伴我入芝田，
柚白芥黄谁绽先。
椰菜胎沉葱裤湿，
曲池流水暮潺潺。

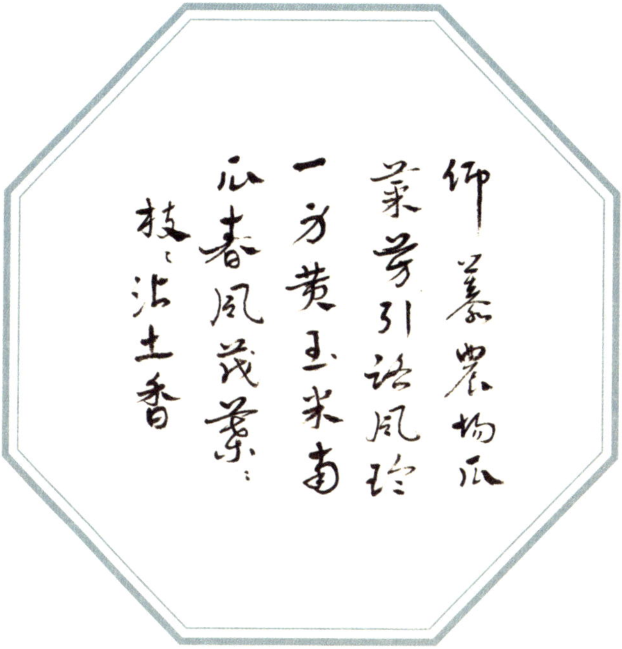

微农场

仰慕农场瓜菜芳，

风铃引路一身黄。

南瓜玉米春风茂，

叶叶枝枝沾土香。

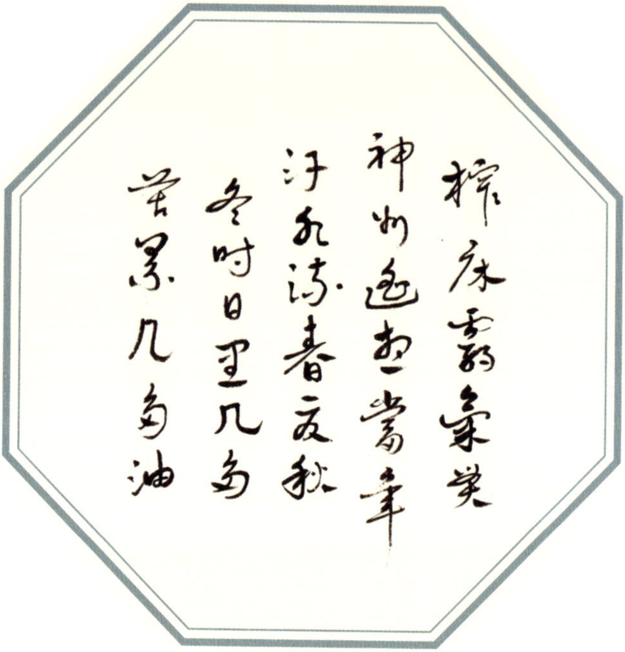

榨油床怀古

榨床霸气贯神州，
遥想当年汗水流。
春夏秋冬时日里，
几多苦累几多油。

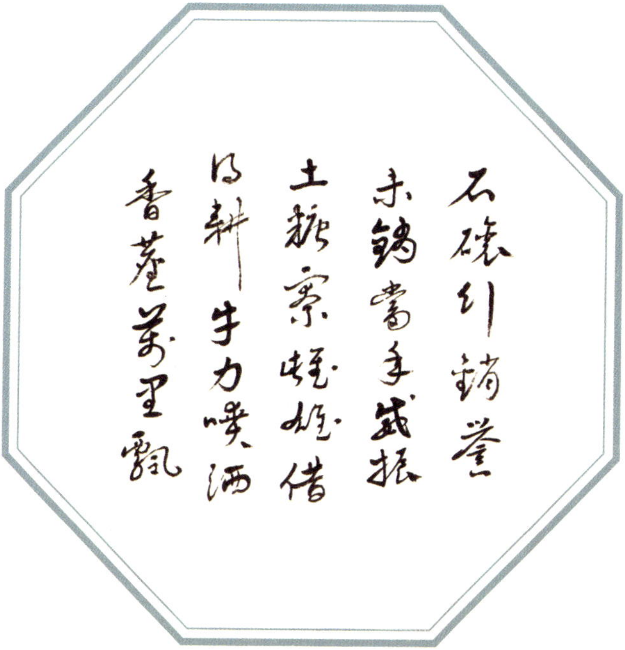

重逢石磙[①]

石磙行销誉未销，

当年威振土糖寮。

雌雄借得耕牛力，

喷洒香尘万里飘。

① 石磙，榨甘蔗的设备之一。旧时土榨寮用两个石磙、石盘、拉杆等构成一整体，用耕为动力，拉动拉杆带动石磙压榨甘蔗。

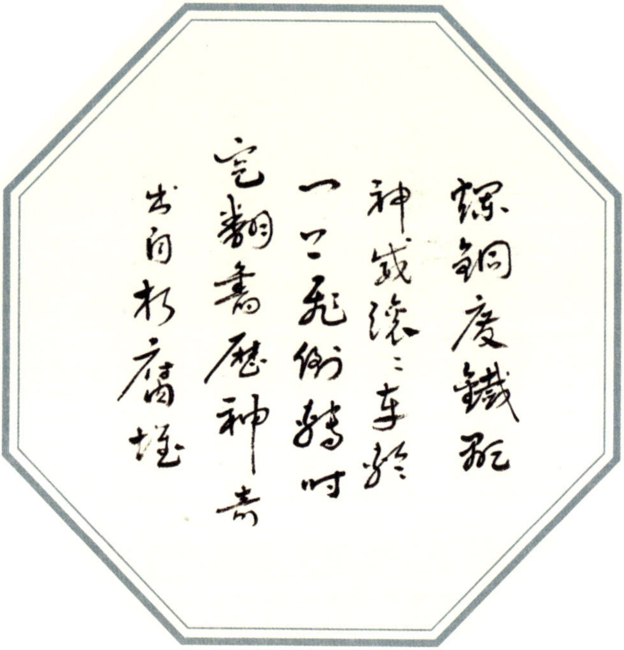

阿陋街①

烂铜废铁显神威，
滚滚车轮门上飞。
倒转时空翻旧历，
神奇出自朽腐堆。

① 此街两边陈列报废的小汽车、旧轮胎、车床、单车、铁砧铁锤、锄头铲镐等用具。

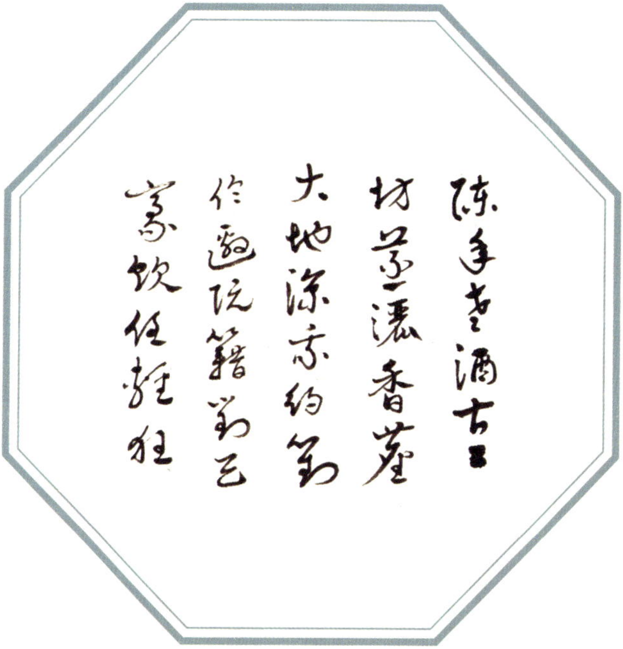

老酒坊

陈年老酒古工坊，
蒸酒香尘大地凉。
我约刘伶邀阮籍，
对天豪饮任轻狂。

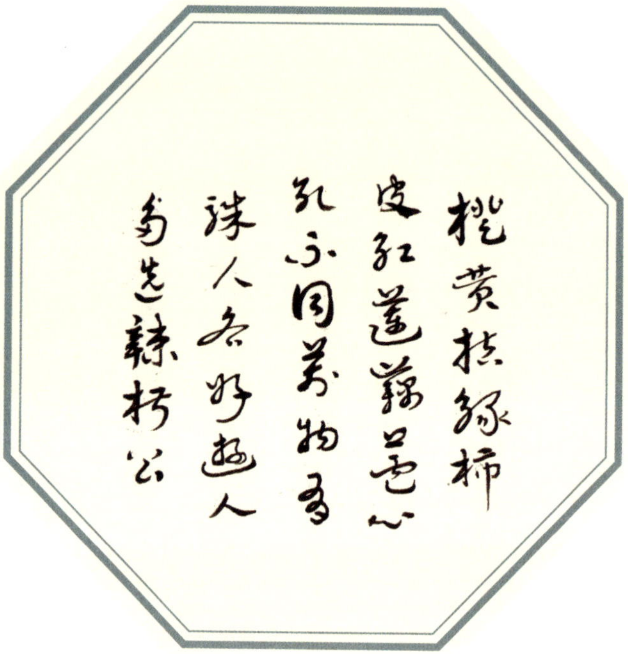

食工坊

橙黄橘绿柿皮红，

莲藕芦心孔不同。

万物有殊人各好，

游人多选辣椒公。[1]

① 茂德公集团的辣椒酱全国有名，其广告为“辣椒还是公的好”。

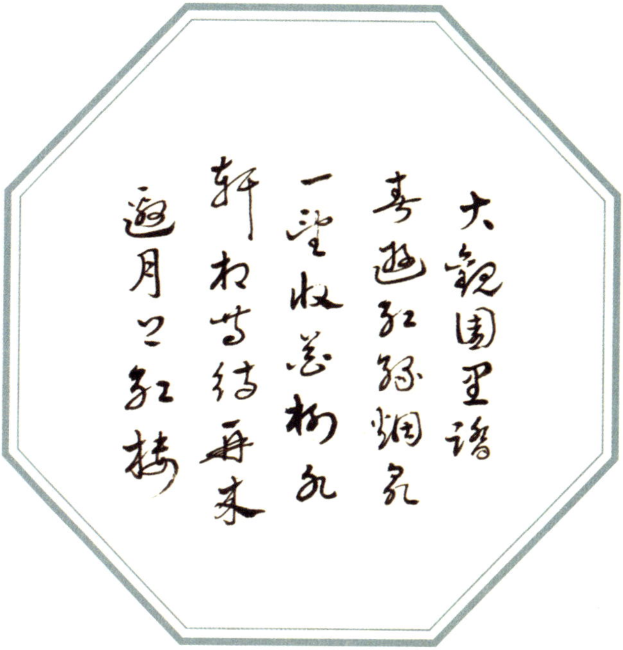
大观园里踏
春游红绿烟泉
一望收花树水
轩相等待再来
邀月上红楼

大观园感怀

大观园里踏春游，
红绿烟泉一望收。
花榭水轩相等待，
再来邀月上红楼。

银川游

银川游

中秋时节，余随诸友游宁夏银川，收益颇丰。作七绝十首以铭记忆。

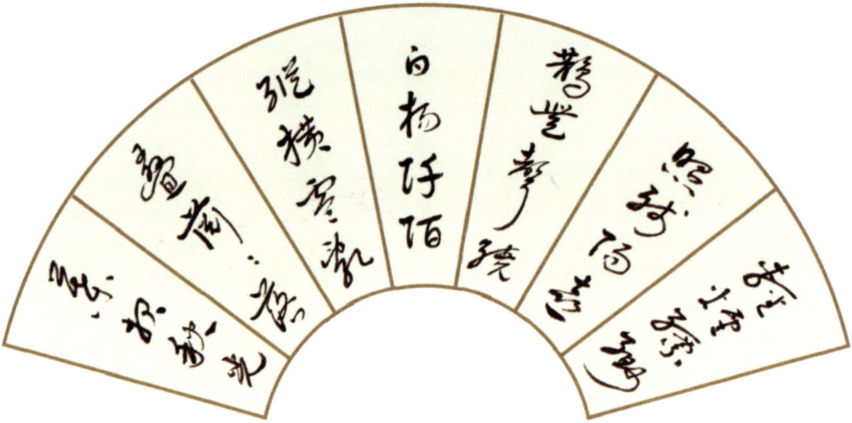

游凤凰公园

其一

轻烟缥缈照残阳，
喜鹊无声绕白杨。
阡陌纵横零乱迭，
萧萧落叶报秋光。

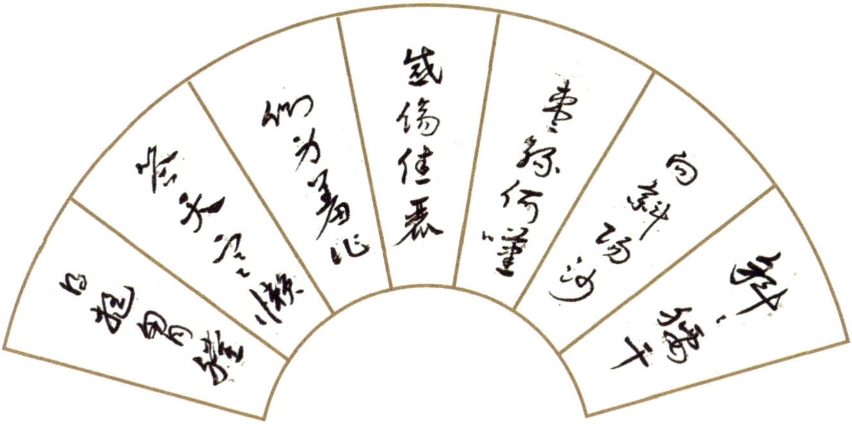

其二

（见沙枣林排排倾斜）

斜斜腰干向斜阳，
沙枣缘何叹感伤？
佳丽侧身羞作答，
天寒懒得挺胸膛。

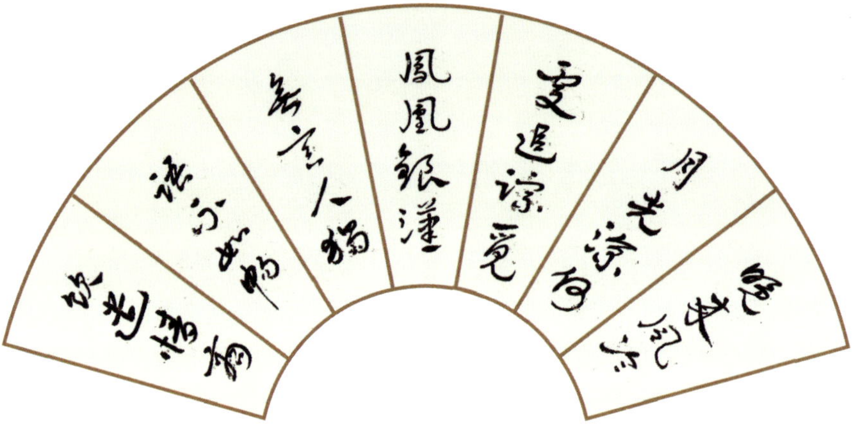

其三

晚来风冷月光凉，
何处追踪觅凤凰？
银汉无言人独语，
不如畅饮遣情商。

游三峡

秋风天水共澄光，
浪碧波清映艳阳。
倒影峰峦千百里，
黄河入塞似潇湘。

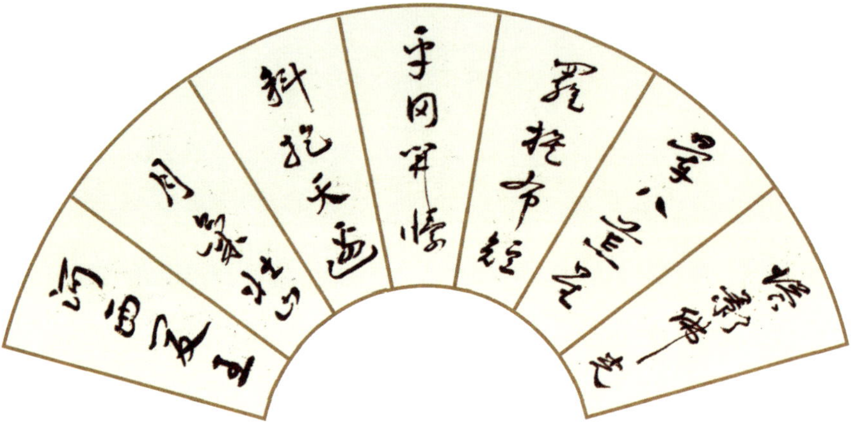

一百零八塔

塔影佛光晕八荒，
星罗棋布短平冈。
开怀斜抱天边月，
气壮山河西夏王。

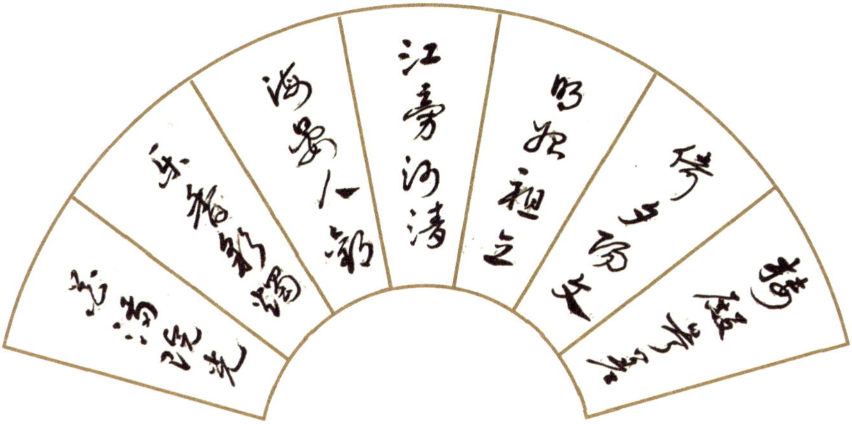

大禹文化

楼殿参差倚夕阳，
文明始祖立江旁。
河清海晏人欢乐，
香彩烛花满院光。

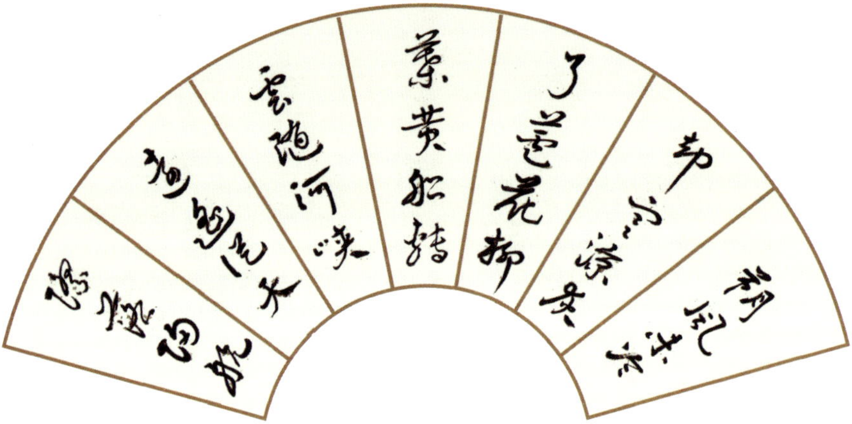

游黄河

朔风未冷却寒凉，
灰了芦花柳叶黄。
船转云随河峡远，
遥从天际落归航。

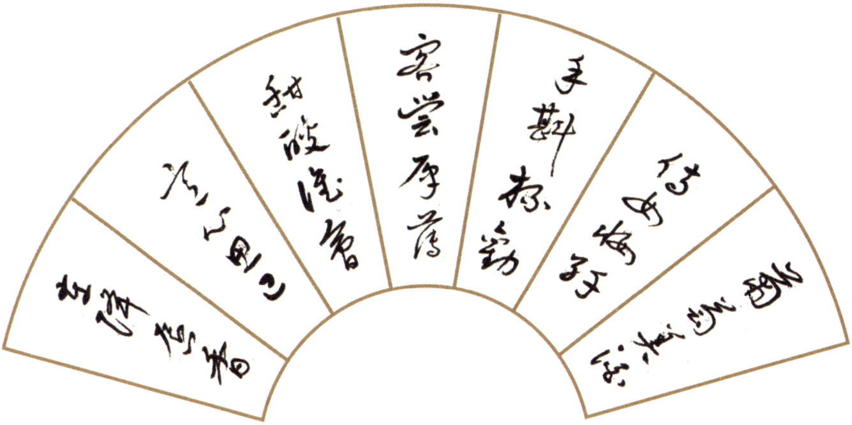

游张裕酒庄

葡萄美酒侍红妆，
纤手斟杯劝客尝。
厚薄甜酸谁会意，
心思已在绛唇香。

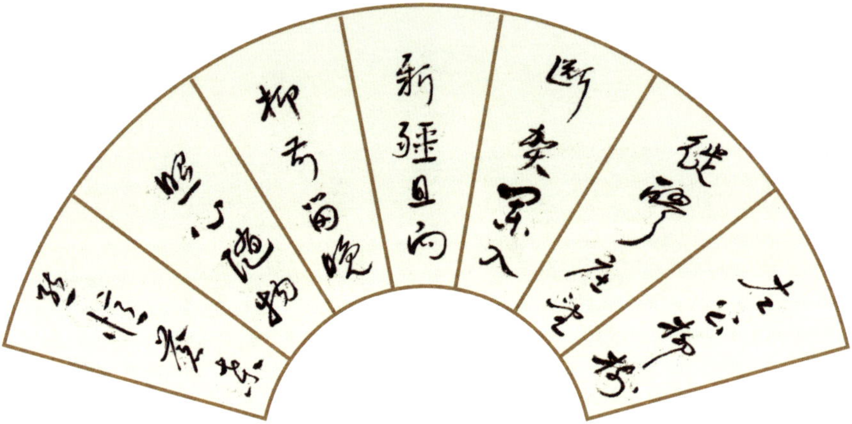

游源石酒庄

（该庄从河西走廊购回左宗棠收复新疆时种下的柳树，名曰：左公柳园。）

左公柳树徙醪庄，
望断贺兰入北疆。
且向柳前留晚照，
心随物态忆沧桑。

游西鸽葡萄园

葡丛断尾备冬装，

颗粒幸存枝后藏。

分果玉颜抬皓腕，

甜沉心里齿留香。

北边村十八景

北边村十八景

北边村位于雷州市松竹镇附近，全村四千人，均为邓姓，具有六百多年之历史。观其接草罗岭之地脉，乘南渡河之气势。村后红土，植以树木；郭前沙地，围以刺篱。合茂林以修竹，间榕荫以柳丝。椰树亭亭，芳草萋萋。沙溪弯曲而流碧，池塘连片而散漪。阡陌纵横似网，田畴棋格如砥。山水多情，风光旖旎。世世代代，务耕读以持家；祖祖辈辈，奉诗书以继世。余熟其民风，谙其地理，不可无诗！

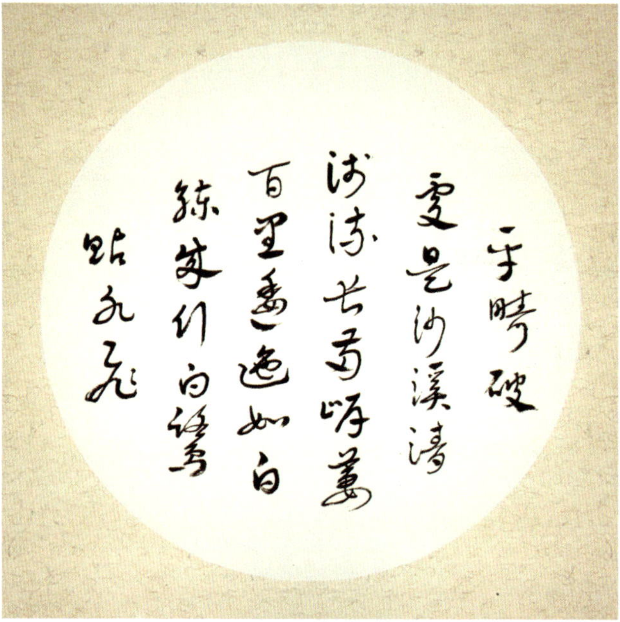

沙溪流碧

平畴破处是沙溪，

清浅流长两岸萋。

百里逶迤如白练，

成行白鹭贴波飞。

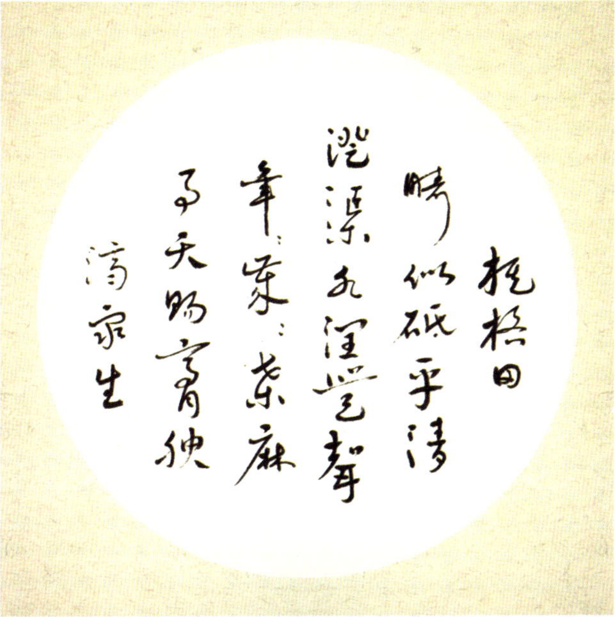

田畴砥平

棋格田畴似砥平，
清澄渠水润无声。
年年岁岁桑麻事，
天赐膏腴济众生。

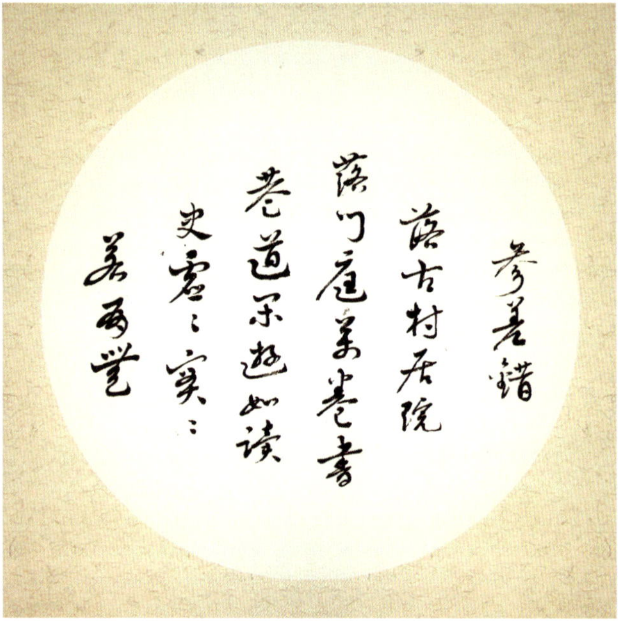

村居错落

参差错落古村居，

院落门庭万卷书。

巷道闲游如读史，

虚虚实实有中无。

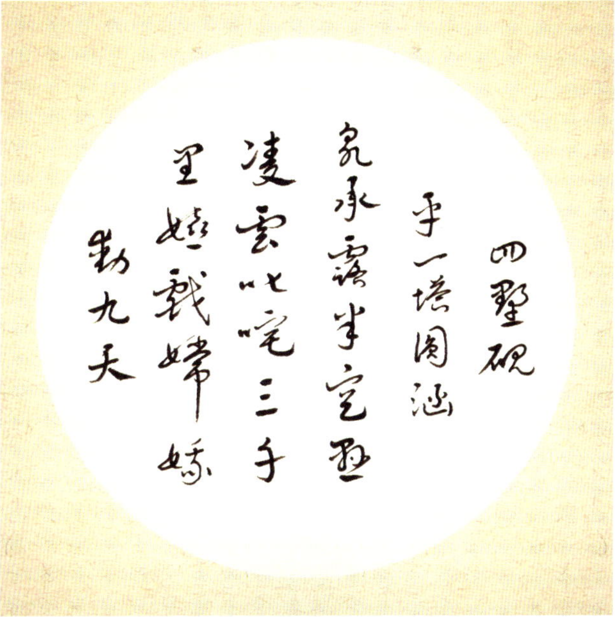
四野砚
平一塔圆涵
泉承露半空悬
凌云叱咤三千
里嬉戏嫦娥
动九天

高塔凌云（水塔）

四野砚平一塔圆，

涵泉承露半空悬。

凌云叱咤三千里，

嬉戏嫦娥动九天。

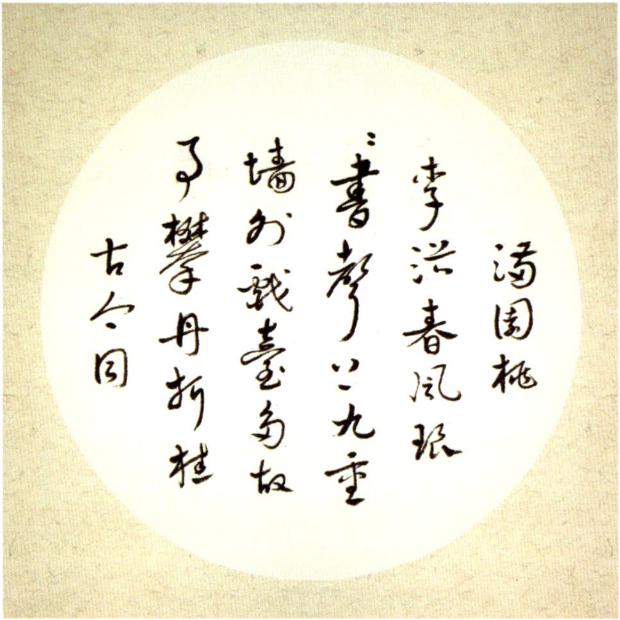

海隅邹鲁[1]

满园桃李浴春风，

琅琅书声上九重。

墙外戏台多故事，

攀丹折桂古今同。

① 北边小学。

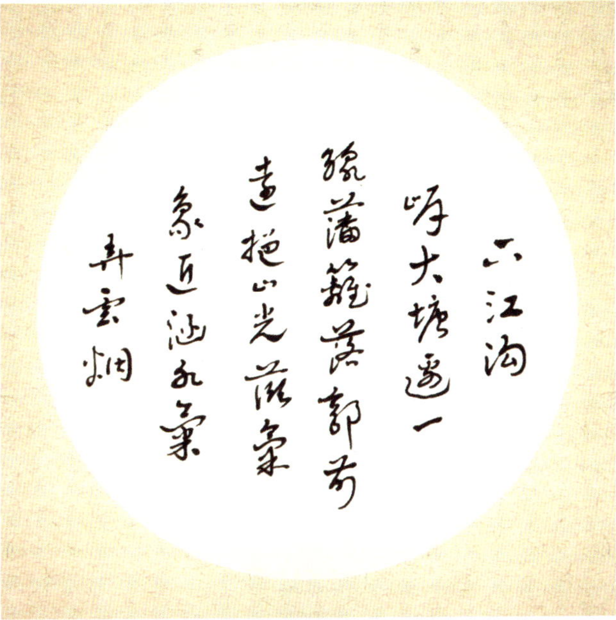

刺篱弄云

下江沟岸大塘边，①

一线藩篱落郭前。

远挹山光滋气象，

近涵水气弄云烟。

① 下江沟，地名。

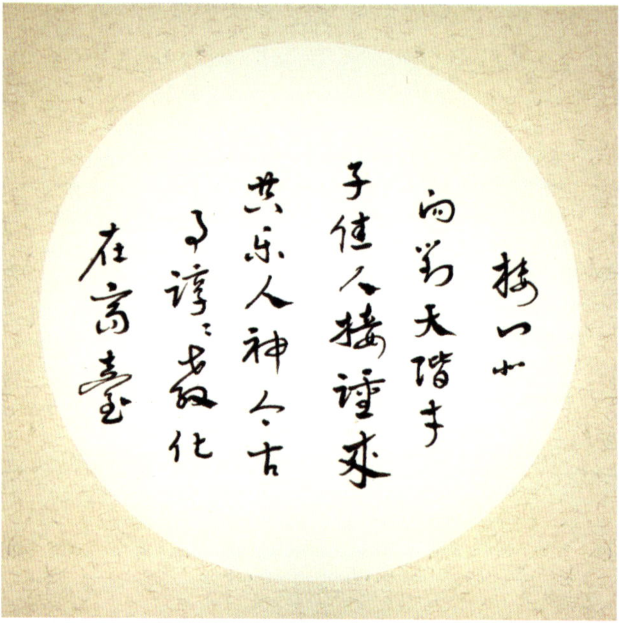

高台教化[①]

楼门北向对天阶，
才子佳人接踵来。
共乐人神今古事，
谆谆教化在高台。

① 高台，即北边村戏楼。

竹节遮天[1]

如云似雾挂长空，

蔽日遮天枝叶浓。

鸟语蝉鸣坡野静，

堪舆点赞说来龙。

① 竹节，树名，俗名叫山竹黎。

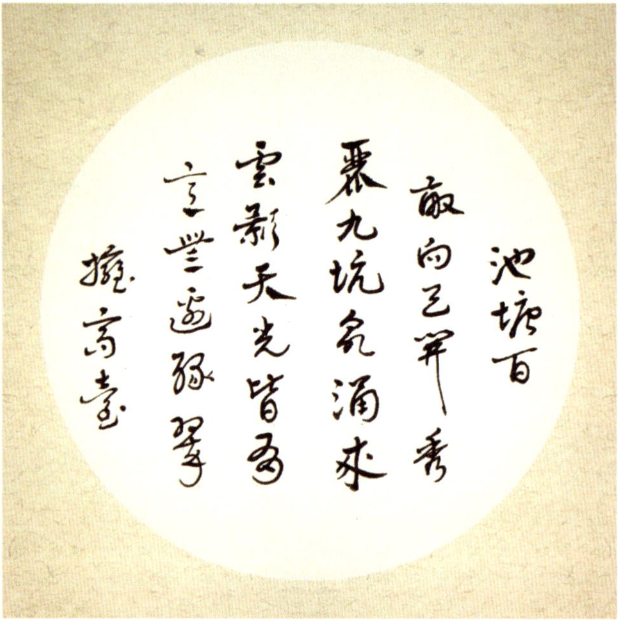

翠拥高台

池塘百亩向天开，
秀丽九坑泉涌来。
云影天光皆有意，
无边绿翠拥高台。

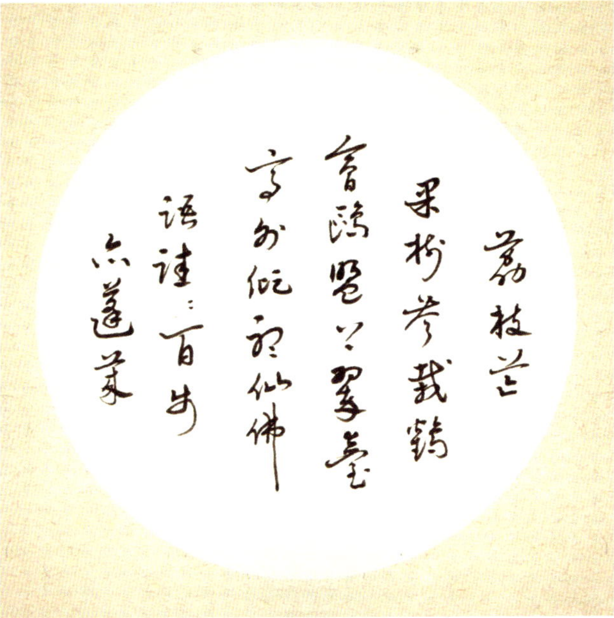

百步蓬莱[①]

荔枝芒果树参栽，

鹤会鸥盟上翠台。

亭外倾听仙佛语，

跬跬百步亦蓬莱。

---

① 百步蓬莱，北边村大塘内小岛名字。

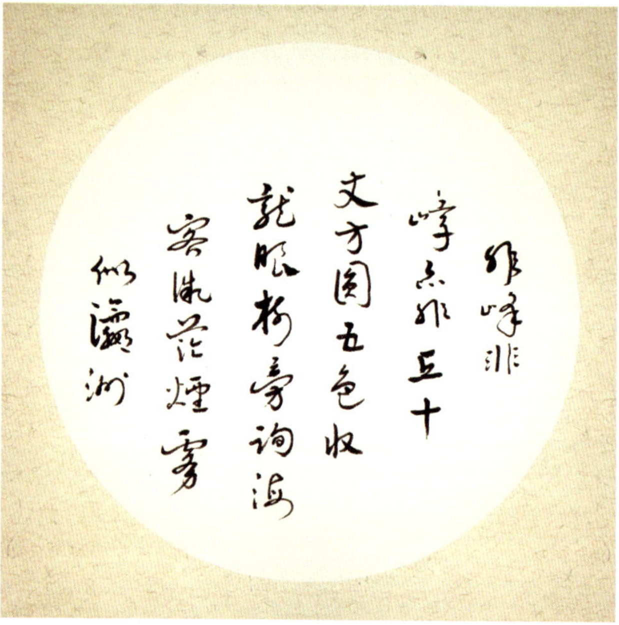

十文瀛洲[①]

非峰非嶂亦非丘，

十丈方圆五色收。

龙眼树旁询海客，

微茫烟雾似瀛洲。

① 十丈瀛洲，北边村大塘内小岛名字。

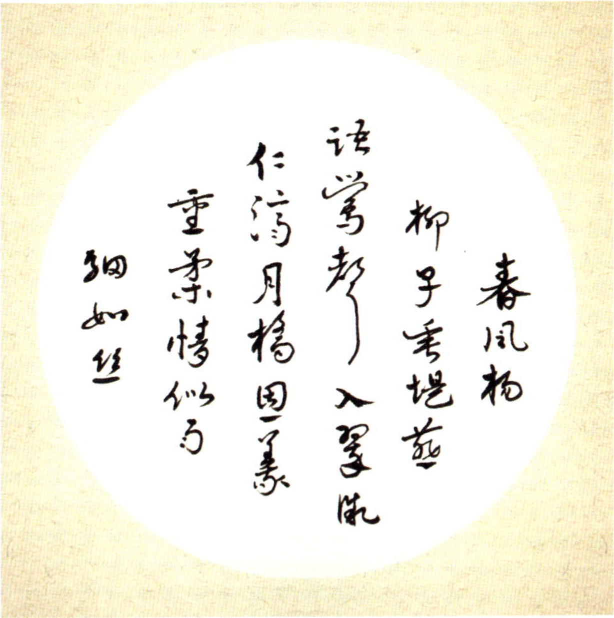

月桥仁济

春风杨柳早垂堤，

燕语莺声入翠微。

仁济月桥恩义重，

柔情似雨细如丝。

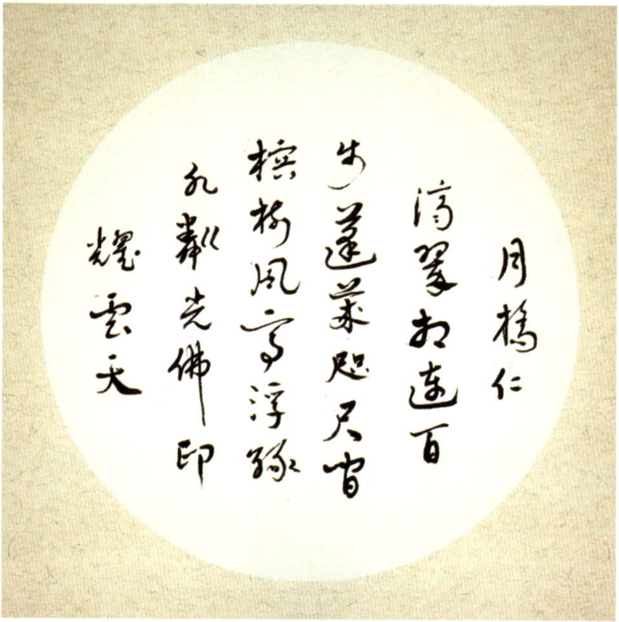

粼光佛印[①]

月桥仁济翠相连，

百步蓬莱咫尺间。

榕树风亭浮绿水，

粼光佛印耀云天。

① 粼光佛印，北边村大塘边一小岛名字。

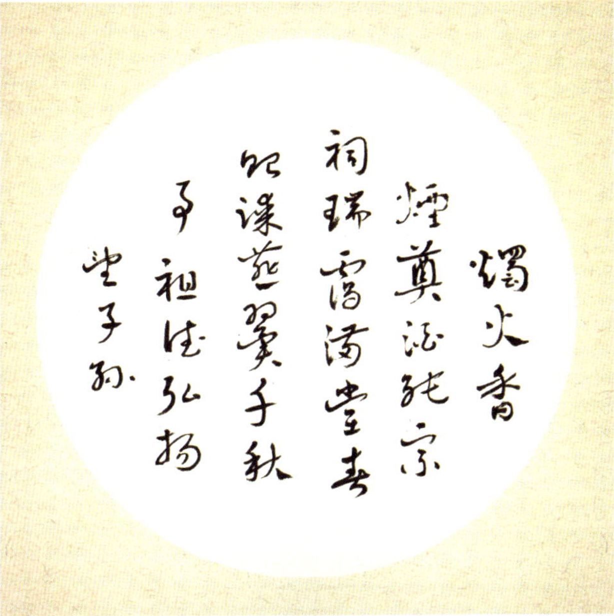

宗祠瑞霭

烛火香烟奠酒醇，
宗祠瑞霭满堂春。
贻谋燕翼千秋事，
祖德弘扬望子孙。

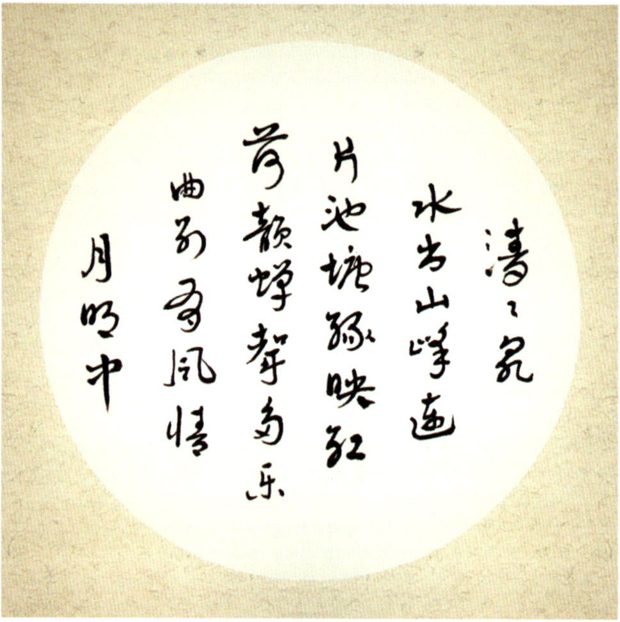

荷韵蝉声

清清泉水出山峰，
连片池塘绿映红。
荷韵蝉声多乐曲，
别有风情月明中。

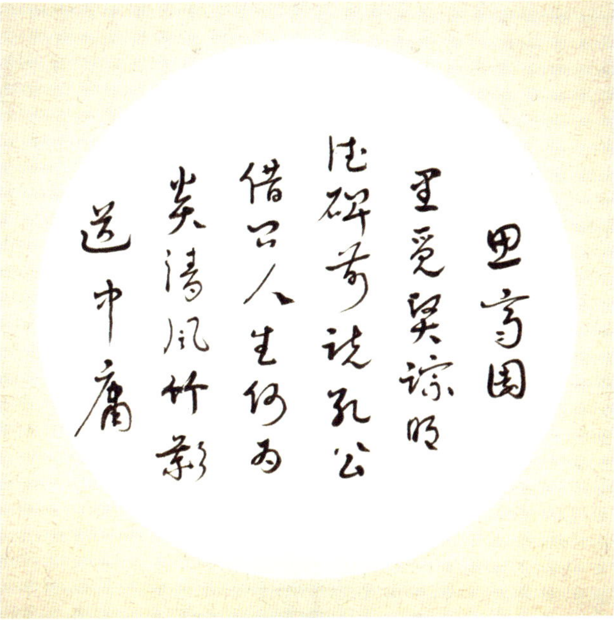

竹影清风

思齐园里觅贤踪，
明德碑前说孔公。
借问人生何为贵，
清风竹影道中庸。

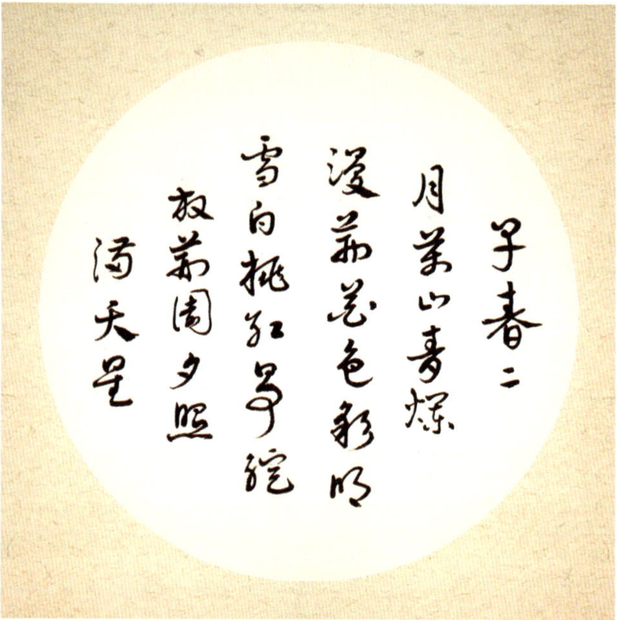

荆园夕照

早春二月万山青，

烂漫荆花色彩明。

雪白桃红争绽放，

荆园夕照满天星。

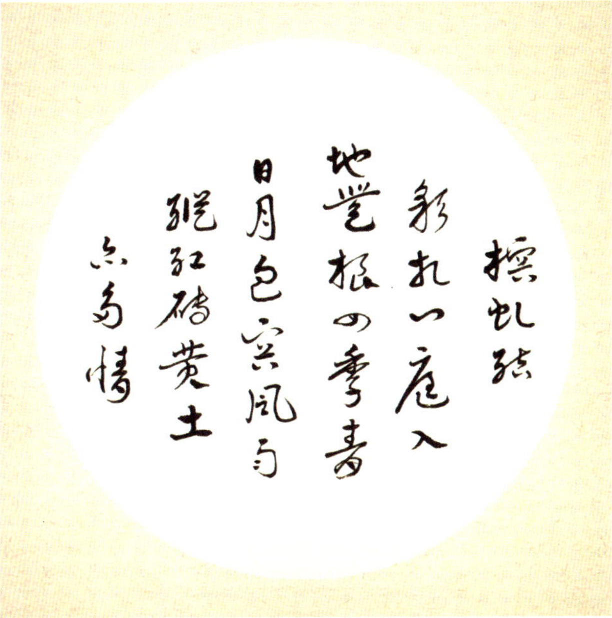

榕虬结彩[①]

榕虬结彩扎门庭，
入地无根四季青。
日月包容风雨纵，
红砖黄土亦多情。

① 古村门寄生榕树。

读唐代名家诗作廿咏

读陈子昂诗

岁月悠悠万物嚣，
阴阳天地泰相交。
三元兴废无今古，
涕下怆然独自豪。

陈子昂

(659—700)，字伯玉，梓州射洪（今属四川）人。少任侠。开耀进士，以上书论政，为武则天所赞赏，拜麟台正字，转右拾遗。敢于陈述时弊。曾随武攸宜击契丹。后解职回乡，为县令段简诬，入狱，忧愤而死。于诗标举汉魏风骨，强调兴寄，反对柔靡之风，是唐代诗歌革新的先驱。有《陈伯玉集》。（新、旧《唐书》本传）

读张九龄诗

月明怀远又今宵，

共此情人怨夜遥。

沧海天涯皆砥砺，

灞陵皇气岭峤飙。

张九龄

(678—740)，一名博物，字子寿，韶州曲江（今属广东）人。长安进士，累官至中书侍郎同中书门下平章事。开元二十四年(736)为李林甫所谮，罢相。其《感遇诗》以格调刚健著称。有《曲江集》。（新、旧《唐书》本传）

读贺知章诗

乡愁愈旧愈难抛，
少小涂鸦老木雕。
欲说还休嗟日暮，
乡音不改任人嘲。

贺知章

（约659—约744），字季真，自号四明狂客，越州永兴（今浙江杭州萧山）人。证圣进士，官至秘书监。后还乡为道士。好饮酒，与李白友善。“吴中四士”之一。诗多祭神乐章和应制之作；写景抒情之作，较清新通俗。《全唐诗》存其诗一卷。（新、旧《唐书》本传、《唐才子传》卷三）

读岑参诗

胡天八月雪花飘，
秋草梨花一色淆。
笔下轮台风景异，
黄沙莽莽冷征袍。

岑　参

（约715—770），江陵（今属湖北）人。天宝进士，曾随高仙芝到安西、武威，后又往来于北庭、轮台间。官至嘉州刺史，卒于成都，世称岑嘉州。长于七言歌行。所作善于描绘塞上风光和战争景象；气势豪迈，情辞慷慨，语言变化自如。与高适齐名，并称“高岑”，有《岑嘉州诗集》。（《唐诗纪事》卷二三、《唐才子传》卷三）

读高适诗

孤城瀚海羽书交，

旌旆逶迤出塞遥。

远戍铁衣多战死，

散骑常侍叹蓬蒿。

高　适

（约704—765），字达夫，渤海县（今河北景县）人。早年仕途失意。后客游河西，为哥舒翰书记。历任淮南、西川节度使，终散骑常侍。封渤海县侯。边塞诗和岑参齐名，并称“高岑”，风格也大略相近。有《高常侍集》。（新、旧《唐书》本传、《唐才子传》卷二）

读王昌龄诗

秦月汉关风雪交，
孤城遥望塞云高。
思清绪密龙标尉，
一片冰心在素毫。

王昌龄

（?—约756），字少伯，京兆长安（今陕西西安）人。开元进士，授校书郎，改汜水县尉，再迁江宁丞。晚年贬龙标尉。因世乱还乡，道出亳州，为刺史闾丘晓所杀。其诗擅长七绝，边塞诗气势雄浑，格调高昂。也有愤慨时政及刻画宫怨之作。原有集已散佚，明人辑有《王昌龄集》。（新、旧《唐书》本传、《唐才子传》卷二）

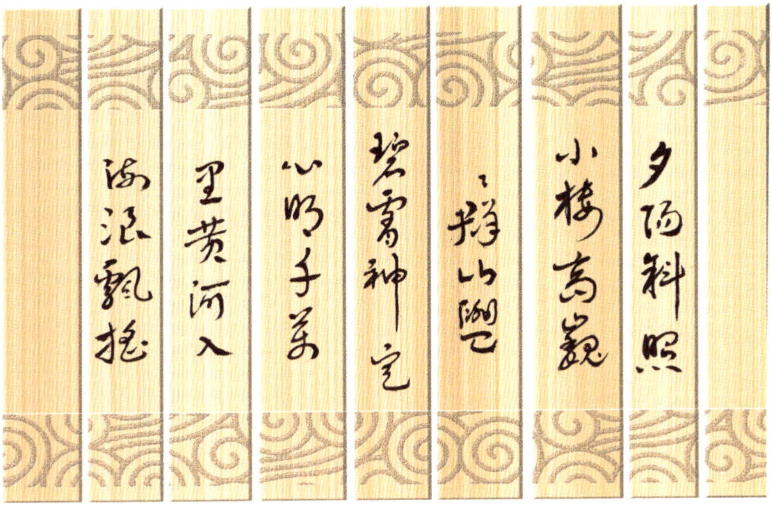

读王之涣诗

夕阳斜照小楼高，

巍巍群山盟碧霄。

神定心明千万里，

黄河入海浪飘摇。

王之涣

（688—742），字季凌，晋阳（今山西太原）人，后徙绛。官文安县尉。豪放不羁，常击剑悲歌。其诗多被当时乐工制曲歌唱，以描写边疆风光著称。《全唐诗》存其诗六首。（《唐诗纪事》卷二六、《唐才子传》卷三）

读王维诗

松间明月似银浇，

石上清泉玉带摇。

镂月裁云渲简牍，

一般山水百般妖。

王　维

（约701—761），字摩诘，原籍祁（今属山西），其父迁居蒲州（今山西永济），遂为河东人。开元进士。累官至给事中。安禄山叛军陷长安时曾受职，乱平后，降为太子中允。后官至尚书右丞，故亦称王右丞。中年后居蓝田辋川，过着亦官亦隐的优游生活。诗与孟浩然齐名，世称“王孟”。有《王右丞集》。

读孟浩然诗

绿树青山郭外娆，

农家鸡黍具佳肴。

鹿门恬淡田园秀，

天下风流五色毫。

孟浩然

(689—740)，以字行，襄州襄阳（今属湖北）人。早年隐居鹿门山。年四十，游长安，应进士不第。后为荆州从事，患疽卒。曾游历东南各地，诗与王维齐名，称为“王孟”。其诗清淡雅致，长于写景，多反映隐逸生活。有《孟浩然集》。（新、旧《唐书》本传、《唐才子传》卷二）

读李白诗

斗酒百篇弄浪潮，
逍遥蜀道笑猿猱。
巫山云雨庐山瀑，
梦笔深藏比兴毫。

李　白

(701—762)，字太白，号青莲居士。祖籍陇西成纪（今甘肃秦安东），幼时随父迁居绵州昌隆（今四川江油）青莲乡。二十五岁离蜀，长期在各地漫游。天宝初供奉翰林。安史之乱中，曾为永王李璘幕僚，因兵败牵累，流放夜郎。中途遇赦东还。晚年漂泊困苦，卒于当涂。有《李太白集》。（新、旧《唐书》本传、《唐才子传》卷二）

读崔颢诗

昔人乘鹤上云霄，
余下翠楼百尺高。
怅望晴川鹦鹉渚，
乡关日暮路迢遥。

崔　颢

（？—754），时汴州（今河南开封）人。开元进士，官司勋员外郎。早期诗多写闺情，流于浮艳。后历边塞，诗风变为雄浑奔放。有《崔颢诗集》。（新、旧《唐书》本传、《唐才子传》卷一）

读杜甫诗

凌绝凭高览众峣，
集成汉魏六朝韬。
铺陈比兴风骚雅，
万古云霄一羽毛。

杜　甫

(712—770)，字子美，原籍襄阳（今属湖北），迁居巩县（今属河南）。开元后期，举进士不第，漫游各地。后寓居长安近十年。及安禄山军陷长安，乃逃至凤翔，官左拾遗。长安收复后，为华州司功参军。不久弃官居秦州同谷。又移家成都，在剑南节度使严武幕中任参谋，武表荐为检校工部员外郎，故世称杜工部。晚年携家出蜀，病死湘江途中。有《杜工部集》。（新、旧《唐书》本传、《唐才子传》卷二）

读韦应物诗

潇潇暮雨带春潮，

野渡舟横宿鸟敲。

诗似陶潜闲澹简，

春风两岸武陵桃。

韦应物

(约7374—约791)，京兆万年(今陕西西安）人。少年时以三卫郎事玄宗。后为滁州、江州、苏州刺史。故称韦江州或韦苏州。其诗以写田园风物著名，语言简淡。有《韦苏州集》。（《唐诗纪事》卷二六、《唐才子传》卷四）

读白居易诗

琵琶长恨怨难消，
绵密娉婷粉黛描。
米贵长安居不易，
问君何计渡云桥。

白居易

(772—846)，字乐天，晚年号香山居士、醉吟先生，祖籍太原（今属山西），后迁居下邽（今陕西渭南）。贞元进士。元和年间任左拾遗及左赞善大夫。因上表请求严缉刺死宰相武元衡的凶手，被贬为江州司马。后官至刑部尚书。与元稹常唱和，世称“元白”。有《白氏长庆集》。（新、旧《唐书》本传、《唐诗纪事》卷三八）

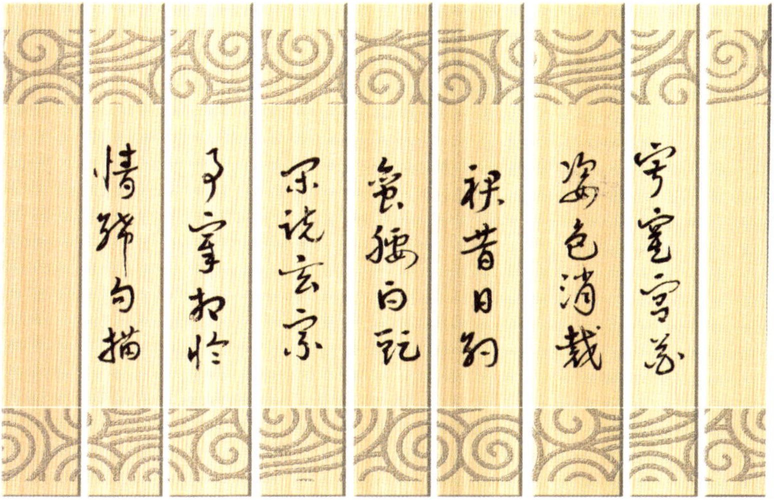

读元稹诗

寂寞宫花姿色消，

裁裙昔日约蛮腰。

白头闲说玄宗事，

宰相怜情绨句描。

元　稹

(779—831)，字微之，河南（今河南洛阳）人，居京兆万年（今陕西西安）。举贞元九年明经科、十九年书判拔萃科，曾任监察御史。因得罪宦官及守旧官僚，遭贬斥。后官至同中书门下平章事。卒于武昌军节度使任所。与白居易友善，常相唱和，世称“元白”。有《元氏长庆集》。（新、旧《唐书》本传、《唐才子传》卷六）

读刘禹锡诗

乌衣巷口夕阳骄，
野草香花朱雀桥。
王谢华堂今不在，①
唯留旧燕筑新巢。

刘禹锡

(772—842)，字梦得，洛阳（今属河南）人，自言系出中山（今河北定州市）。贞元进士，登博学宏辞科。授监察御史，因参加王叔文集团，贬朗州司马，迁连州刺史。后以裴度力荐，任太子宾客，加检校礼部尚书。世称刘宾客。与柳宗元友善，并称“刘柳”。又与白居易唱和，并称“刘白”。（《唐才子传》卷五）

① 王谢，指东晋王导、谢安两家豪门世族。

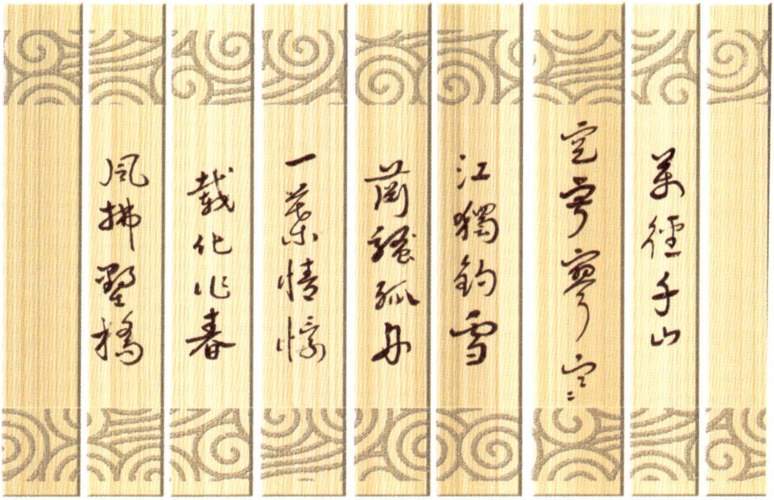

读柳宗元诗

万径千山空寂寥，
寒江独钓雪萧骚。
孤舟一叶情怀载，
化作春风拂野桥。

柳宗元

(773—819)，字子厚，河东解（今山西运城西）人，世称柳河东。贞元进士，授校书郎，调蓝田尉，升监察御史里行。因参加王叔文集团，被贬为永州司马。后迁柳州刺史，故又称柳柳州。与韩愈皆倡导古文运动，并称“韩柳”，同被列入“唐宋八大家”。其诗风格清峭。有《河东先生集》。(新、旧《唐书》本传、《唐诗纪事》卷五)

读卢仝诗

采得黄芽叶嫩条，

笼头纱帽煮春宵。

《茶经》诗化成千古，

七碗香茗百念消。

卢　仝

(约775—835)，自号玉川子，范阳（今河北涿县）人。他才高有节，时人称誉他“志怀霜雪。操似松柏”。唐文宗大（太）和九年“甘露之变”时，被误杀于宰相王涯家中，时年四十岁。他的《走笔谢孟谏议寄新茶》，被后人誉为“诗化的《茶径》”。

读杜牧诗

袅袅婷婷杨柳腰，

生花妙笔自当箫。

湖州山水扬州月，

最是销魂廿四桥。

杜　牧

(803—853)，字牧之，京兆万年（今陕西西安）人。杜佑孙。大和进士，曾为江西观察使、宣歙观察使沈传师和淮南节度使牛僧孺的幕僚，历任监察御史，黄、池、睦诸州刺史，后入为司勋员外郎，官终中书舍人。其诗在晚唐成就颇高，后人称杜甫为“老杜”，称其为“小杜”。又与李商隐并称“小李杜”。有《樊川文集》。

读李商隐诗

锦瑟多弦音色调，

春蚕蜡烛鸟鷓鹕。

东风善解灵犀意，

春色平分上万梢。

李商隐

（约813—约858），字义山，号玉谿生，怀州河内（今河南沁阳）人。开成进士，曾任县尉、秘书郎和东川节度使判官等职。因受牛李党争影响，被人排挤，潦倒终身。所作咏史诗多托古以讽；“无题”诗也有所寄寓，诸家所释不一。擅长律、绝，具有独特风格。有《李义山诗集》。（新、旧《唐书》本传、《唐才子传》卷十）

观看蔡李佛拳表演

观看蔡李佛拳表演

蔡李佛即蔡福、李友山、陈享三杰之始创。蔡李佛之集成者乃陈享，其从师蔡福和李友山，并将蔡福、李友山之武术精华融于一体，得名蔡李佛。房胜棠先生为北胜蔡李佛传承人，在2018年中央电视台《祝福新时代》节目中表演蔡李佛拳。观之有感，得七绝四首。

亮相珠海

濠江水月起高台，
日暖春和花盛开。
岭表群英擂战鼓，
风云际会雁相挨。

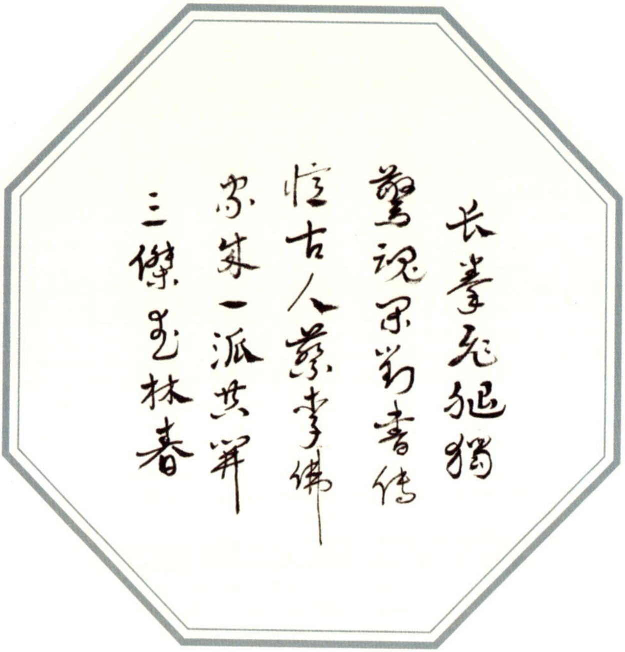

蔡李佛拳

长拳飞腿独惊魂，
闲对“书传”忆古人。
蔡李佛家成一派，
共开三杰武林春。[①]

① 三杰，即蔡福、李友山、陈享。

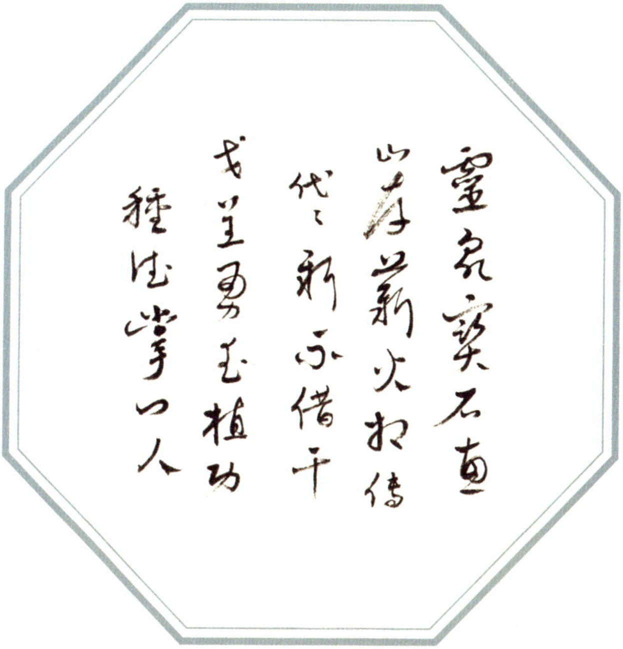

传承人房胜棠

灵泉宝石惠山存，
薪火相传代代新。
不借干戈呈勇武，
植功种德掌门人。

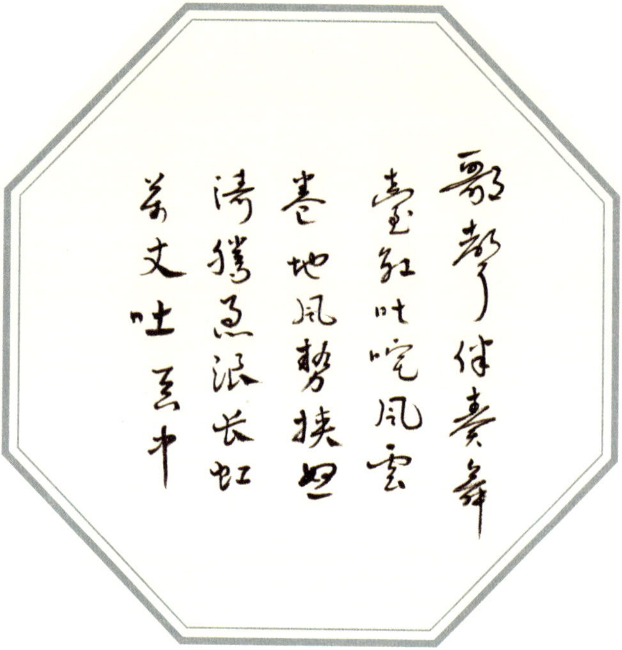

看胜棠先生表演

歌声伴奏舞台红，

叱咤风云卷地风。

势挟怒涛腾急浪，

长虹万丈吐吞中。

读唐五代南北宋名家词作

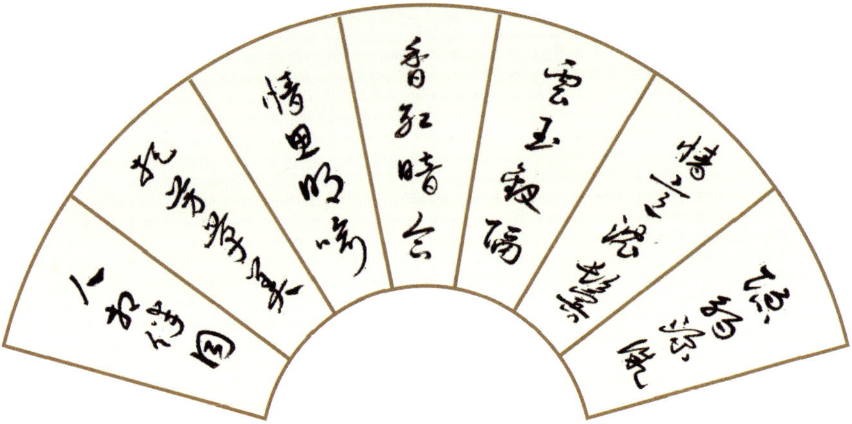

读温庭筠词

隐约深微情意浓，

鬓云玉钗隔香红。

暗合情思明喻托，

芳草美人相伴同。

温庭筠

（约812—866），本名岐，字飞卿。太原祁（今山西祁县东南）人，唐代诗人、词人。富有天才，终生潦倒不得志，官终国子助教，客于江陵。温庭筠精通音律、工诗、词话。与李商隐时称“温李”，被尊为“花间词派”之鼻祖，与韦庄并称“温韦”。文笔与李商隐、段成式齐名，三人都排行十六，故称“三十六体”。

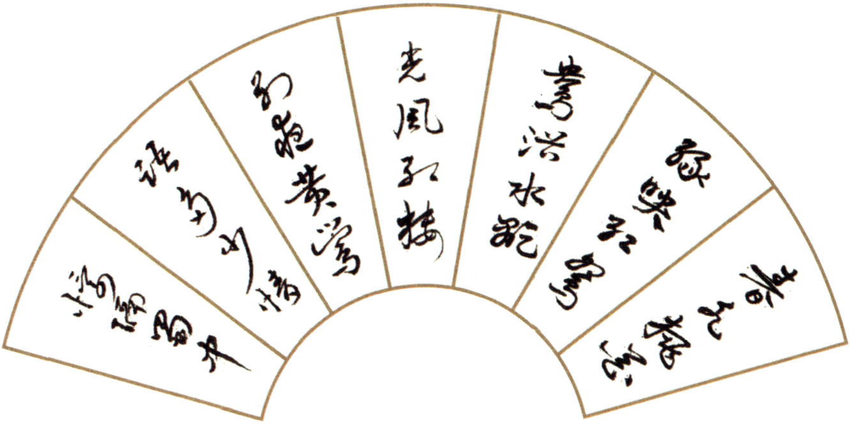

读韦庄词

春水桃花绿映红，

鸳鸯浴水显光风。

红楼别夜黄莺语，

多少情怀隔蜀中。

韦 庄

（约836—910），字端己。京兆郡杜陵县（今陕西西安）人，晚唐诗人、词人，儒客大家，五代时前蜀宰相。韦庄工诗，词风清丽。与温庭筠同为“花间词派”代表作家，并称“温韦”。所著长诗《秦妇吟》与《孔雀东南飞》《木兰诗》并称“乐府三绝”。有《浣花集》十卷，另有《菩萨蛮》五首为宋词奠基之作。

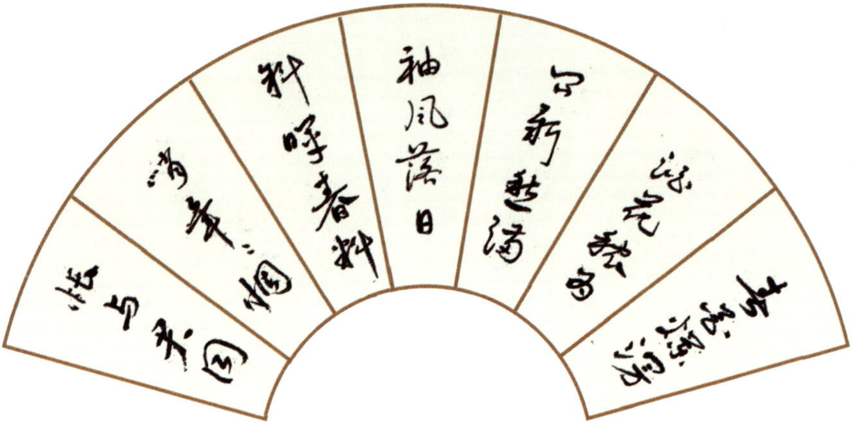

读冯延巳词

春花烂漫酒花秾，

为问新愁满袖风。

落日斜晖春料峭，

年年惆怅与君同。

冯延巳

(903—960)，又作延己、延嗣，字正中。五代江都府（今江苏省扬州市）人，五代十国时南唐著名词人，官终太子太傅，卒谥忠肃。他的词多写闲情逸致，文人的气息很浓，对北宋初期的词人有比较大的影响。有词集《阳春集》传世。

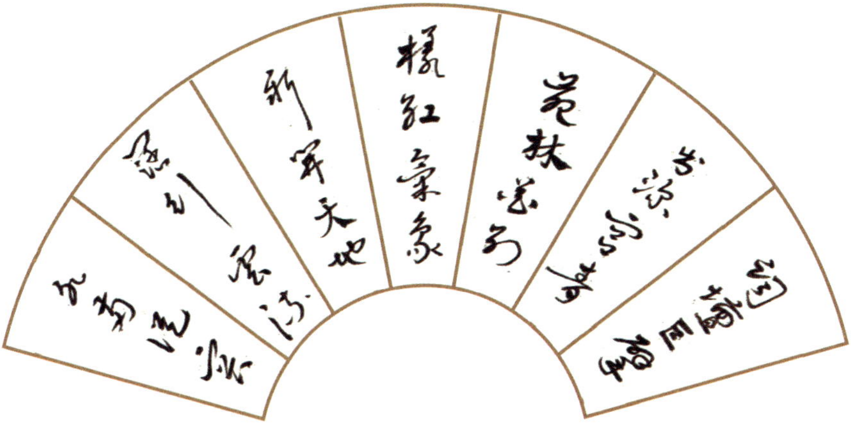

读李后主词

词坛巨擘出深宫，
青苑林花别样红。
气象新开天地阔，
行云流水两从容。

李　煜

(937—978)，初名从嘉，字重光，号钟山隐士、莲峰居士，祖籍彭城（今江苏徐州铜山区），南唐最后一位国君，世称南唐后主、李后主。李煜精书法、工绘画、通音律，诗文均有一定造诣，尤以词的成就最高。在晚唐五代词中别树一帜，对后世词坛影响深远。

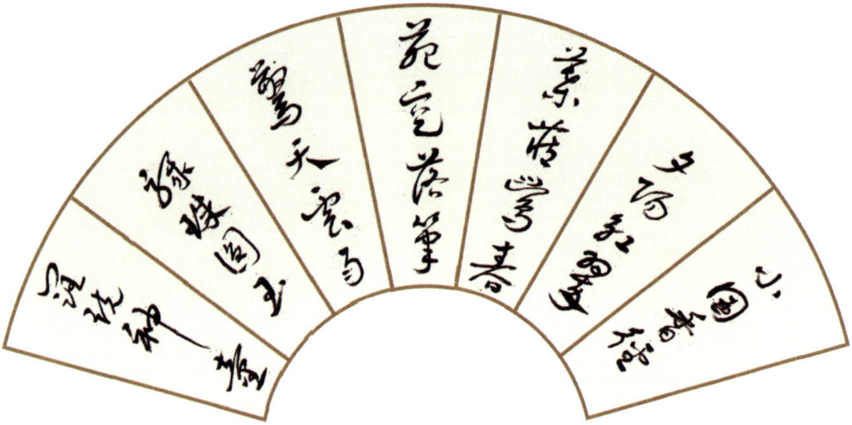

读晏殊词

小园香径夕阳红，
翠叶藏莺春苑空。
落笔惊天云雨骤，
珠圆玉润说神童。

晏　殊

(991—1055)，字同叔，抚州临川（今江西抚州）人。景德二年以神童召试，赐同进士出身。仁宗时，官至同中书门下平章事兼枢密使。当时名臣范仲淹、富弼、欧阳修和词人张先等，均出其门。卒谥元献，世称晏元献。诗属“西昆体”，词风承袭五代冯延巳，闲雅而有情思，语言婉丽，音韵谐和。有《珠玉词》，词存一百三十六首。

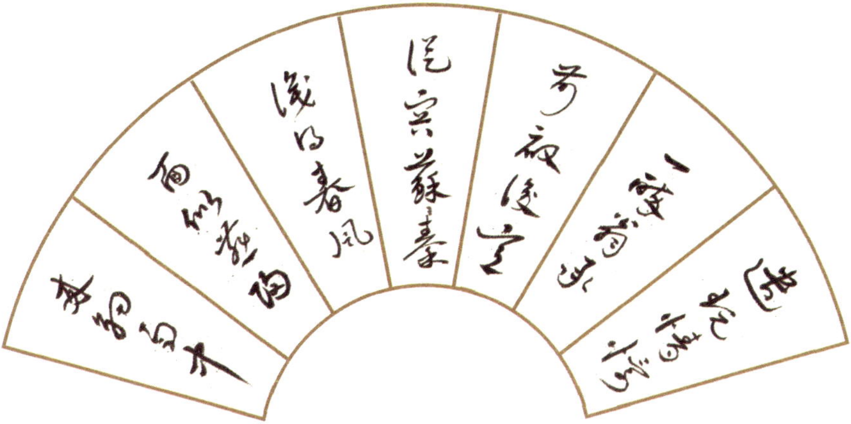

读欧阳修词

遣玩情怀一醉翁，
承前启后意从容。
苏秦识得春风面，[①]
似燕归来细雨中。

欧阳修

(1007—1072)，字永叔，庐陵（今江西吉安）人。天圣八年，中进士甲科。累擢知制诰、翰林学士、枢密副使、参知政事。神宗朝，迁兵部尚书，以太子少师致仕。熙宁五年卒，年六十六。赠太子太师，谥文忠。任知州时，号醉翁，晚号六一居士。有集传世。

① 苏秦，即苏东坡、秦观。

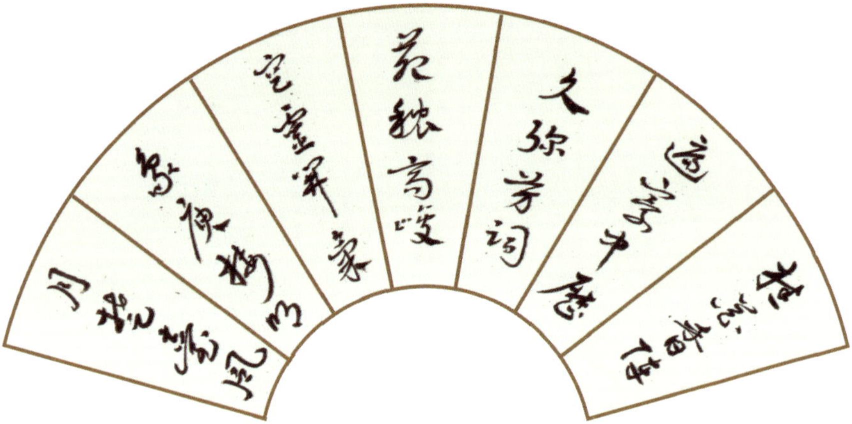

读王安石词

桂花香阵遍寰中，
历久弥芳词苑秾。
高峻空灵开气象，
庾楼明月楚台风。

王安石

（1021—1086），字介甫，临川人。生于天禧五年。庆历二年进士。神宗朝，除翰林学士，拜同中书门下平章事、加尚书左仆射、兼门下侍郎，封舒国公，改封荆国公。晚居金陵，自号半山老人。元祐元年卒，年六十六。赠太师，谥曰文。崇宁间，追封舒王。有《临川文集》。

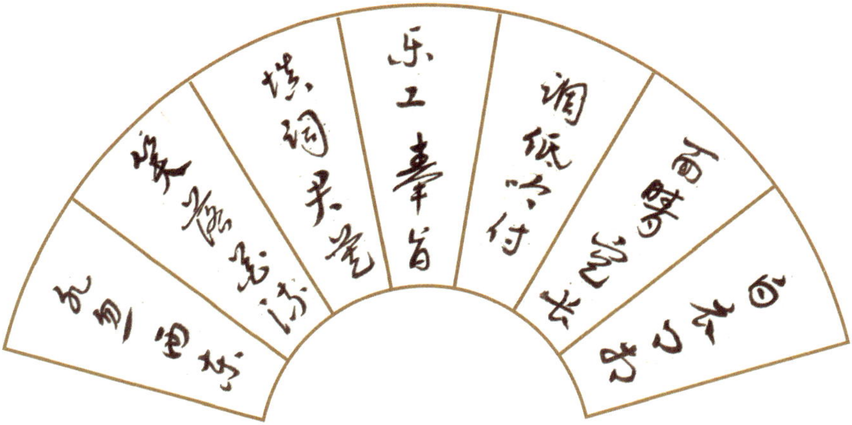

读柳永词

白衣卿相面晴空，[1]
长调低吟付乐工。
奉旨填词君莫笑，[2]
落花流水忽西东。

柳　永

（约987—约1053），字耆卿。初名三变，字景庄。崇安（今属福建）人。景祐元年进士。官至屯田员外郎。排行第七，世称柳七或柳屯田。为人放荡不羁，终生潦倒。善为乐章，长于慢词，有《乐章集》传世，词存二百十三首。

---

① 白衣卿相，柳永考试不中，写了《鹤冲天》词，得罪了仁宗皇帝。词云：“黄金榜上，偶失龙头望。明代暂遗贤，如何向？”又说：“才子词人，自是白衣卿相。”更说“忍把浮名，换了浅斟低唱”。

② 奉旨填词，柳永中进士后曾到睦州做推官。睦州知州欣赏柳永的才干，准备给他升官，报到朝廷。仁宗说：“得非填词柳三变乎？……且去填词。”后来柳永填词时，签名写上“奉旨填词柳三变”。

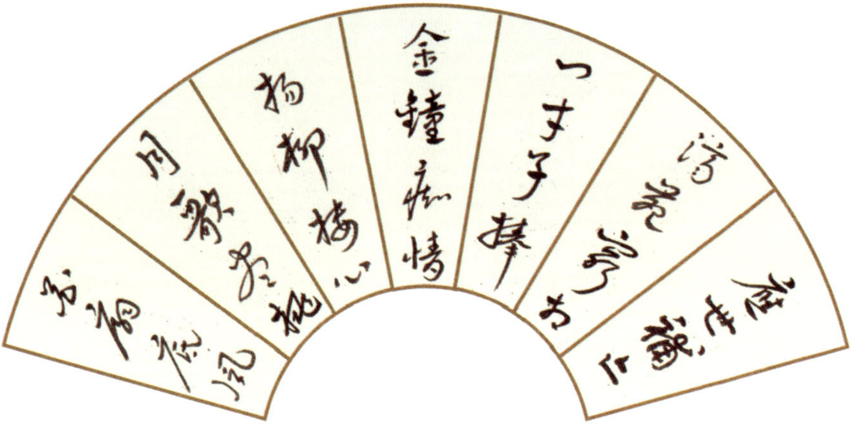

读晏几道词

应世补亡济苑穷，[1]

相门才子捧金钟。

痴情杨柳楼心月，

歌尽桃花扇底风。

晏几道

(1038—1110)，字叔原。号小山，晏殊幼子。监颍昌许田镇。崇宁四年间，为开封府推官。以狱空，转一官，赐章服，几道能文章，尤工乐府，有小山词。

① 补亡，晏几道乃晏殊宰相之子，他称自己的词集为“补亡”，是说流行的乐府歌词皆俗不可听，他因此挑起乐府的救亡工作重担。

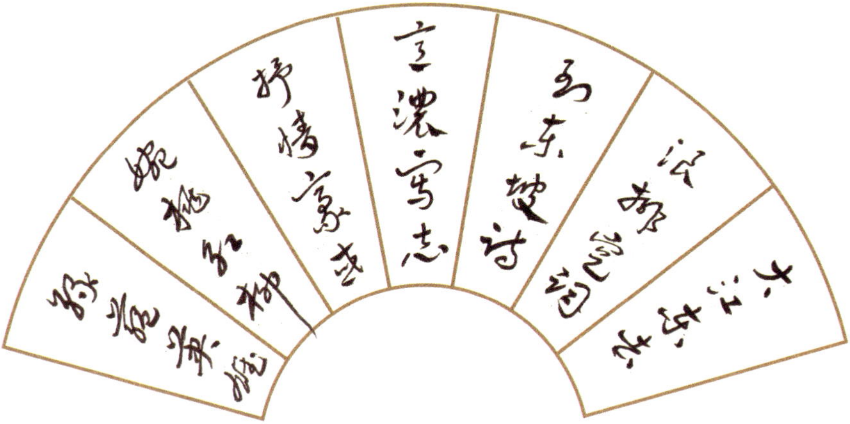

读苏轼词

大江东去浪排空，
词到东坡诗意浓。
写志抒情豪或婉，
桃红柳绿蕴英雄。

苏　轼

(1037—1101)，字子瞻，号东坡居士。眉州眉山（今属四川）人。苏洵次子。嘉祐二年进士。累除中书舍人、翰林学士、端明殿学士、礼部尚书。元丰三年以谤新法贬谪黄州。绍圣初，又贬惠州、儋州。徽宗立，赦还。卒于常州。追谥文忠。其词题材丰富，意境开阔，开创豪放清旷一派，对后世产生巨大影响。著有《东坡七集》《东坡词》。存词三百七十八首。

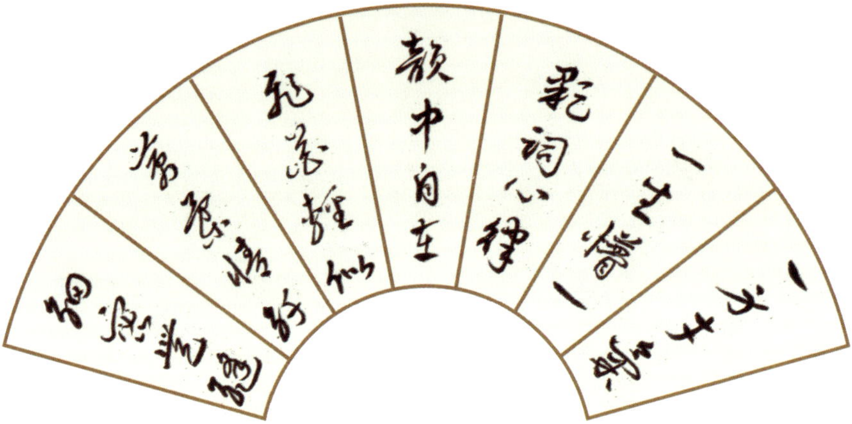

读秦观词

一身才气一生蒙，
一颗词心律韵中。
自在飞花轻似梦，
柔情纤细密无缝。

秦　观

(1049—1100)，字少游，一字太虚，号淮海居士。高邮（今属江苏）人，见苏轼于徐州，作《黄楼赋》，轼以为有屈、宋才，勉以应举。元丰八年登进士第。元祐初，除秘书省正字兼国史院编修官。绍圣初，坐党籍，削秩，监处州酒税。徙郴州，又徙雷州。徽宗朝，赦还，至藤州卒。其词清丽和婉，深有情致，多写男女情爱，亦有感伤身世之作。词存九十首。

读贺铸词

英气少年习武功，
但凭博览得穷通。
温柔艳丽春光媚，
烟草一川夕阳红。

贺　铸

(1052—1125)，字方回，号庆湖遗老。卫州共城（今河南辉县）人。宋大祖孝惠皇后族孙。授右班殿直。元祐中，通判泗州，又倅太平州。晚居吴下。博学强记，长于度曲，掇拾前人诗句，少加隐括，皆为新奇。尝作《青玉案》，世称“贺梅子”。有《庆湖遗老集》《东山词》（又称《东山寓声乐府》）。词存二百八十三首。

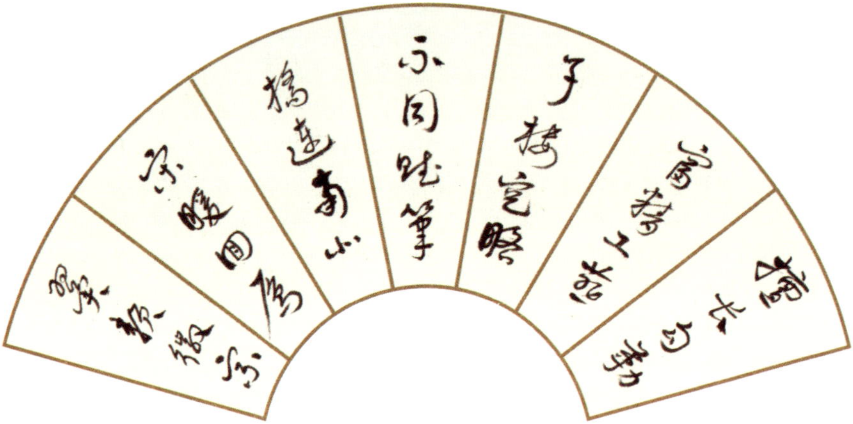

读周邦彦词

擅长勾勒富精工，
燕子楼空略不同。
赋笔桥连南北宋，
暖回雁翼赖徽宗。

周邦彦

(1057—1121)，字美成，号清真居士，钱塘（今浙江杭州）人。元丰中，献《汴都》，自太学生一命为太学正。居五年，出为庐州教授，知溧水县，还京为国子主簿。哲宗召对，除秘书省正字，历校书郎。徽宗时，出知顺昌府、处州，提举南京鸿庆宫，卒。词风典丽精工，形象丰满，格律严谨，善于融化前人诗句入词而浑然天成。存词一百八十六首。

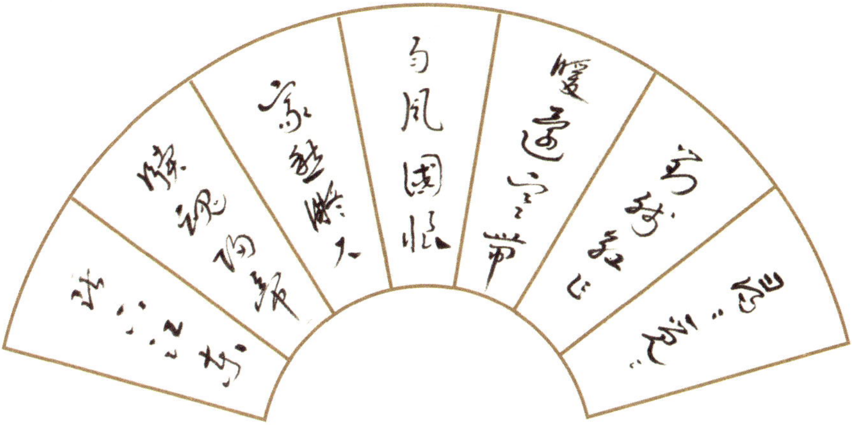

读李清照词

寻寻觅觅对残红，
乍暖还寒带雨风。
国恨家愁凝尺牍，
魂归帝所下江东。

李清照

(1084—1155)，号易安居士，济南章丘（今属山东）人。李格非之女，赵明诚妻。建炎三年，夫卒。清照流寓越州杭州，晚居金华。其词以南渡为界，分前后两期，前期多写离别相思之情，后期于身世悲慨中寄寓亡国之恸。论词崇尚典雅、情致、协律，有《词论》一篇，提倡“词别是一家”之说。著有《易安居士文集》《易安词》，不传。今人有《李清照集校注》，其中所录四十三首最可靠。

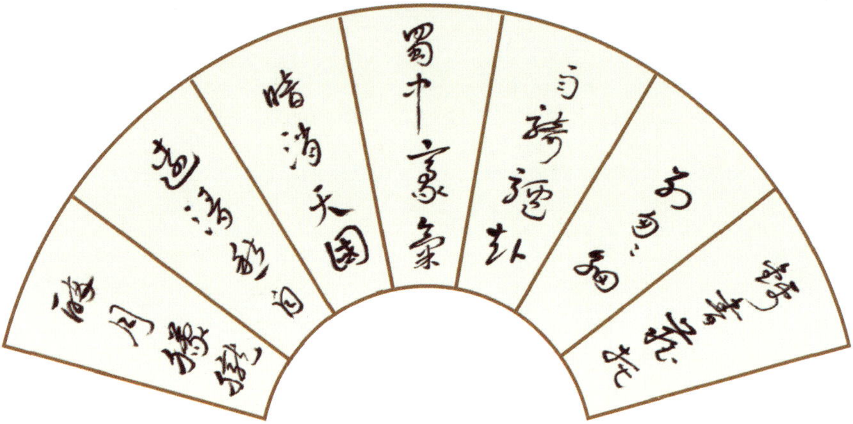

读陆游词

锦书难托别匆匆，
细雨骑驴赴蜀中。
豪气暗消天国远，
清愁自醉月朦胧。

陆　游

(1125—1210)，字务观，号放翁，越州山阴（今浙江绍兴）人。绍兴中，应礼部试，为秦桧所黜。孝宗时，赐进士出身。曾任镇江、隆兴、夔州通判。乾道八年，为四川宣抚使王炎干办公事，投身军旅生活。后官至宝章阁待制。晚年居山阴。诗存九千余首。亦工词，杨慎谓其纤丽处似秦观，雄慨处似苏轼。存词一百四十五首。

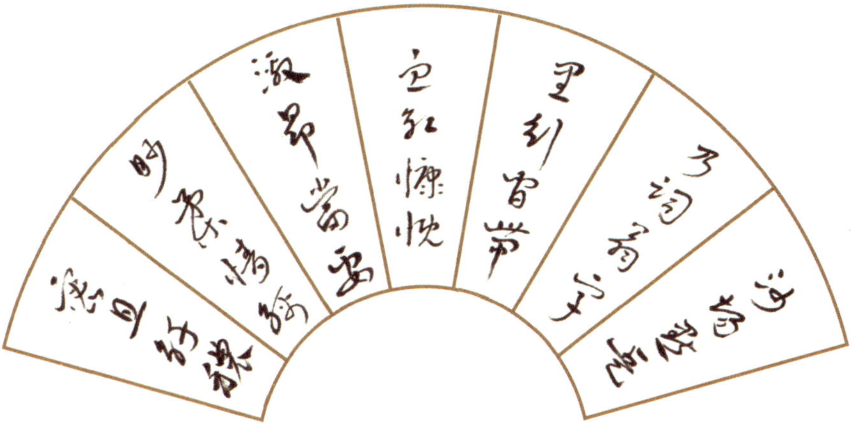

读辛弃疾词

沙场秋点乃词翁，
字里行间带血红。
慷慨激昂当要眇，
柔情绵密且纤秾。

辛弃疾

(1140—1207)，字幼安，号稼轩，历城人。生于绍兴十年。耿京聚兵山东，节制忠义军马，为掌书记，奉表来归。高宗召见，授承务郎，差签判江阴。累官断东安抚，加龙图阁待制、枢密都承旨。开禧三年卒，年六十八。德祐初，以谢枋得请，赠少师，谥忠敏。有词集传世。

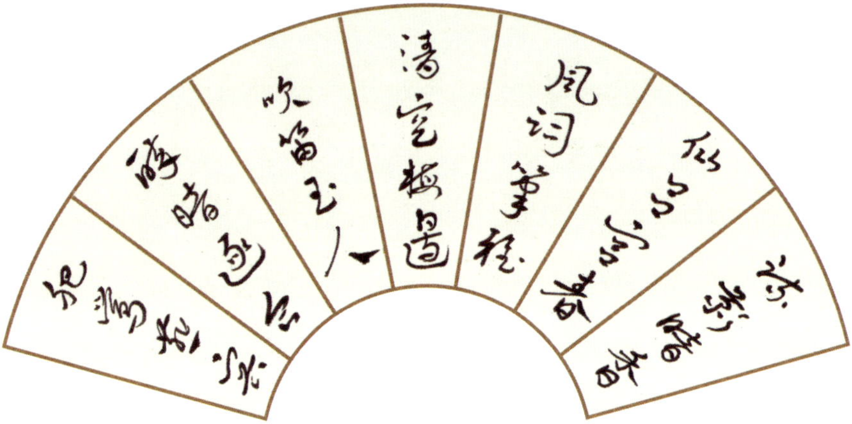

读姜夔词

疏影暗香仙吕宫，
春风词笔雅清空。
梅边吹笛玉人醉，
暗逐合肥莺燕容。[①]

姜　夔

(约1155—约1221)，字尧章，鄱阳人。萧德藻爱其词，妻以兄女。自号白石道人。庆元中，曾上书乞正太常雅乐，得免解，讫不第。有《白石诗》一卷，词五卷。又有《绛帖平》《续书谱》《大乐议》。

① 姜夔平生没有做过官，父亲早死。其在各地周游流落，过着清贫生活。他在合肥结识了姐妹两个美丽女子，后来到了湖州认识了名人萧德藻。萧赏其才华，就“以其兄之女妻之”。姜夔就跟合肥女子分离了。他的《踏莎行》中写道“燕燕轻盈，莺莺娇软，分明又向华胥见”，即一个善于弹琵琶，另一个善于弹古筝。

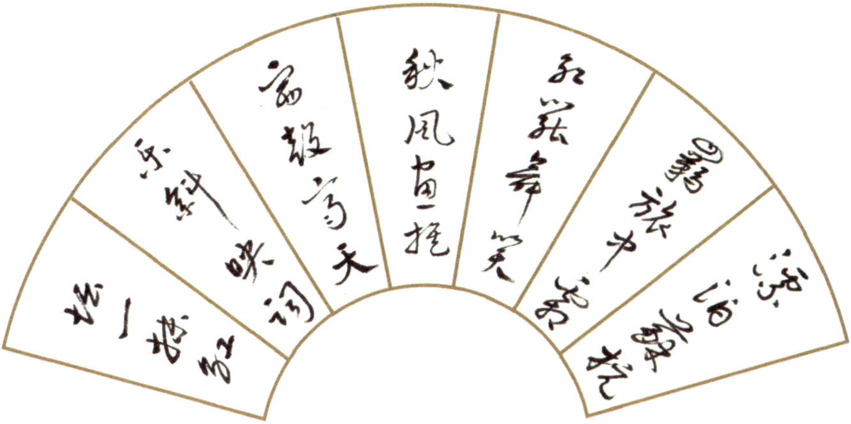

读吴文英词

漂泊苏杭羁旅中，

霜红罢舞笑秋风。

画旗赛鼓齐天乐，

斜映词坛一抹红。

吴文英

（约1200—约1260），文英字君特，号梦窗，晚号觉翁，四明（今浙江宁波）人。景定时，尝客荣王邸，从吴潜等游。有《梦窗甲乙丙丁稿》四卷。

为鼎韵文化雕刻师杨军
先生拓汉砖图案题诗

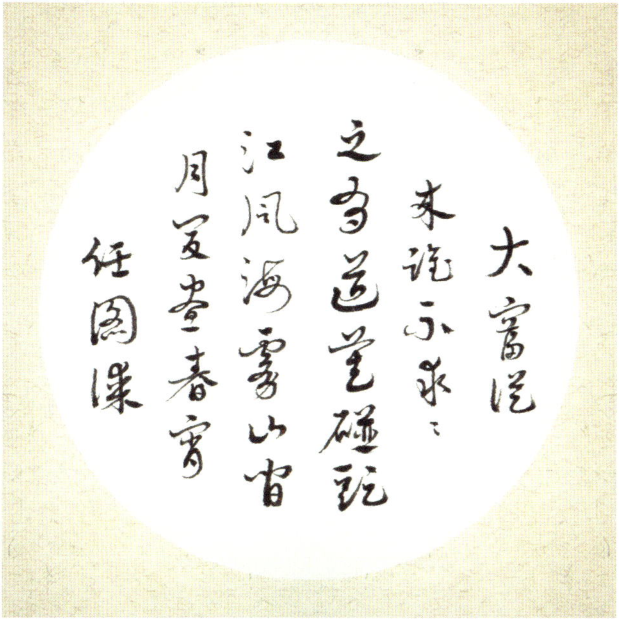

题汉砖大富图

大富从来谁不求，

求之有道莫碰头。

江风海雾山间月，

夏昼春宵任图谋。

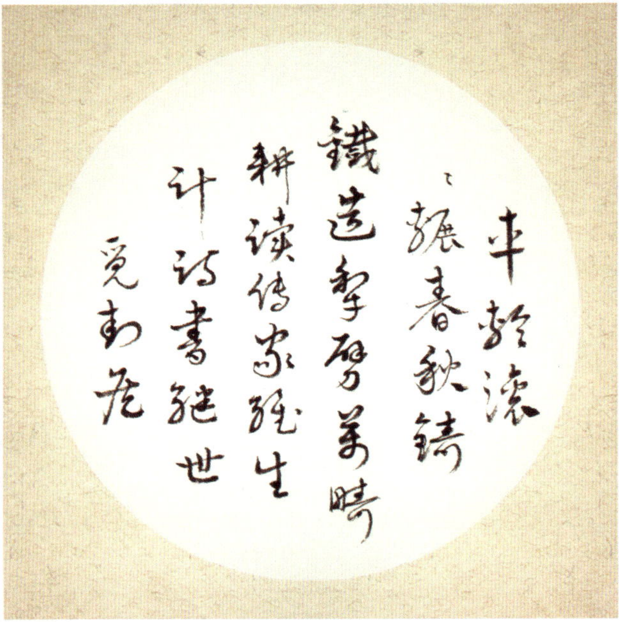

题汉砖牛车图

车轮滚滚辗春秋，

铸铁造犁劈万畴。

耕读传家维生计，

诗书继世觅封侯。

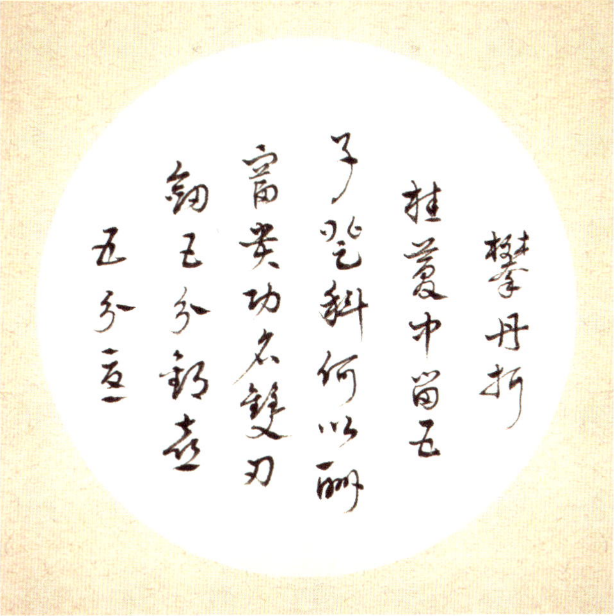

题汉砖五桂图

攀丹折桂梦中留，

五子登科何以酬？

富贵功名双刃剑，

五分欢喜五分忧。

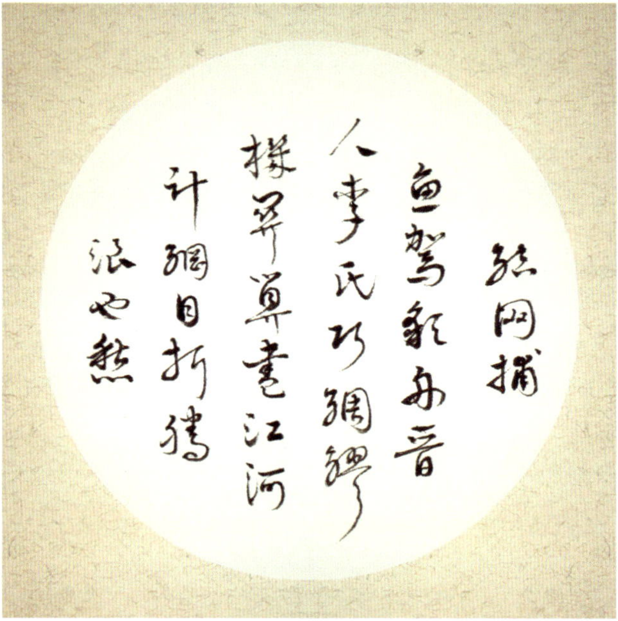

题晋人李氏钱币渔网砖图

结网捕鱼驾彩舟，

晋人李氏巧绸缪。

机关算尽江河计，

纲目折腾浪也愁。

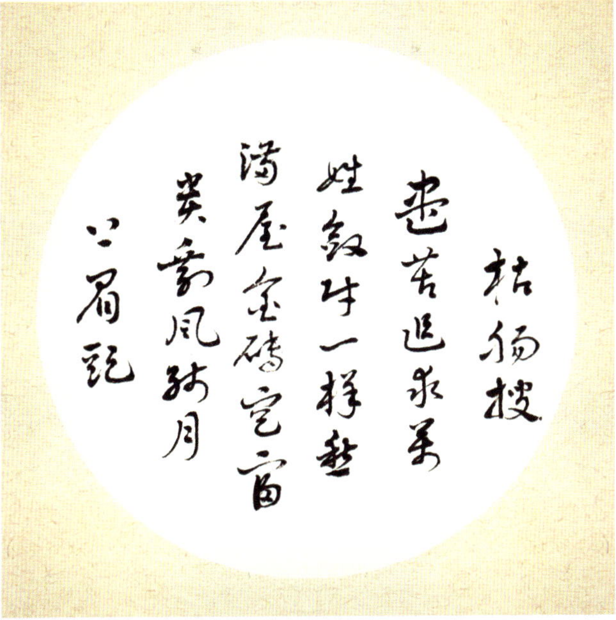

题晋人雷氏金钱砖图

枯肠搜尽苦追求，
万姓敛财一样愁。
满屋金砖空富贵，
剩风残月上眉头。

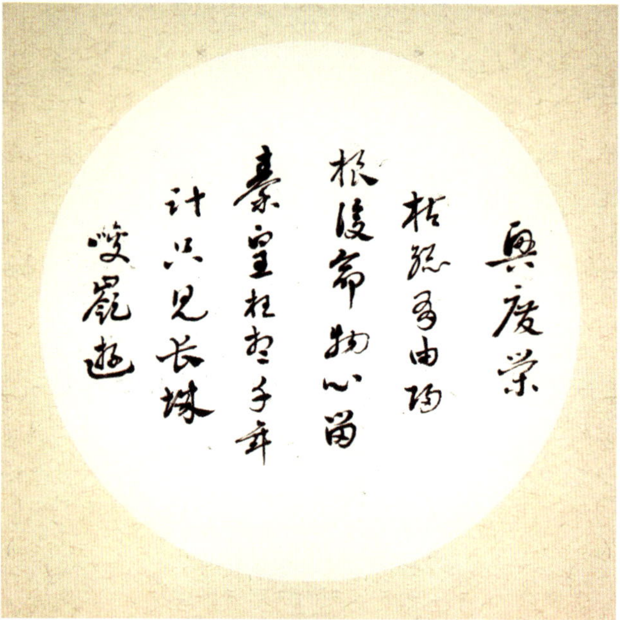

题东汉万岁不败砖图

兴废荣枯总有由，

归根复命物心留。

秦皇枉想千年计，

只见长城峻岭游。

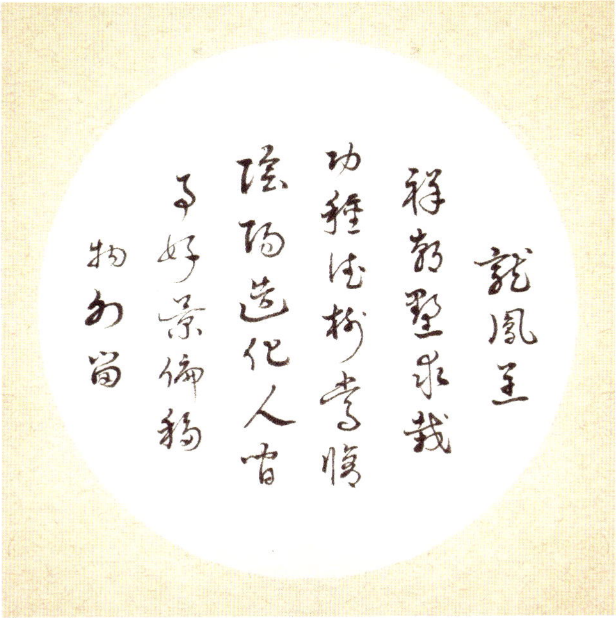

题东汉龙凤砖图

龙凤呈祥朝野求，
栽功植德树常修。
阴阳造化人间事，
好景偏移物外留。

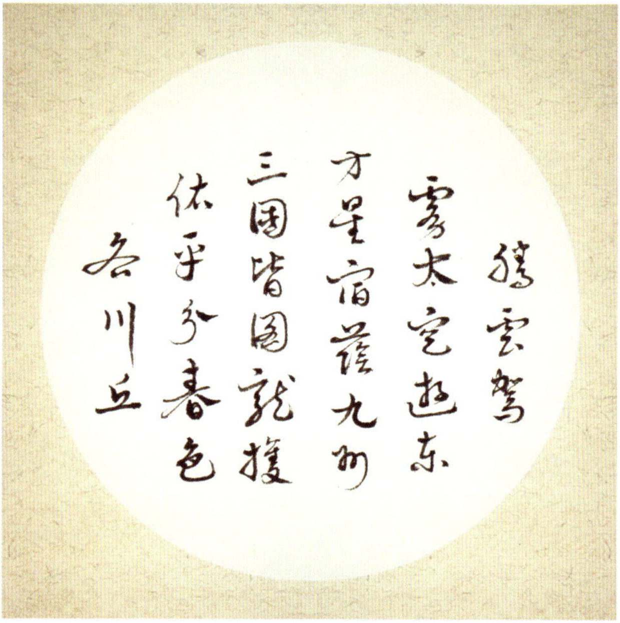

题三国青龙砖图

腾云驾雾太空游，

东方星宿荫九州。

三国皆图龙护佑，

平分春色各川丘。

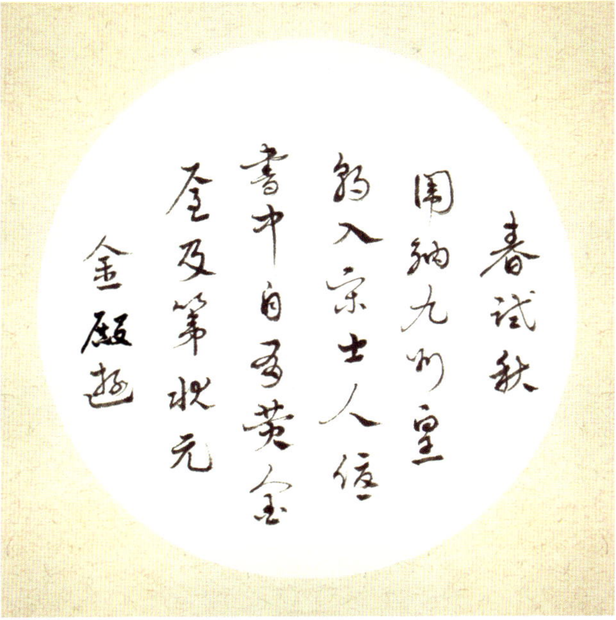

题大帝国状元砖图

春试秋闱纳九州，

皇朝入宋士人优。

书中自有黄金屋，

及第状元金殿游。

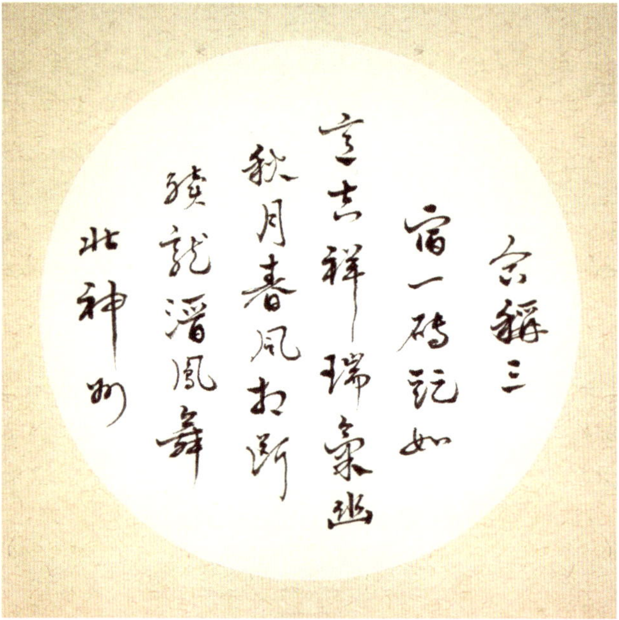

题三国苍龙砖图

合称三宿一砖头，
如意吉祥瑞气幽。
秋月春风相断续，
龙潜凤舞壮神州。

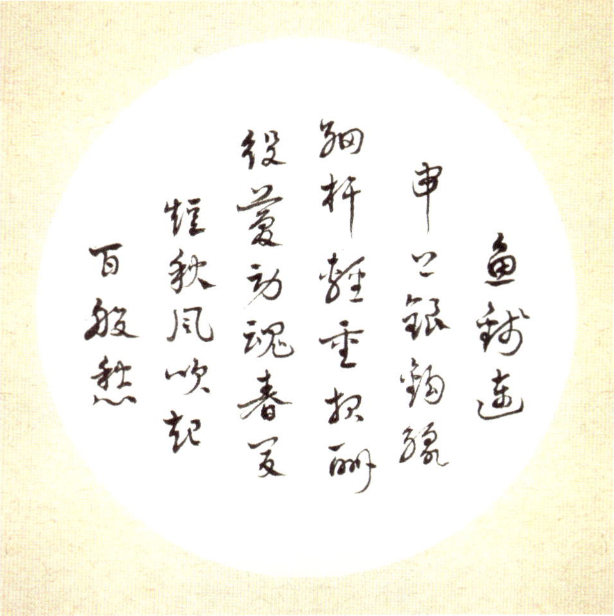

题汉代鱼币砖图

鱼钱连串上银钩，
线细竿轻重报酬。
役梦劳魂春夏短，
秋风吹起百般愁。

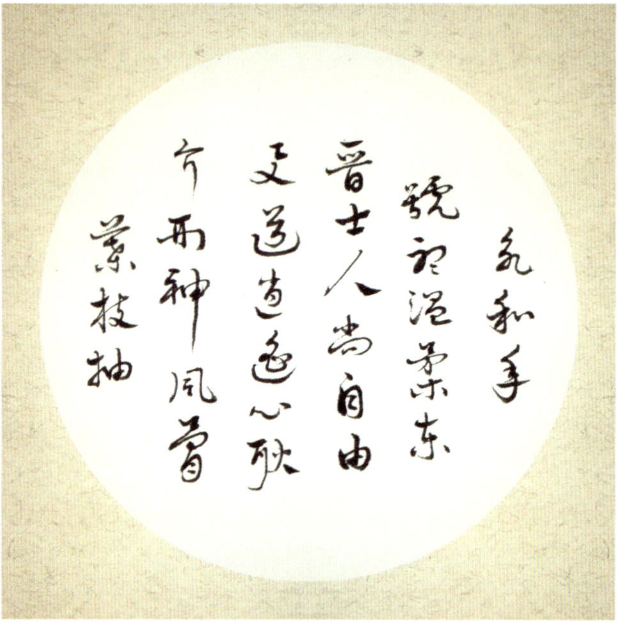

题永和六年砖图

永和年号听温柔，

东晋士人尚自由。

与道逍遥心耿介，

形神风骨叶枝抽。

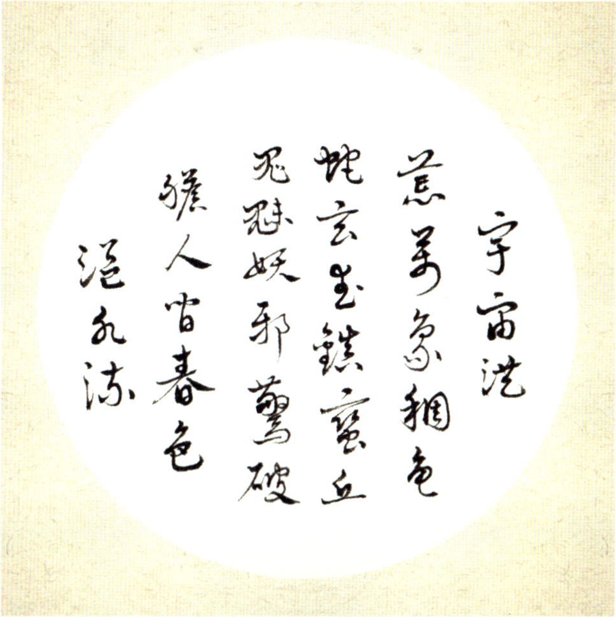

题三国玄武砖图

宇宙洪荒万象稠，

龟蛇玄武镇蛮丘。

鬼魅妖邪惊破胆，

人间春色溢水流。

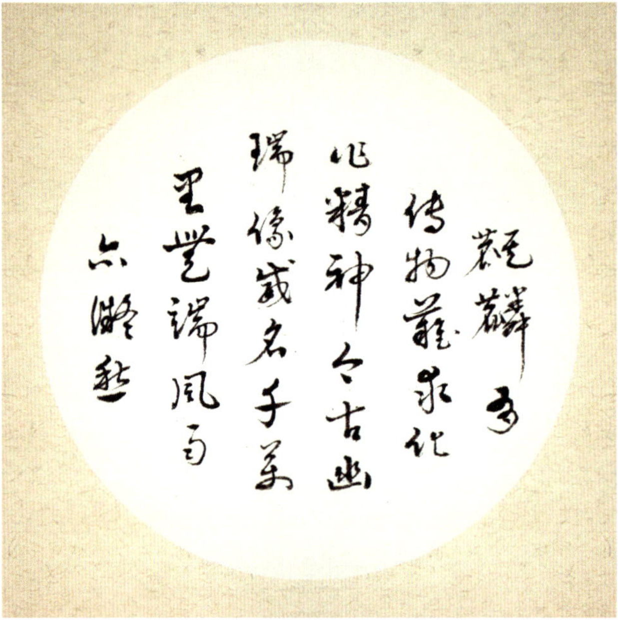

题三国麒麟砖图

麒麟有传物难求，

化作精神今古幽。

瑞像威名千万里，

无端风雨亦凝愁。

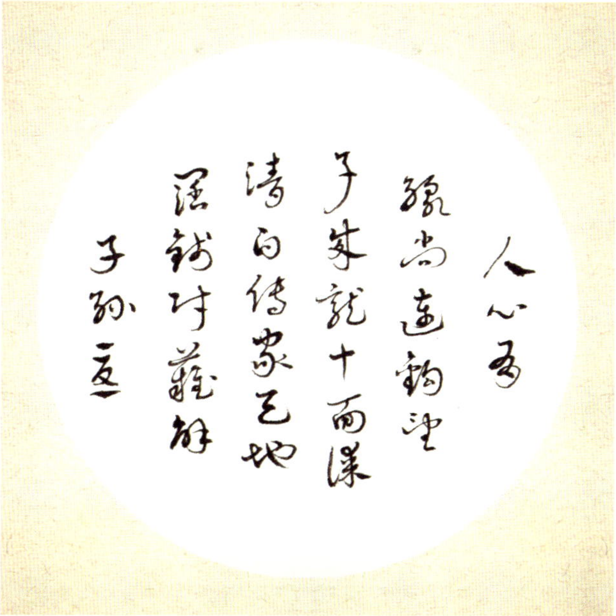

题“宜子孙”砖图

人心有线尚连钩，
望子成龙十面谋。
清白传家天地阔，
钱财难解子孙忧。

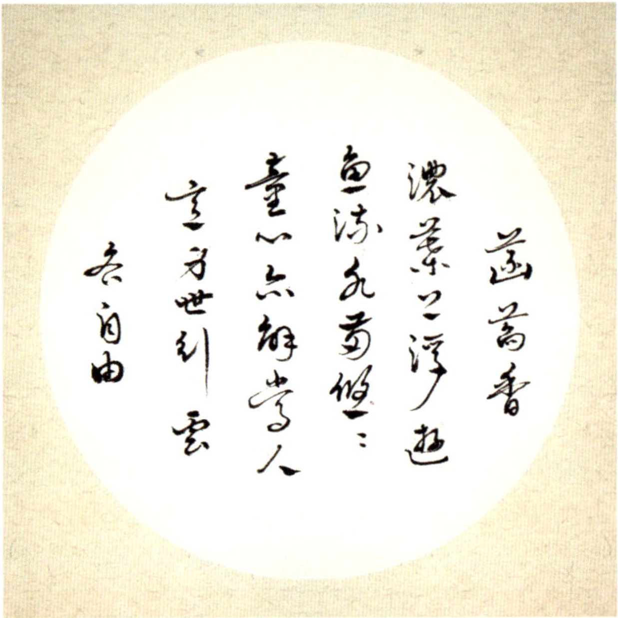

为女童荷花画作而题

菡萏香浓叶上浮，
游鱼流水两悠悠。
童心亦解常人意，
身世行云两自由。

百歌唱雷州

海北名邦树青史，

重地天南人文资。

天开丽象萦边徼，

地秉芝兰缀海弧。

脉出五岭云开布，[1]
起起伏伏贯雷都。
螺岗巍巍气涌动，
龙节峨峨接力扶。

① 云开，地名，在信宜县境内。

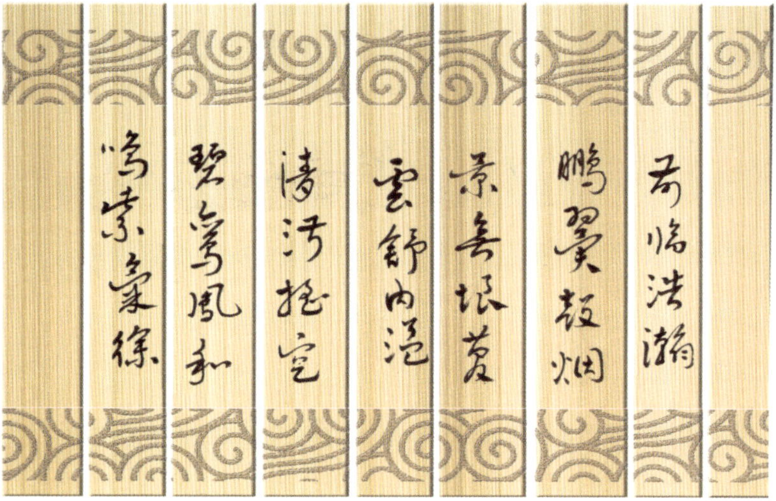

前临浩瀚鹏翼鼓，
烟景无垠庆云舒。
内溢清淑摇空碧，
鸾凤和鸣紫气徐。

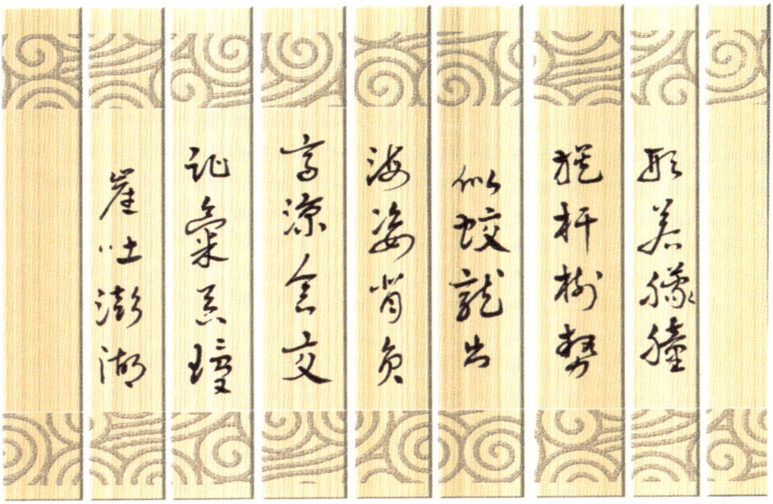

形若艨艟旗杆树，

势似蛟龙出海姿。

背负高凉含交趾，

气吞琼崖吐澎湖。

北辰迢迴南斗峙，

海抱山环一明珠。

南州冠冕声名响，

封疆东合信誉殊。

雄踞半岛立中部，

划疆界篱率雄师。

分海有线沙角尾，[1]

合府无形水官湖。[2]

① 沙角尾，在徐闻县角尾镇灯楼塔海域，有一线积沙从海中分开北部湾和琼州海峡，两边的潮水不同。

② 官湖，地名，在遂溪县黄略镇，官湖对岸为高州府。

湛江一港连两府，
中分高雷浪涛呼。
九洲江口定西域，
西溪河长划北弧。

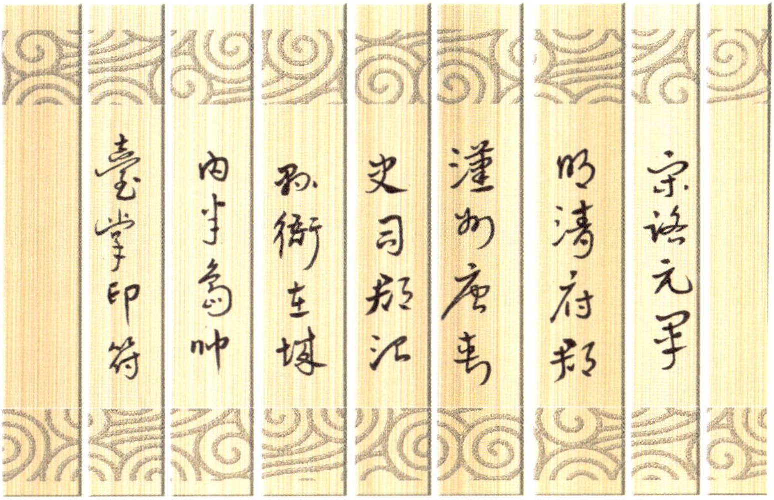

宋路元军明清府，

郡汉州唐刺史司。

郡治县衙在城内，

半岛帅台掌印符。

留犊汉史康熙赐，
茂时育物乾隆书。
万山第一苏轼迹，
古刹天宁海瑞词。

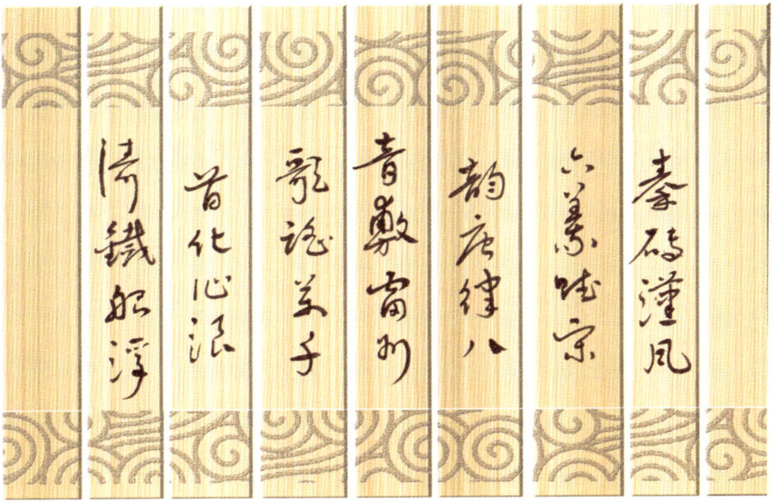

秦砖汉瓦六义赋，
宋韵唐律八音敷。
雷州歌谣万千首，
化作浪涛铁船浮。

周王镇粤命楚子，[1]
建楚豁楼疆界舒。
开辟石城固海国，
春秋划入大版图。

① 楚子，熊恽，楚国国君。

刀耕火种百越祖，

斫榛劈莽顺水趋。

居住茅寮或洞穴，

正是文明滥觞时。①

① 滥觞，指江河源头水浅，仅可浮起酒杯。后比喻事物的起源和发端。

战国七雄归属楚，
夜月清凉听啼鸟。
天高地迥皇帝远，
未识犁耙和耕牛。

天涯海隅产葛布，
硇洲种麻雷州梳。
石拍石锛新石器，
岁月峥嵘创举殊。

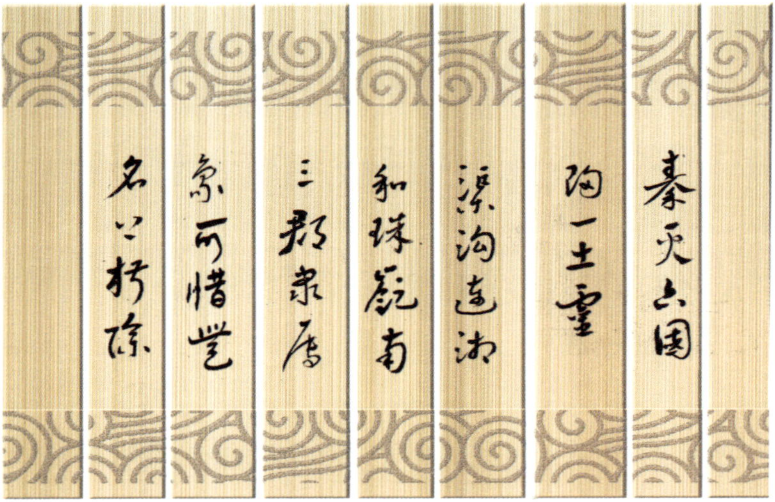

秦灭六国归一土，
灵渠沟连湘和珠。
岭南三郡隶属象，
可惜无名上椒除。[①]

① 椒除，宫殿的台阶。

拓土开疆帝汉武，
从始天南有名字。
徐闻县衙合浦治，
都在雷城赶津涂。[①]

① 涂，道路。

三国两晋相继去，
史入南齐小国都。
徐闻县改齐康郡，
乐、隋康名出中途。[1]

① 乐、隋康名，南朝齐武帝永明年间，改徐闻县为齐康郡，领县一，曰“乐康”。后又将“乐康”改为“齐康”。隋开皇八年改“齐康县”为“隋康县”。

开皇九年隋朝祀，
海康县名始称呼。
州名古合又南合，
东合延续李唐时。

贞观八年次甲午，
刺史文玉上奏疏。
东合寿终雷州现，
响亮地名步亨途。

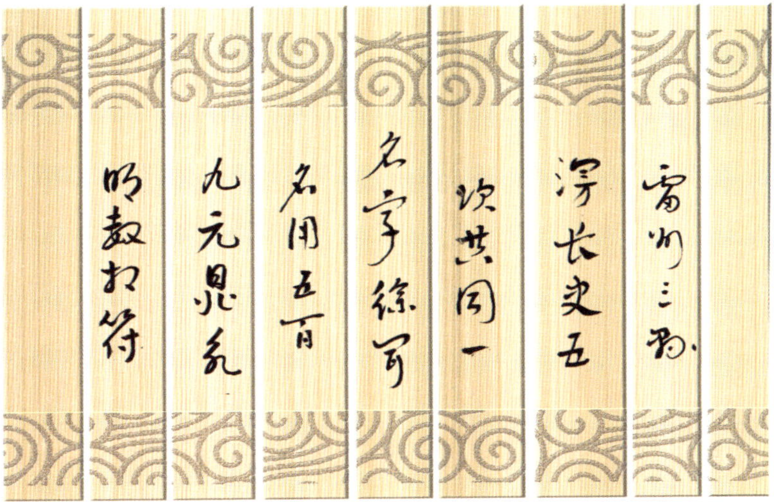

雷州三县漫长史，

五次共同一名字。

徐闻名用五百九，

元鼎永明数相符。[①]

① 元鼎永明，元鼎即汉元鼎六年（公元前111年），始有徐闻县名；永明即南朝齐武帝永明年间，改徐闻县名。

自然景观
天禀赋日
月星辰共
成之聚水
藏风钟灵
秀卧虎潜
龙脉根浮

自然景观天禀赋，
日月星辰共成之。
聚水藏风钟灵秀，
卧虎潜龙脉根浮。

东海波恬

东海波恬红日露，
气爽秋高回雁字。
白帆点点烟波里，
渔歌抑扬倾酒壶。

一龙烟绕

一龙烟绕腾挪舞，
欲上天堂含浦珠。
情肠千回又百转，
难舍东洋光景殊。

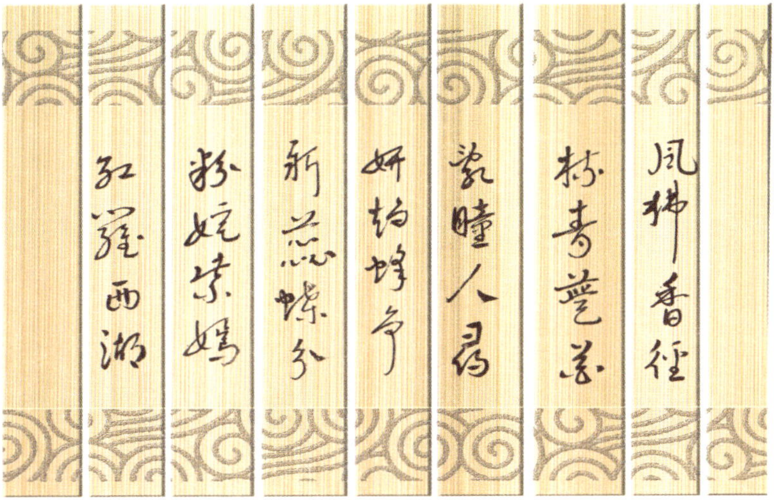

翠拥西湖

风拂香径梳青芜，

花乱瞳人寻妍趋。

蜂争新蕊蝶分粉，

姹紫嫣红罗西湖。

七星拱照

七星拱照文光峙，
奇崛天南北斗敷。
躔径半岛千山秀，
气贯雷阳万壑殊。

双髻梳妆

双髻梳妆历亘古，
娘本天堂小皇姑。
芳泽发膏未曾拭，
有凤来仪浓淡涂。

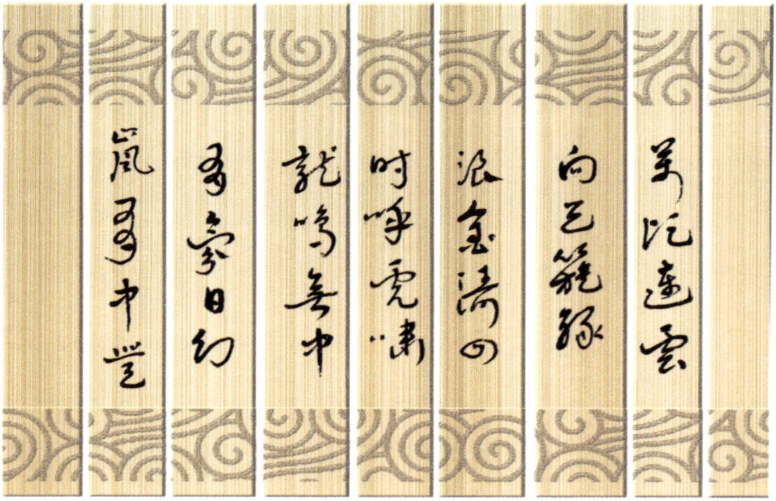

万顷连云

万顷连云向天簇，
绿浪金涛四时呼。
虎啸龙鸣无中有，
氛日幻岚有中无。

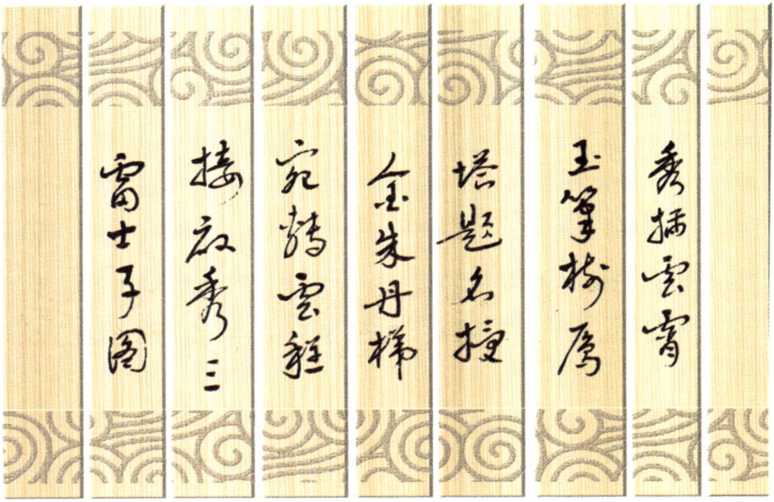

雁塔题名

秀插云霄玉笔树，
雁塔题名授金朱。
丹梯宛转云程接，[1]
启秀三雷士子图。

① 云程，即仕途。

雷岗耸异

雷岗耸异辨朱紫，[1]
卵胎再传无意思。
沿河九山自竦散，
自然天成妙画图。

① 朱紫，邪正、是非、优劣。

明朝评定八景注，

世代文人赋诗书。

感念同知袁子训，

历古弥明传今时。

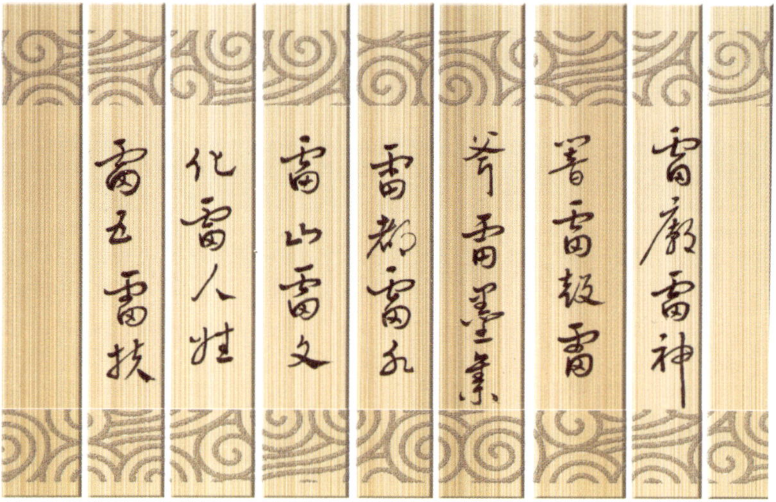

雷庙雷神响雷鼓，
雷斧雷墨集雷都。
雷水雷山雷文化，
雷人姓雷五雷扶。[①]

① 五雷，即东西南北中雷。

左手执凿右举斧，

雷首降临公将辅。

祭祀三帝与二帅，[①]

遣灾祛邪祈福符。

① 三帝与二帅，三帝即上元大帝、南极医灵长生大帝、北极真武大帝；二帅即玄坛帅、天罡帅。

祭祀雷神多巫舞，
蛙龙鹤傩各生姿。
木莲散花元宵闹，
笙箫鼓乐莲步徐。

三教合一堂真武，

寺观道场木铎舒。①

关圣妈祖宣封庙，

坐落调蛮近海涂。②

① 寺观道场木铎舒，真武堂立有观音菩萨、真武大帝和孔子像，三教合一。

② 调蛮，即太平镇通明港，原名为调蛮。

玉宣刺封神六主，[1]
保境安民显灵姿。
做事如果伤天理，
头顶灵神必诛锄。

① 神分玉封、宣封、刺封。六主，神分君主、景主、郡主、会主、福主、禑主。六主指所有神。

九月初九祭北府，①
三面六眼皆裂眦。
擒捉五鬼六只手，
保护良民恶根除。

① 北府，即北府公，九月初九神诞。

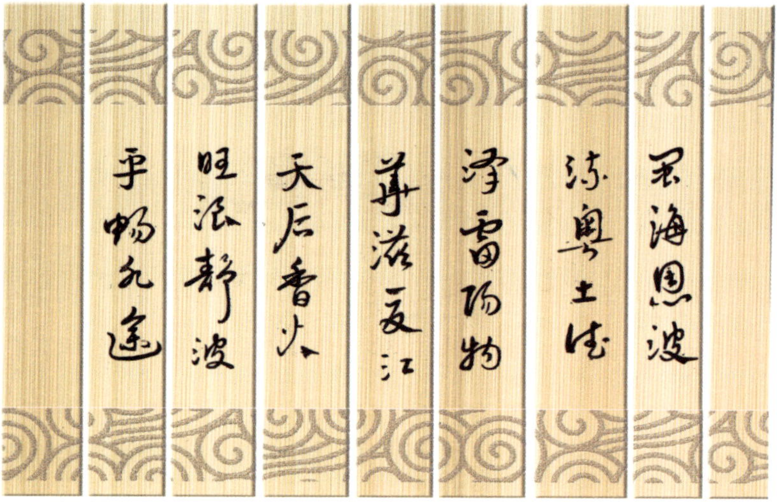

闽海恩波流粤土，
德泽雷阳物华滋。
夏江天后香火旺，
浪静波平畅水途。

敬天敬神敬宗祖，

拜石拜日拜先师。

春试秋闱拜文曲，

魁星阁前跪许词。

红墙绿瓦多庵寺，
彩栋画梁雕华疏。
散布城乡据风水，
香烛烟晕顿悟谟。

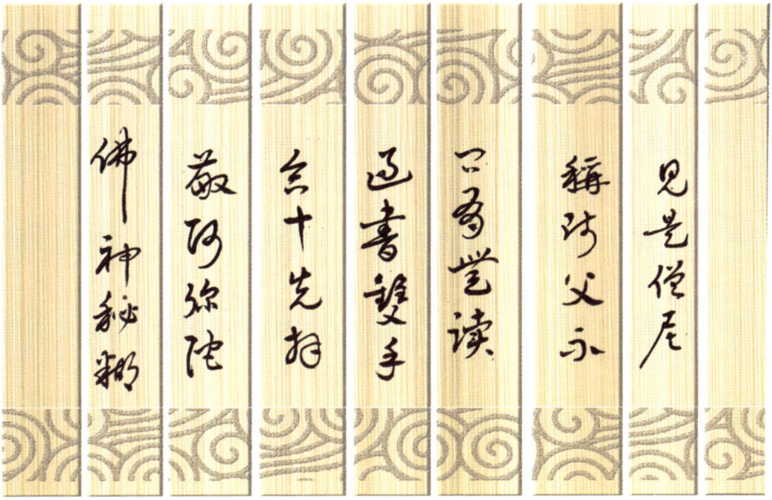

见是僧尼称师父，

不问有无读过书。

双手合十先拜敬，

阿弥陀佛神秘糊。

非物文化淀万古，

世代传承到今兹。

融进血液入骨髓，

烙印深藏定轨模。

雷州换鼓

中华四绝首换鼓，
祈雨禳邪向雷呼。
每逢六月二十四，
汗水淋漓雨水浮。

雷州石狗

石狗图腾城乡布，
立跳蹲伏各有姿。
镂月裁云出月窟，[①]
天工巧夺扶桑暮。[②]

① 月窟，古以月的归宿处在西方，因此借指极西或边远之地。
② 扶桑，指东方。

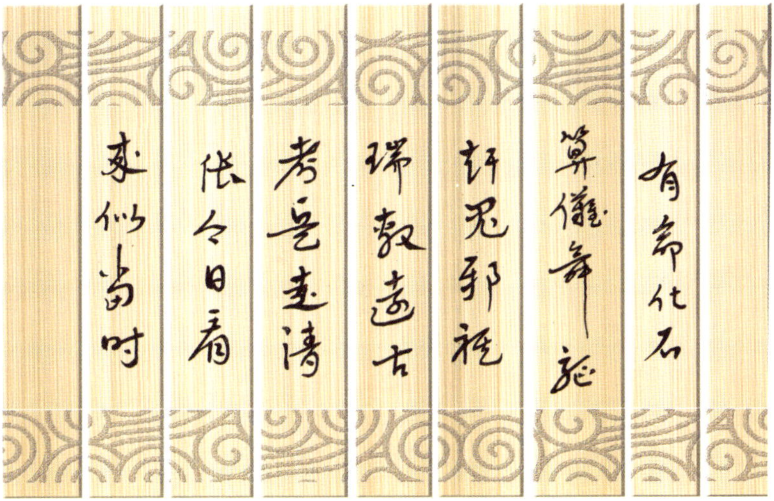

傩舞

有命化石算傩舞，
驱赶鬼邪祺瑞敷。
远古考兵走清伥，
今日看来似当时。

雷州音乐

听锣鼓班工尺谱，

唢呐声长传玉珠。

凑十三支将军令，

共乐人神五鬼除。

雷州方言

方言土语阴骘助，
胎里学来骨里滋。
越讲越新越亲切，
终生不忘这音符。

姑娘歌

一扇一帕装风度，
姑娘歌才李莲珠。
相角公认周定状，
挑斗歌台村麻湖。

上刀梯

剑梯光寒刃恐怖，
赤脚登攀不趑趄。
澡身浴德戒荤食，
上有灵神在诃扶。

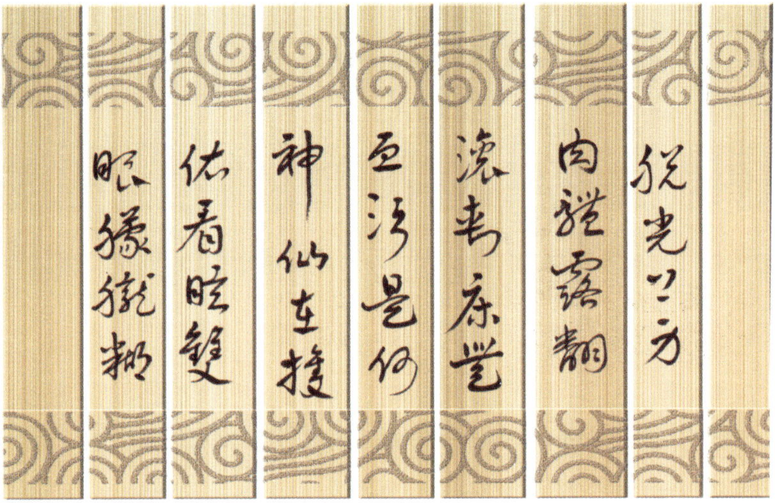

翻刺床

脱光上身肉体露，

翻滚刺床无血污。

是何神仙在护佑，

看眩双眼蒙胧糊。

过火海

神灵保佑心清楚，
炭火通红不在乎。
憋足丹田一口气，
大胆冲锋莫踟蹰。

习尚民俗根深固，
终生伴随行与思。
父子公孙自传接，
不需笔墨纸上涂。

古传狭屋宽媳妇，[1]

求娘家遥近田丘。[2]

升田斗地勤耕作，[3]

坡稻畦缘间种薯。

① 狭屋宽媳妇，狭屋即小房屋；宽媳妇，即通过媳妇的勤劳干净整洁，经常清理打扫房子，使其不拥挤。

② 求娘家遥近田丘，媳妇的娘家远一些，免得夫妻俩吵架让其家人听闻。近田丘，自己的耕地要近，便于耕种和管理。

③ 升田斗地，“升”和“斗”都是粮食的计量单位，十升为一斗，十斗为一石。十分之一斗的升田，通过扩大其复耕指数，可收到一斗种子的种植面积。

晚造新秧秋前布，
五日一候日日晡。[1]
寒露刮风为大忌，
怀胎稻禾花瓣浮。

① 日日晡，泛指晚间。

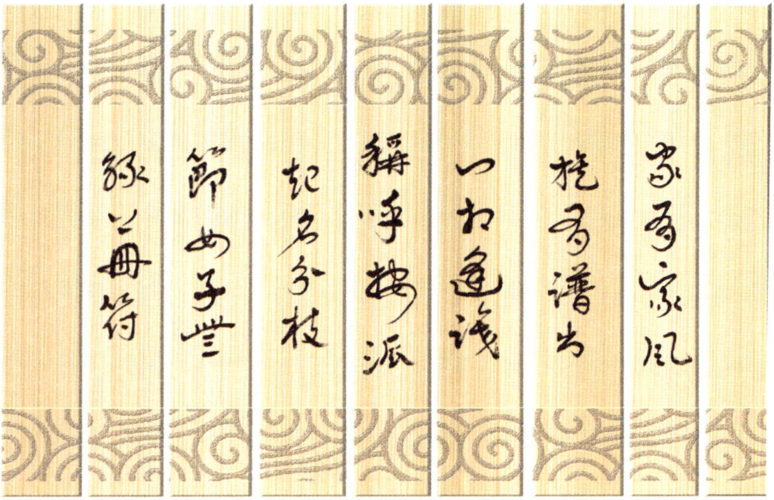

家有家风族有谱，

出门相逢识称呼。

按派起名分枝节，

女子无缘上册符。

亭毒亲生鸠哺子，[1]

望子成龙燕调雏。

人当箕裘和杖履，[2]

世代相传莫含糊。

① 亭毒，亭，谓养育其形；毒，谓成其质。亭毒指养育、教育。

② 箕裘，指继承父业。杖履，即敬老。

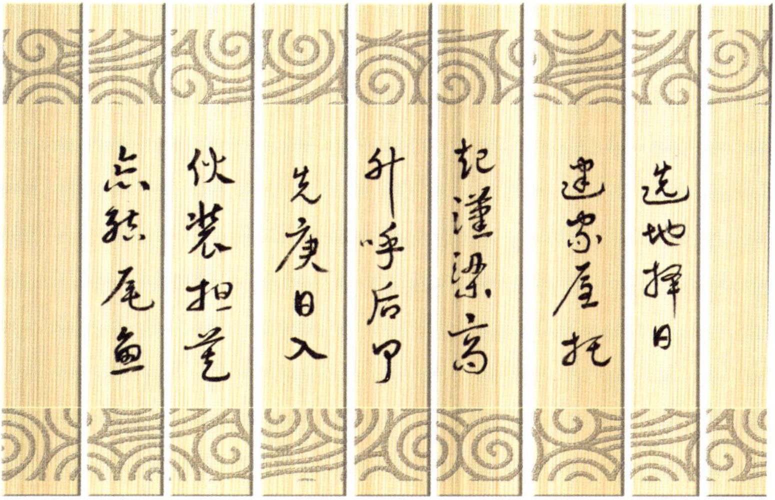

选地择日建家屋，
托起汉梁高升呼。[①]
后甲先庚日入伙，[②]
装担莫忘结尾鱼。

① 汉梁，脊梁底下，屋里看得见的那条不受力专为装饰的梁。
② 后甲先庚，后甲是甲日的后三天，是吉日。先庚三日是天干庚前的三日，也是吉日。

绿裤红衫新媳妇，
踩青三朝嫂和姑。[①]
远看顽童燃鞭炮，
近观方桌“打敷胡”。[②]

① 三朝，乃年初一、月初一、日初一，即一年的正月初一日。
② 打敷胡，是类似麻将、天九牌的娱乐活动。

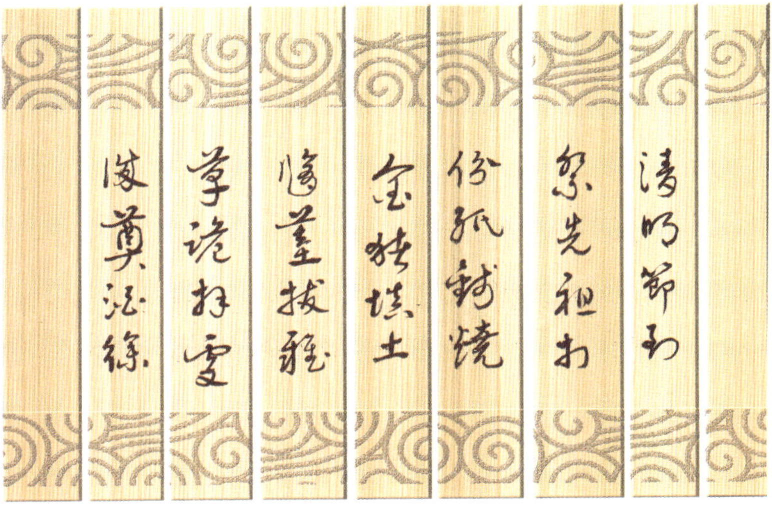

清明节到祭先祖，

打份纸钱烧金猪。

填土修墓拔杂草，

跪拜虔诚奠酒徐。

七月初七香七炷，
村姑七个罩蜘蛛。[①]
明早偷偷开出看，
判断未来知前途。

① 罩蜘蛛，七月初七，是牛郎织女相会的日子，村姑们为预测出嫁未来，用一只小盘一只碗，在盘中置几小块地瓜或萝卜块，在其上面插几枚针，然后把蜘蛛放进小盘，用碗罩住，让其在里面吐丝建屋，这就象征着将来婆家的房屋，同时蜘蛛的状况也是未来丈夫的状况。

又是秋风凋碧树，
十五月圆照方疏。
家人围分一月饼，
冰心赤情照玉壶。

青山含韵水怀珠，
生态熙和独毓斯。
群英点缀三秋异，
蕊簇纷繁四季殊。

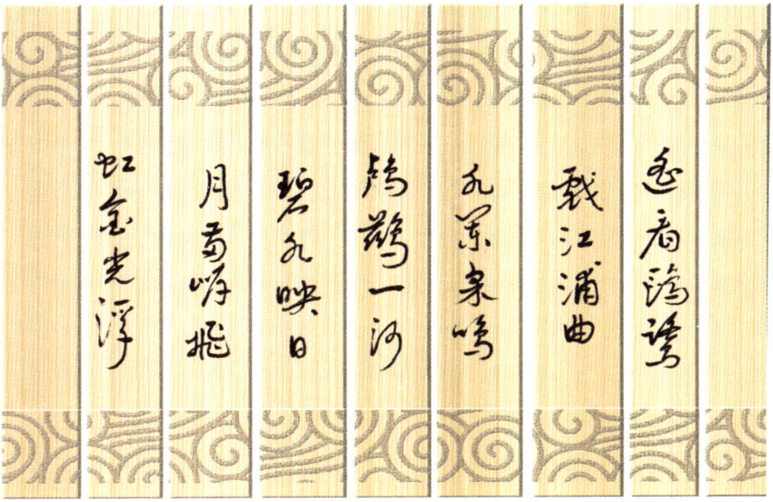

南渡河

遥看鸥鹭戏江浦，

曲水兰皋鸣鸧鹚。

一河碧水映日月，

两岸飞虹金光浮。

湖光岩

岩连曙色晖光紫，
澄照冰壶泛明珠。
烟霞入抱春风里，
泉石依情秋月时。

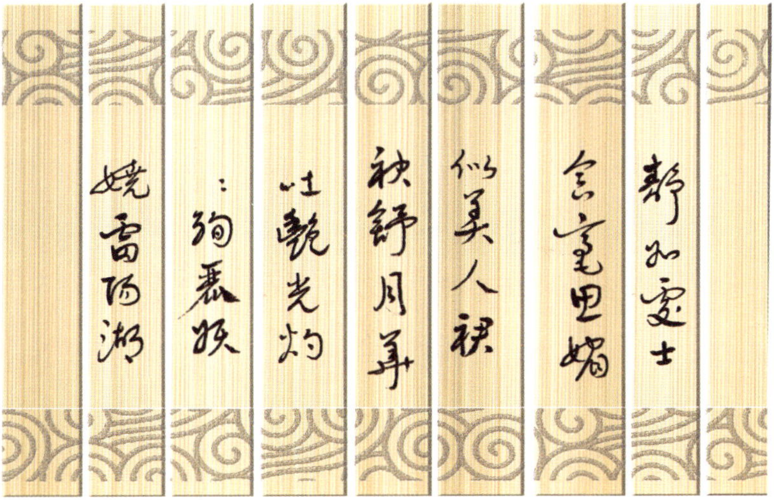

雷阳湖

静如处士含毫思，
媚似美人裙袂舒。
月华吐艳光灼灼，
绚丽妖娆雷阳湖。

九龙山潮落港

群峰拱邑九龙舞，

雾锁云楼宝林孤。[①]

湛堰河曲九十九，

水复山重泛槎时。

① 宝林孤，即宝林寺，位于九龙山顶，潮落港旁。

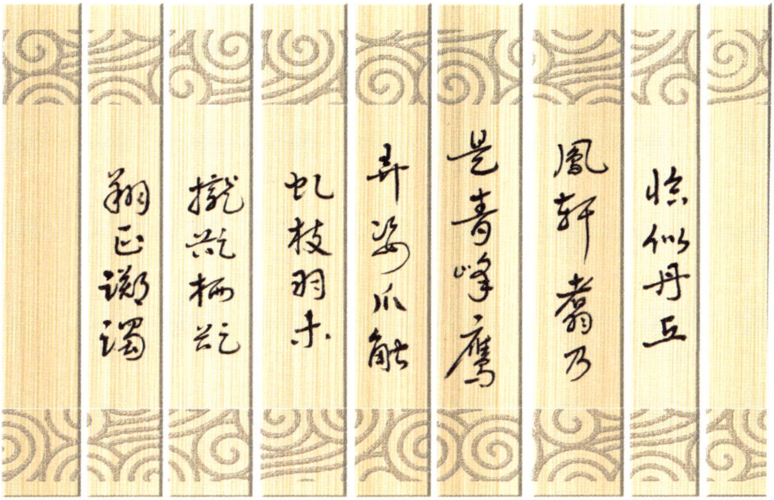

鹰峰岭

恰似丹丘凤轩翥，
乃是青峰鹰弄姿。
爪触虬枝羽未拢，
欲栖欲翔正踯躅。

仕礼岭

泰岱何时移来此，
仕礼天南万物滋。
不是愚公是智叟，
鸠集仙神不用锄。

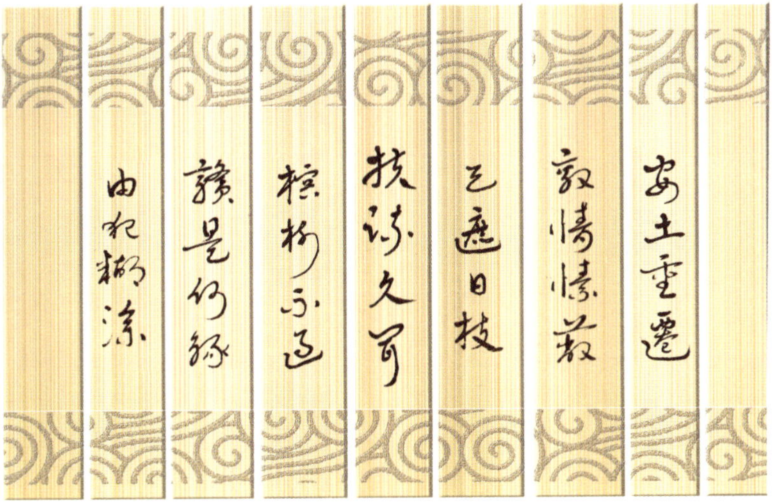

榕树

安土重迁效情愫，

蔽天遮日枝扶疏。

久闻榕树不过赣，[1]

是何缘由犯糊涂。

① 不过赣，榕树只生长在赣江以南，赣江以北的吉安一带，榕树难以成活。

红树林

海湾河口长红树，
铁干枝虬多态姿。
百嘴争食聚候鸟，
快乐逍遥跳跳鱼。

牡丹雍容
拥大度小
家碧玉
山稔姿五月
开花赶六
月奉献大
乳紫汁模

山稔花

牡丹雍容拥大度，
小家碧玉山稔姿。
五月开花赶六月，
奉献“大乳”紫汁模。[1]

① 大乳，山稔籽的本地名。

寇准

书院学宫皆学府，
莱公点燃火苗呼。
真武堂里传薪火，
中州音成举子途。

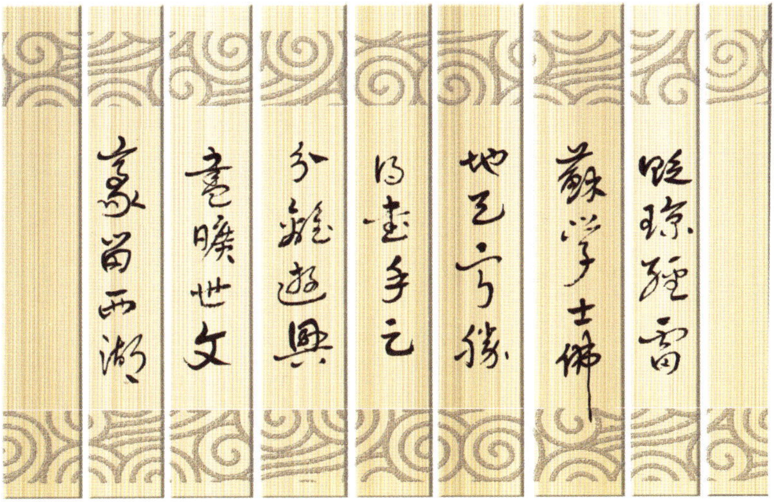

苏东坡

贬琼经雷苏学士，

佛地天宁胜得书。

手足分离游尽兴，

旷世文豪留西湖。

李纲

未渡鲸波稽海浦，

古寺椤岩遇琮师。

芸窗分袂今对饮，

借月挥毫酒一壶。

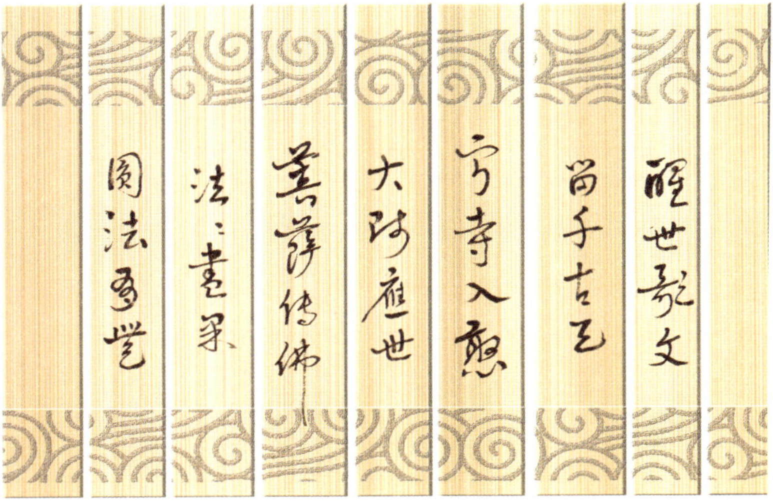

憨山大师

《醒世歌》文留千古，

天宁寺入憨大师。

应世菩萨传佛法，

法尽果圆法有无。

赵鼎

身骑箕尾归天去，[1]

雷人敬贤如敬师。

赵相只经雷州过，

慕名请入十贤祠。

① 箕尾，引自赵鼎："身骑箕尾归天去，气作山河壮本朝。""箕""尾"是二十八星宿中的两颗。

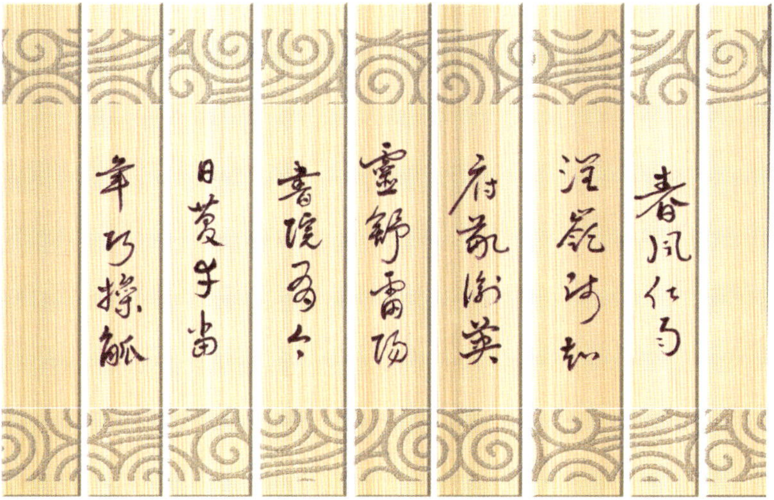

知府朱敬衡

春风化雨润岭师，
知府敬衡英灵舒。
雷阳书院有今日，
庆幸当年巧操觚。

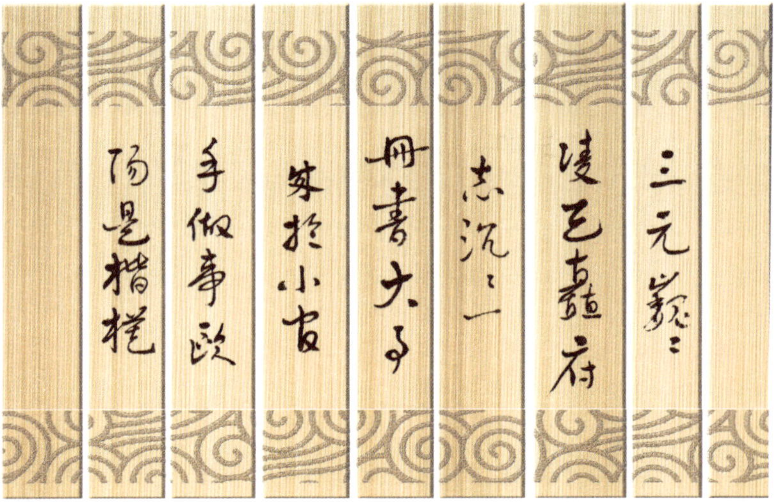

推官欧阳保

三元巍巍凌天矗，
《府志》沉沉一册书。
大事成于小官手，
做事欧阳是楷模。

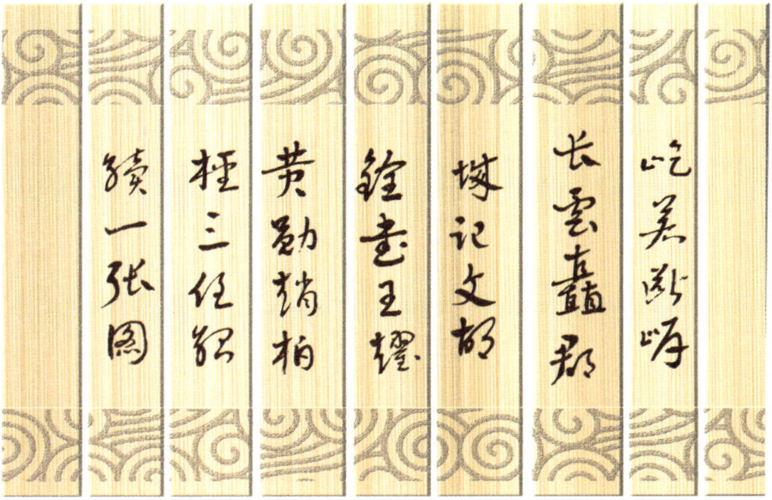

知府赵柏桎，王耀、黄勋

屹若断岸长云矗，
《郡城记》文胡铨书。
王耀、黄勋、赵柏桎，
三任绍续一张图。

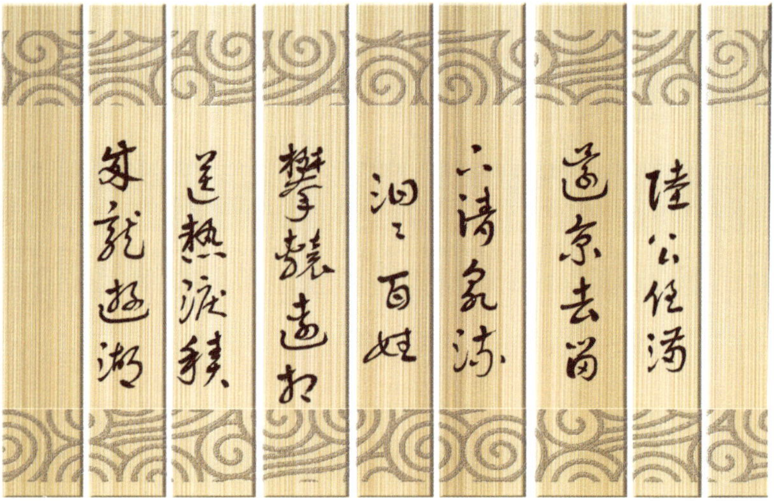

知府陆瓒

陆公任满还京去，
留下清泉流汩汩。[1]
百姓攀辕远相送，
热泪积成龙游湖。

① 清泉流汩汩，即陆公泉。

何庚、戴之邵

东洋引水塘德侣，
何戴筑堤开渠趋。
双双请入“扬功阁”[①]，
遗泽绵绵食庙祠。

① 扬功阁，在雷州市白沙镇附近的医灵堂神庙中。

雷祖

九月怀胎生雷祖，

可憎后人讹传之。

既济、千仞无足论。[①]

丁谓心术当忏除。

① 既济，唐朝沈既济写的《雷民传》，是将陈文玉神化的始作俑者。千仞，宋代的吴千仞写的《灵山雷庙记》是以讹传讹者。丁谓，即宋代曾陷害寇准的奸臣，曾作《重建威德王庙碑》其后又经多人以及明朝庄元贞的《雷祖志》的多次神化渲染，致使后人“群从而附会之”。

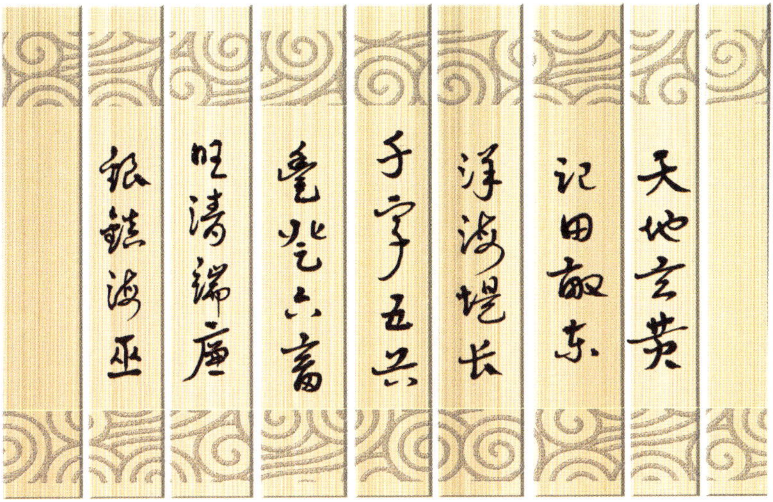

陈瑸

“天地玄黄”记田亩。
东洋海堤长“千”字。[1]
五谷丰登六畜旺，
清端廉银镇海巫。

① 东洋海堤，南堤以千字文为号，用每个字代表一段堤坝。北岸以二十八宿为号。遂溪境内的堤坝以十干为号。

白玉蟾

心通三教经史子，

学贯九流有字书。

白玉蟾君今何在？

成仙成神问浮屠。

陈昌齐

德邻乡村和门户，
谦让和谐各心舒。
“千年禄切”调风有，
“百岁观楼”南田无。

洪泮洙

明末举人清进士，

两朝功名洪泮洙。

“书债未完交给子”，[①]

活近期年不昏涂。

① 书债未完交给子，引用洪泮洙进士的雷歌句。

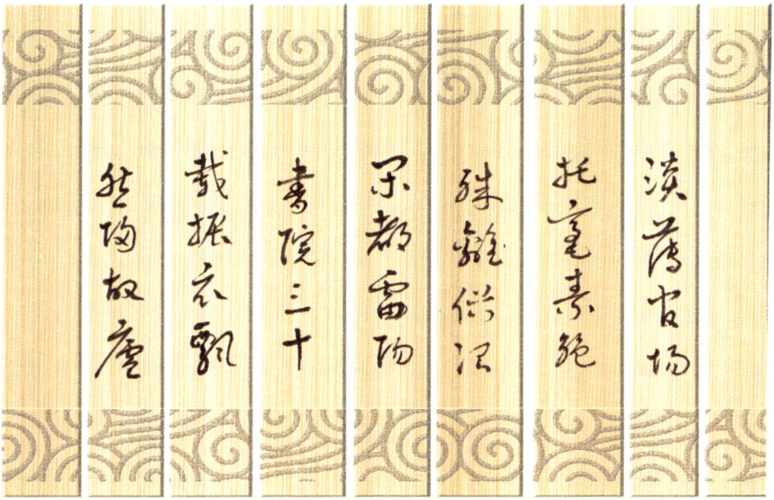

陈乔森

淡薄官场托毫素，
绝殊离俗冶闲都。
雷阳书院三十载，
振衣飘然归故庐。

释妙应和尚

木鱼声声催灵府，

八方化缘妙应师。

五十弟子禅心笃，

修“百丈桥”通堑途。

邓仁薁公

抬望青天祸福咨，

邓公箴言留后嗣。

仗势欺人福源断，

谦恭忍辱祸根除。

丁宗洛

常穿旧袍若褐夫。

澄清揽辔何曾输。

清端年谱来万里，[1]

成书济宁任官时。

① 丁宗洛花六年工夫，且远在济宁，写成《陈清端公年谱》，成为清代雷州影响较大的一部史书。

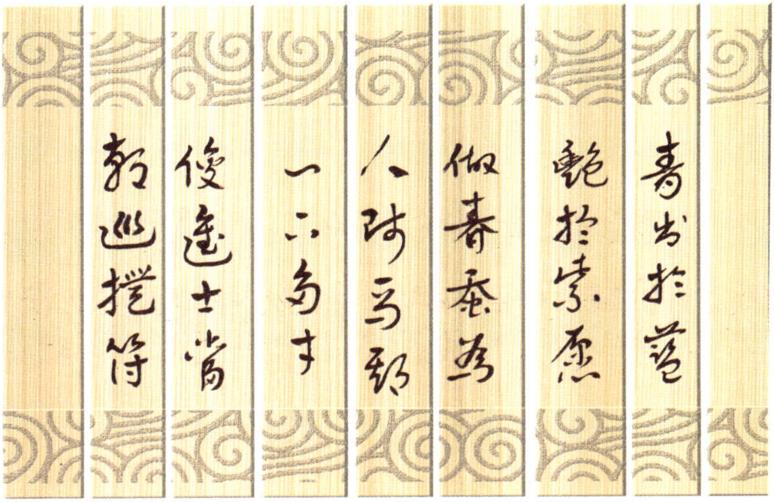

吴马期

青出于蓝艳于紫，

愿做春蚕为人师。

马期门下多才俊，[1]

进士当朝巡抚符。

① 吴马期乃陈瑸公的老师。

人文精神水土铸，
地理自然同润滋。
日月星辰常拂拭，
晴晦阴阳共匡扶。

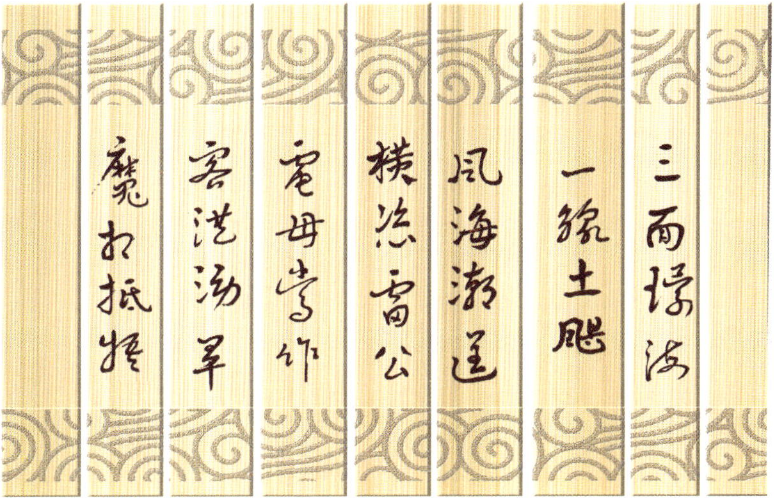

三面环海一线土，
飓风海潮逞横恣。
雷公电母常做客，
洪涝旱魔相抵牾。

山魂海魄天地赋，
勇立潮头气概铺。
一鼓作气抗风浪，
收网行船捉虾鱼。

勇武担当做大事，

雷厉风行不服输。

七成把握十分劲，

剩下三成做中除。

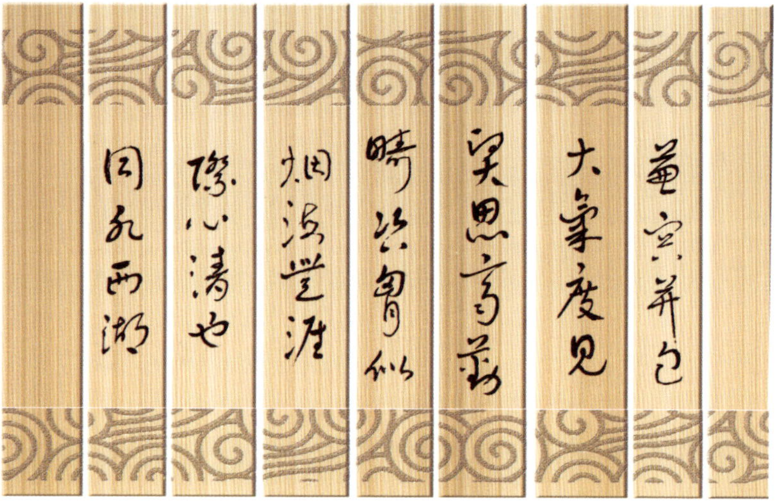

兼容并包大气度。
见贤思齐勤畴咨。
胸似烟海无涯际，
心清也同水西湖。

南渡河长接洙泗，
去棹归帆载诗书。
文光霞蔚射北斗，
俊采星驰庠序殊。

嫉恶如仇厌忌妒，

打抱不平大丈夫。

虽说彪悍和粗犷，

气松一时爽一时。

出口开声如涛怒，
内心平和付恕字。
要我小声和细语，
祖宗遗传基因无。

登城遥指云干吕，
陟高抒怀瑞气舒。
缘情体物山川秀，
浏亮绮靡清明图。

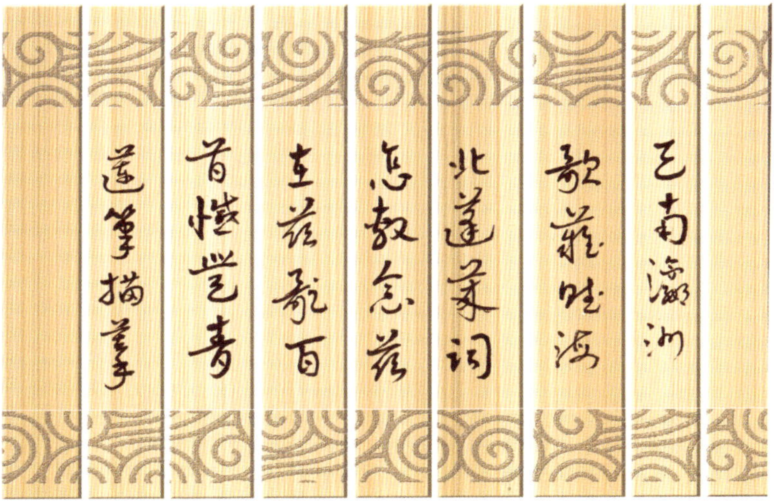

天南瀛洲歌难赋，
海北蓬莱词怎敷。
念兹在兹歌百首，
憾无青莲笔描摹。

《邓碧泉七绝四百首》读后

徐 英

邓碧泉先生新著《邓碧泉七绝四百首》即将问世，付梓之前，能先睹为快，深感欣幸。读后有四点忍不住要说一下，一是格律严，二是意境美，三是感情真，四是造语工。

一、格律严

我们知道，七言绝句，是格律诗的一种。它和五绝、五律、七律等近体诗一样，是自古以来有其定型的格律形式的。前人早就总结出它的格律形式主要是四种：平起首句入韵、平起首句不入韵、仄起首句入韵和仄起首句不入韵（在此说“主要四种”，这是押平声韵的，也就是常例的形式。另有押仄声韵的七绝，也有四种格式，少用。邓先生此著中无此类作品，在此从略）。我翻检了一遍，这百首“雷歌”七绝作品，全都严格遵照这些格律行文。例如，平起首句入韵的有：

地质广场

冲开枷锁万千重，容貌身材有异同。
不是火山齐助力，安来今日喜相逢。

寻觅贤踪

高崖幽洞炼心斋，物我皆忘境界开。
纪子穷经何处是，我来拂拭读书台。

李纲醉月

狼毫挥就趣情来，今夜蟾宫为客开。

酒下忧肠千盏少，月移崖影上高台。

它们的格律形式都是：

平平仄仄仄平平，仄仄平平仄仄平。

仄仄平平平仄仄，平平仄仄仄平平。其中《地质广场》中的“枷”“火”“今”，《寻觅贤踪》中的“幽”“我”，《李纲醉月》中的“挥”“今”“月”“崖”都是由“一三五不论，二四六分明”的规则所允许的。下例同此，不赘。《寻觅贤踪》中的“读”，入声，属仄声字。又如《观看蔡李佛拳表演》组诗共四首全属这种格律形式。

仄起首句入韵的有：

根瀑连云

铁壁银根百丈悬，弯弯直直欲连天。

当年李白若来此，哪有庐山瀑布传。

和园春早

绿笑红开春又暄，天寒蜂蝶未来全。

无声细雨纷纷下，步入回廊拜谪仙。

和园暮春

枝叶全新谷雨春，莺喉燕舌不须分。

鸾俦鹤侣园中聚，活火烹茶迎贵人。

它们的格律形式都是：

仄仄平平仄仄平，平平仄仄仄平平。

平平仄仄平平仄，仄仄平平仄仄平。

《根瀑连云》中的“直”“欲”“白”，《和园春早》中的“蝶”“谪”，《和园暮春》中的“舌”都是入声字，属仄声。又如《月湖》《木棉园》《谒合和石》均属此例。本来首句不入韵，较之于首句入韵稍为容易写些，因为它少了一个韵脚。但作者就要因难见巧，这百首绝句中，全都是首句入韵的。

这些格律形式本是普通常识，为何在此提及？这是因为笔者看到，在当今好些文化阵地(包括内部的和公开的)都可看到一些被称为“伪七律”“伪五律”“伪清平乐”“伪西江月”之类的作品。这些作品的作者，显然也喜欢五七言律绝和唐宋词等我国传统的诗歌体式，但是他们对这些体式未作深入研习，常常是只见其某些表象，未顾及其本质。我认为，这种乱象对我们弘扬传统文化，提高文化自信，是很有负面影响的。我对碧泉先生其人了解不多。只略知他长期以来都是从事行政工作，同时又是一位多产作家。其文学创作品类多样，而以古体诗歌和辞赋为多。在一次欣赏研讨邓先生的文学创作的会上，我曾经用“旧瓶装新酒，瓶精而酒冽”这样的话来评点他的辞赋作品。我觉得，用这话来评介他这百首七绝，也是恰当的。我曾经翻检过他的《若水斋诗集》等部分诗歌作品，着重从格律形式方面考察了一番，不曾看到“伪七律”、“伪西江月”之类的东西。我认为，邓先生这种严谨的创作态度，是会有多方面的良性影响的，是值得赞许的。

二、意境美

王国维在《人间词话》中明确提出他的主张：

以有无境界来作为区分词作品的优劣的最主要依据。他说："词以境界为最上。有境界则自成高格，自有名句。"又说："境非独谓景物也。喜怒哀乐，亦人心中之一境界。故能写真景物、真感情者，谓之有境界。否则谓之无境界。"本人认为，用这样的标尺来衡量诗作品，同样是可行的。我曾看到，有人写文章考辨王氏的"境界说"与传统的"意境论"的区别。但我的粗浅理解是，二者的本质是一样的。或者可以说，王氏对意境说进行了更深入更明确更全面的论述。而"境界"这个词在不同语境中有不同的含义。例如王国维说的做大事业、大学问的人必经过的三种境界："一是昨夜西风凋碧树。独上高楼，望尽天涯路。二是……"。这处所说的"境界"，与词作品有无境界的"境界"，含义就不同。佛家和道家的理论中又都各有其境界的概念。所以我在此还是用意境这个概念。我说有无意境，即指王国维说的有无境界。我认为邓先生的百首"雷歌"七绝都有意境。关于"意境"所涉及的理论和知识很多，它适用于文学、绘画以及其他多种艺术领域。我在此不想(也不能够)作更多的阐释。在评价诗歌作品时，我认同这样的说法：意境是属于主观范畴的"意"与属于客观范畴的"境"二者结合的一种艺术境界。它由"意"和"境"两部分构成。"意"是主观的，包括作者所要表现的情和理，"境"是客观的，是作品中所展示出来的景物、事件、社会现象以及"人心"的"喜怒哀乐"等。

而在“有意境”(王国维谓“有境界”)的作品中，主观情感理念和客观物象等不是机械分离的，而是类似化学反应那样融为一体的。有人用通俗的比方说物象系列构成意境时，不是“一加一等于二”，而是“一加一大于二”，也就是说，“意”是情与理的统一，“境”是形与神的统一。在两个统一过程中，情理、形神相互渗透，相互作用，就形成了“意境”这种艺术境界，可以给人以更多联想想象的空间，进行艺术再创造的空间。

我觉得，用王国维的标尺来衡量邓先生的百首七绝，它们都可以说是“有意境”的。试举数例以自圆其说：

根瀑连云

铁壁银根百丈悬，弯弯直直欲连天。

当年李白若来此，哪有庐山瀑布传。

我曾多次游览湖光岩，却从未注意到这个景点。我猜想，这是近些年来才搞成的人造景点。我对人造景点的喜爱度远不如天然的或“并不起眼”的古迹原貌。但这首诗，却“逼得”我对这一人造瀑布产生爱意。论瀑布，国内外声名远扬者可谓不胜枚举，相比之下，此物简直是小巫见大巫。但诗人却把它写得非常雄伟壮观。前两句，状其形。“百丈悬”，未必是实数，语带夸张，但夸而有度，毕竟与“直下三千尺”有别。“欲连天”，你说是写实也成，你是说夸张也成。“欲连”而已，像是连了，又好像未连上，反正看起来很高很高。后两句，在联想中夸张，将它与李白笔下的庐山瀑布相提并论，而且认定它比“飞流直下三千尺，疑是银河落九天”的庐山瀑布还劲！高大壮伟的形象，你能不喜欢？我们说此诗有意境，当中的“境”是看清楚了，“意”呢？许多山水诗、咏物诗，除了有些是有寄托的外，大部分是难以坐实当中的“意”的，如这首诗表达了对所咏对象的热爱之情，也就是它的“意”。再如：

咏榕

盘根错节固元中，惜子疼孙保大同。

顽石污泥皆友好，原来榕树是包容。

这是一首优秀的咏物诗。在我的记忆中，松、竹、梅、兰、菊等植物都因为外形美观、内秀丰富而被古来的骚人墨客反复赞美歌颂，而榕树受青睐却不多见。而此诗则对榕树的生态特征进行了深入细致的审美观照，塑造了一个独具品格的艺术形象。“盘根错节固元中，惜子疼孙保大同”，“盘根错节”“惜子疼孙”突出了榕树最具特色的外形生态特征。“固元”是一个中医学概念，培根固元，就是加强巩固身体的根本。“大同”，就是大同世界．是儒家学派所设想的最美好的社会，这样的社会的主要特征就是“大道之行也，天下为公，选贤与能，讲信修睦。故人不独亲其亲，不独子其子，使老有所终，壮有所用，幼有所长，鳏、寡、孤、独、废疾者皆有所养，男有分，女有归……”《礼记·礼运篇》）“固元”“惜子疼孙”“保大同”，拟人法运用妥帖自然。“顽石污泥皆友好”，是榕树显著的生理特征。我们知道，榕树是很粗生的，这种粗生的特点，在诗人的艺术目光中，不是卑贱，而是一种博大的襟怀和宽容气度的体现。“皆友好”是承上文的人格化的表述方式，是对粗生特点的艺术升华。结句点题，如果说前三句龙已画成的话，那么这句就是点睛之笔了。榕和容，谐音双关。是巧合，也是作者产生艺术联想的一个契机。整首诗的行文都聚焦于包容这一中心，换言之，包容这“意”融会贯通于诗的整个行文中。包容，是一种值得赞颂的美好品格。通过咏物，形象地表现了一种理念，给人以启迪和熏陶。从这个角度看，这也是一首理趣诗。如果联系作者的身世再作推想，还可约略看出当中也隐含着某种抒情的因素。作者退休之前是一个地级市的政协主席，正厅级，官不算很大，但也可以说不小了。政协的工作，即统战工作，统战工作的一个显著特点就是包容，就是把一切可以团结的力量团结到党和国家的革命和建设事业中来。这么说来，这艺术化了的“榕树”依稀隐含着“我”的淡淡身影吗？又如：

望海楼

风清日丽上高楼，搁笔抛书茶一瓯。

心汇湖光融海韵，王孙春日不知愁。

这是一首记游诗，也是一首登临诗。首句写景，写登临所见之景。“风清日丽”乐景。以乐景表现乐情，正面衬托。“上”，“我”的行为，说明所写的是“有我之景”。不从楼的本身形貌落笔，而是写登临的所见所感。实际上，此楼很普通，说“高”，美言之。次句，写登楼后的所为——品茶赏景。“搁笔抛书”，儒雅士人的身份气质暗示了出来，心态也交代了：放下杂务，放松自我，拨冗寻趣。第三句，写在楼上一边品茶，一边观赏美景。想象丰富，境界开阔。“汇”“融”十分传神，炼字精到。“心汇湖光”是直觉，“融海韵”是联想。在这处是看不到海的，但毕竟离海不远，联想合理自然。“白日依山尽”是直觉，“黄河入海流”是联想。艺术联想，不仅可以把作品意境的外缘加大，还可以使意境的内涵更加丰富。“海韵”也提炼得很精准。海韵，就是海的景致韵味，是“我”的审美所得。末句也是“卒章显其志”的笔法。这个“志”与白居易的讽谕诗的志不同，而与王维的“王孙自可留”（《山居秋暝》）的格调相近。“王孙”，作者自况。在这里的王孙，就是有知识、有文化、有品位的“儒者”。说是“作者自况”，固然可通，但更恰切的说法，应是“抒情主体”，即艺术化了的“我”。这是一首情景交融的好诗。这当中的情，是高雅闲适之情。

再看《湖滨广场》：

青鲢锦鲤万千条，岸上裙摇声滴娇。

争向湖边投倩影，游鱼在水也风骚。

这首诗选材非常精当。湖滨广场，好看的景物事物很多，作者在诗中别的都不写，只用浓墨重彩淋漓尽致地描写湖滨美人观鱼这一场景。首句写湖中游鱼品类多，数量多。“万千条”夸张，极言其多。联系下文可知，鱼多而活跃。次句写美人观鱼之乐。“裙摇”，神来之笔。“摇”，我们仿佛看到，在春风吹拂之下各色花裙随风飘举的情状。“裙”，借代，代指女性人群。下文着一“争”字，补充说明人多。这人群中，不排除有各种年龄段的女性，但我们可以推知诗人着意突出的是青春焕发的天真无邪的少女。“声滴娇”，突现了她们的性格特点，也表达了她们观鱼时欢乐情绪之高涨。滴娇，即娇滴滴，为押韵调整字序。后两句，极状“鱼人相乐”的狂欢情形。争投倩影，是“贪靓”少女特有的举动。“倩影”，褒扬之词。“风骚”一词多义，在此绝不是“唐宗宋祖，稍逊风骚”的“风骚”。风骚，一般是指女性轻佻放荡。但在这里是说鱼风骚，虽说鱼之所以风骚，是由观鱼者的风骚诱发的。但通观全篇，诗人是包含赞美之情来歌颂这个幸福欢乐的生活片断的。鱼也风骚，烘托了游人近乎忘形的喜乐情状。移情手法和夸张手法兼而用之。

三、感情真

说某诗歌作品意境佳，或者说“有境界”，实际上就等于确认了它有真感情。王国维谈境界时，特别强调真感情。他认为，有境界的词作品(诗亦然)必然是“感自己之感，言自己之言”(《文学小言》)，一定具有“不失其赤子之心”之感情，必然是“我手写我心”。我觉得“我手写我心”是碧泉同志百首七绝的一个显著的特点。全书有七个组诗，其中五个都是写诗人自己或者参加弄出来的事物。

如《未名湖》：

风亭倒抱小游鱼，花木参差水底姝。

且向岸边留晚照，春光长驻未名湖。

《未名湖》是组诗《民主园林诗篇》中的一首。组诗的小序云：“2013年，市政协响应湛江市委、市政府关于绿化三岭山之号召，在其南门近二百亩崩塌地块上植树栽花，挖湖立石，建造‘民主园林’。经四年努力，民主园林树木葱茏，绿草如茵，湖水荡漾，花团锦簇。亭台楼阁、水轩花榭点缀有致。余去年卸去行政职务，今陪作家、美术家和摄影家协会会员上民主园林采风，时隔一年，景物依旧。回想当年，感慨万千，得园林诗篇。”可知，这个民主园林，是作者在湛江市政协主席任上，率领僚属及其同仁建造出来的。组诗中所咏唱的每一个景点，都凝聚了他本人很多汗水和智慧。那些景点的设计和命名，虽然不排除集思广益的过程，但可推断，他本人是主导者和决定者。歌唱那些景点的每一首诗，都是作者“我”的心泉的歌。《未名湖》正是这样。

前两句写湖水中的倒影。首句，风亭倒影和水中的小游鱼戏乐；“抱”字，境界跃然。次句，绿树鲜花的倒影和美女群的倒影在水底交映成趣。“姝”字神妙。姝，可用作形容词，即“静女其姝”《诗·邶风·静女》)的“姝”，形容女性的美丽。又可用作名词，即美女。从诗句的行文看，作形容词可通，作名词亦通。作形容词，漂亮。谁漂亮？美女。倡化，用事物的特征代替事物。作名词，属“独词句”，只有主语，没有谓语，谓语由读者从实际语境中体会出来。“细草微风岸，危樯独夜舟”，杜甫《旅夜抒怀》的语法就是这样。第三句，补充说明“水底姝”的原委，即美女群在湖边“留晚照”时的倒影。末句，收结全诗：未名湖美极了！“春光”，小而言之，指那些争“留晚照”的美女群的美妙青春和姝丽倩影。大而言之，包括诗中写到的全部美景以及它给人以联想、想象的所有的情和景。

又如《白楼月夜》：

西装革履舞裙圆，笑语欢声锣鼓喧。

正是元宵明月夜，小楼如雪柳如烟。

此诗的构思比较别致。先写白楼中元宵舞会的欢乐，再写元宵之夜明月当空、杨柳堆烟等美景，以衬托这欢乐之情。“西装革履”，男舞伴斯文济楚；“舞裙圆”，女舞伴翩翩起舞，婀娜多姿。“圆”字妙，舞态跃然笔下。次句概括舞场的热闹，言简意赅。第三句概括“背景材料”——元宵舞会。末句进一步强化“十五的月亮”的明丽皎洁，以衬托舞会之乐，“如雪”既突出了月色之美，又照应了“白楼”的“白”字。此诗表现的是“人们”在元宵舞会中的快乐。“我”呢？“我”也乐在其中。欧阳修《醉翁亭记》“人知从太守游而乐，而不知太守之乐其乐也”的情景略似之。

总的而言之，这个组诗中的每一首都不外是“最美我乐”，这“美”、这“乐”其实就是“我”的成就感，自豪感，欣慰感。这就是“我手”写出来的“我心”，真切而动人！

如果说《民主园林诗篇》是抒发了作者一种为政的自豪之情的话。那么《导和园组诗》和《北边村十八景》就是他为政之余的闲适情怀的真实袒露。

如《和园秋夜》：

酒阑人散月当轩，花睡鸟眠四野恬。

秋露有声催酒醒，旗枪风里煮清泉。

这是一首优秀的山水田园诗。再现了诗人诗酒相乐的生活情境。表达了文士闲适而高雅的情怀。“酒阑人散”，酒宴结束了，亲友们散去了，留下他一个人。阑，希也，将尽也。说明他和客人都喝得很尽兴。他入睡了吗？醉眼惺忪的他似睡未睡。他看到“月当轩”，明月的银光从窗口照射进来。“花睡鸟眠四野恬”，静，除了静谧以外还是静谧。“秋露有声”，更静。以动衬静，只有在极其静谧的情况下，才能听到秋露的响声。“催酒醒”照应上文“阑”字，喝得很够量了。由酒兴诱发了诗兴，结句抒情。“李白斗酒诗百篇”(杜甫《饮中八仙》)，我呢？全诗选材精当，炼字到位。“花睡鸟眠四野恬”，“睡”“眠”“恬”都非常传神。

此诗是《导和园组诗》中的一首。此组诗的

小序说："导和园位于余之故乡北边村西，始建于2007年之夏暑。其宽不过廿丈，地不足四亩。园主既非达人，亦非豪富。钱帛用之有限，精神耗之无数。天性天然，自乐自娱。观其前临浩渺，内溢清淑。茅亭草轩，分争红紫之妍；小桥流水，同构丹翠之姝。树根盘礴而岩直，竹影扶疏而窗虚。万羽争妍于云影天光，百啭清圆于参天佳木。霞蒸而日氛，岚幻而风徐。吟花石净，醉月草酥。得影随形，涉门有趣。欲造孤村之讲堂，海滨之邹鲁。以报乡亲之恩，故土之哺也！"笔者未能亲睹其导和园的尊容。但从组诗的序，和总观组诗中的十七首作品，使人自然联想到王维(盛唐山水田园诗派的代表）的"辋川别业"。当然从规模、天然景物、当中的设施等来看，二者不同。其用途也不完全一样。但二者的主人对当中景物的观赏视角是一样的，所怀的情趣是相似的，所获得的审美效果也有许多共同点。

又如《和园春早》：

绿笑红开春又暄，天寒蜂蝶未来全。

无声细雨轻轻下，步入回廊拜谪仙。

"绿笑红开"，比"万紫千红"、"群芳争艳"之类的成语更生动传神。"暄"，既切合韵脚，又很有表现力。概括了明媚的春光。"天寒蜂蝶未来全"，力传"春早"之神。第三句，南国早春常见的天气，似乎平淡无奇，但"无声""轻轻"和清静的氛围很融洽。同样是景为情设、情景交融。末句抒情，写"我"的行为，补充交代：前三句所写的都是“有我之景”，都是“我”的所见所感。“拜谪仙”，此时诗兴大作，要像诗仙李白那样。挥洒自如，吐沫成珠。“拜谪仙”，隐含“我”的某种自许自负，敢与李白相提并论。这是艺术化了的“我”，为的是突出一种豪迈情怀。

再如《和园曲水》：

连绵秋水涨秋池，七彩长虹水底飞。

赊得残阳斜点笔，借来明月醉题诗。

首句，交代景物总貌。次句，用特写笔法描绘彩虹倒影之奇妙。“水底飞”，着一“飞”字，极其传神。赋予“七彩长虹”以生命，使整个画面充满生机。后两句，“赊得”“借来”，想象丰富，夸张得法。才子的浪漫豪情跃然纸上。“赊残阳”“借明月”，气魄壮伟。“斜点笔”“醉题诗”，可以是题诗，也可以是作画，尽情挥洒，浪漫情怀突现。《北边村十八景》的感情基调和艺术风貌与《导和园组诗》基本相同。从我个人感受的角度说，七个组诗都有诗味，当中韵味最浓的是这两组。北边村这个村庄，在雷州地区有其特别之处。不仅人口较多，历史较久，环境较佳，更重要的是古今都出现了好些比较杰出的人才。说它“人杰地灵”，说要把它打造成“海滨之邹鲁”，并非无稽之谈。但是，不说在省内国内，就是在湛江市内，目前它还是普通的村庄，甚至在雷州市内的名气还远不如作者所歌唱的“茂德公大观园”所在的祝荣村。何况它尚未被国家相关部门确认为“文明古村落”。

但是，在诗人的笔下，北边村的十八个景点，都很有看头，都很有诗意，甚至可以说美不胜收。我猜想，这十八个“景点”的命名，大多数都是作者弄的，是他把它们诗化、神话化、美化了的。例如，一间很普通的小学，却美其名曰“海隅邹鲁”，一个普通池塘内的小岛，却名之为“百步蓬莱”“十丈瀛洲”“粼光佛印”等等。品味他咏唱这些景点的诗篇，很有“名副其实”的感受。我有一种感觉，好文好诗是“写”出来的。同样的客观事物，不同的人有不同的观感，同一个人，在不同的心态下的观感也有不同。有一次，与来自湖南零陵的同行一起开会，谈及柳宗元的“永州八记”中所写的那些山水的近况。他们说，今天所见，无一处可观。我想，虽说时隔千年，山水会有所变化，但再变，也不会变得完全“没谱”的。可见，柳氏笔下那些“有异态”的“西山”“钴鉧潭”“小石潭”等等，在平常人的眼里，当时也是“不怎么样”的。但凡是读了柳氏的八记，对其笔下的山水之美，无不留下极其深刻的印象。这与邓氏笔下的北边村的十八景有很多类似之处。其根本原因就是“真感情”使然。感情真切了，专注了，深入了，对所写的对象进行了特有的审美关注，融进了审美主体的特殊情思。展现在读者面前的已不是物象的原始面貌，而是艺术形象。“永州八记”中的山水，是柳氏的“心中的山水”，北边村十八景的山水也是邓氏“心中的山水”，这一切，都是“感情真”使之然。

四、造语工

一个众所认同的事实是，文学语言比一般的书面语言要求更高些。而文学作品中，诗歌的用语较之于其他文学作品又要求更高些。而诗歌中，五、七言律、绝和词的小令中调比其他体裁的诗歌作品的语言要求又更高些。当然，这高，是以文从字顺为前提的。在这个前提之下，要求更简练，更准确。为达此目的，写作七绝这类诗歌，最合适的行文方式是文言文。邓先生的文学作品，我读过的不多，但就从有限的接触中，我有一个非常深刻的印象：他的文言文修养很深厚。他的《长征百赋》《天南百赋》《律赋十篇》《若水斋诗集》等都是用文言文写的，都给人以驾轻就熟、左右逢源的印象。就从这本诗集中的一些小序也可见一斑。前文引的《导和园组诗》的序就是范例之一，又如《北边村十八景》的小序：

"……观其接草罗岭之地脉，乘南渡河之气势。村后红土，植以树木；郭前沙地，围以刺篱。合茂林以修竹，间榕荫以柳丝。椰树亭亭，芳草萋萋。沙溪弯曲而流碧，池塘连片而散漪。阡陌纵横似网，田畴棋格如砥。山水多情，风光旖旎。世世代代，行耕读以持家；祖祖辈辈，奉诗书以继世。余熟其民风，谙其地理，不可无诗！"

这些语段正如苏轼所说"如行云流水……但常行于所当行，常止于不可不止"(苏轼《与谢民师推官书》)。

百首七绝的语言运用是畅达而工巧的。上文所选析的那些作品都可作为例证。如，“心汇湖光融海韵”(《望海楼》)，“岸上裙摇声滴娇”(《湖滨广场》)，“花睡鸟眠四野恬”(《和园秋夜》)等句，都是语句畅达而措词凝练的。诸如“汇”“融”“摇”“恬”等词，都是用得非常精准，具有很强的表现力的。现再举二例以圆此说。

例一，《沙溪流碧》：

平畴破处是沙溪，清浅流长两岸萋。

百里逶迤如白练，成行白鹭贴波飞。

“清浅流长两岸萋”，“清浅”，虽似从“疏影横斜水清浅”(林逋《山园小梅》)中来，但用来形容“北边村”的沙溪却是非常精确的。浅，即清澈见底，并非水不深。“萋”，或许也会联想到“芳草萋萋鹦鹉洲”(崔颢《黄鹤楼》)之类的名句，但在此着一“萋”字，把沙溪两岸绿草如茵展示了出来，又从而联想到春意葱茏的景象，可见其表现力之强。“成行白鹭贴波飞”，“贴波”，非常形象而传神。这是一种视觉效果，是艺术审美观照的结果。其境界有如“秋水共长天一色”(王勃《滕王阁序》)，“孤帆远影碧空尽”(李白《黄鹤楼送孟浩然之广陵》)，开阔而无限。

例二，《荷韵蝉声》：

清清泉水出山峰，连片池塘绿映红。

荷韵蝉声多乐曲，别有风情月明中。

如《荆园夕照》：

早春二月历山青，烂漫荆花色彩明。

雪白桃红争绽放，荆园夕照满天星。

这两首都用白描手法，语句清丽而简洁，措词精准而生动。如“绿映红”既是“连片池塘”周边繁花烂漫，又可以让人联想到“千里莺啼绿映红”(杜牧《江南春》)的情景，突出了盎然春意。又如“荷韵蝉声多乐曲”的“韵”字，乍看不通。“蝉声”，人所习闻，谁听过“荷韵”？“韵”字是个形声字。“音”是形旁，表意的；“匀”是声旁，表音的。“韵”字的本义是和谐悦耳的声音。此处的“荷韵”与“蝉声”并列，“韵”和“声”在此是近义词。这个“韵”与“松声竹韵”的“韵”又同，又不同。从“物理属性”看，不同。因为“松声竹韵”是风吹而成的。而风吹荷，不能发出让我听得到的声音。但从审美的角度看，二者是相同的，都是“乐曲”。我不知作者是否受到季羡林先生《清塘荷韵》的启发而用上这个词，但我认为是或不是，都可以精妙视之。《荆园夕照》，句句流畅，字字妥当。有点像前人评价“诚斋体”(南宋诗人杨万里，号诚斋)，但我认为，这也是“造语工”之一例。

我在手机里读到碧泉先生发来的部分七绝后，曾半开玩笑地回了一句这样的话：“前人称太白龙标为七绝圣手，今日复生乎？”我说这是“半开玩笑”。那么还有一半就不是开玩笑的。将他的七绝和李白、王昌龄相提并论，他不敢，我也不敢。但说他的七绝很好，不知他敢不敢，但我敢！

（作者系华南师范大学中文系教授）

独树诗坛 彪炳文史

——评《邓碧泉七绝四百首》

符培鑫

摆在案前的是一本沉甸甸的《七绝四百首》。我虽孤陋寡闻，但未曾发现有哪位诗人写过四百首七绝。七绝难写，就那么二十八个字，写得不好，就流于俗气，也就没有味了。碧泉先生迎难而上，敢于挑战古人，一口气写下四百首，而且首首句句都典雅淳厚，形象生动，如春花之烂漫，如秋实之璀璨，亮丽于诗坛，彪炳于文史。其成于自强与厚重，出于诚意正心之修养，文、史、子、集之博览，农村、军旅、政坛、文苑之躬行。

深厚的国学功底

碧泉先生出生于贫穷落后的农村，成长于竹篱茅舍。1978年从部队退伍后考入湛江师专中文系就读。1983年又考进广东省委党校理论班。我有幸和他同学两年，知道他当时就致力于研究清代的“天下清官”——福建巡抚陈瑸。研究古人需要阅读大量的地方志和历史记录。这些资料是没有标点符号的文言文。先生日夜在啃这些文字，还得到陈瑸的后代子孙从墙壁里挖出来的陈瑸诗文和家书，全部手抄成册。1985年发表《陈瑸在台湾》一文，后来出版发行《陈瑸诗文集》，是系统研究清官陈瑸的第一人。碧泉先生说，他研究陈瑸，不仅扎实了古文功底，而且人品人格得到感染而升华，为其做人、做官、做事带来极大的帮助。

文学首先是语言学。诗词的意境和写作技巧固然重要，但意境和技巧首先要过文字词汇这一关。其难就难在找到准确的文字词汇来表述作者的意思。碧泉先生自小以书为宝，浸润在国学中，“好书不妨天天读，弄懂五千知大千”。况且其有非凡的记忆力，比如他离开部队四十多年，但现在对部队的队列条令仍然可以一字不落地背诵出来。接触过他的人，无不惊叹其对圣贤之典、百家之言、人物典故脱口而出，名句、名言、名诗、名文倒背如流，电光石火一闪，出口成章，笔下生花。先生熟读《诗经》、楚辞、汉赋，创作《长征百赋》《天南百赋》以及其他赋文。通读《全唐诗》《全宋词》，创作诗词一千首，雷歌一千首，楹联一百副，并对唐宋三十八名诗人词家，以七绝诗的形式进行点评，实质是化诗人之诗，立诗人之传，是全新的咏史诗。先生的所有作品，不乏典故的引用和成语的运用，而且是流畅自然，天衣无缝。他谈到创作的酸甜苦辣时说，开始有点像折磨，现在觉得是一种享受。其《七绝四百首》这本诗集创作跨度虽然有三年，但其间还研究撰写书法论著，创作书法作品。其百首“雷歌”七绝仅用一个月时间，用半个月完成《南湾河人家》五十六首。“问渠哪得清如许，为有源头活水来。”

高尚的人品人格

叔本华在谈哲学时曾说，作品的风格的不同与作者的心灵感情修养有很密切的关系。越是伟大的作者，他的作品与人格之间的关系就越密切。黑格尔也曾说，美是审美者意识的对象化。碧泉先生对做人有他的概括：一是自强不息，厚德载物。这是人的基本，是中华传统美德。二是人要知恩、感恩、报恩。三是即便帮不了别人，但绝对不能害人。他认为，一个整天想着升官发财、患得患失、蝇营狗苟、唯利是图的人，永远也看不到世界上最美的事物，也永远写不出好的作品。他对功名财富有一系列名句：“大富从来谁不求，求之有道莫碰头。江风海雾山间月，夏昼春宵任图谋。”“富贵功名双刃剑，五分欢喜五分忧。”“枯肠搜尽苦追求，万姓敛财一样愁。满屋金砖空富贵，剩风残月上眉头。”“阴阳造化人间事，好景偏移物外留。”“役梦劳魂春夏短，秋风吹起百般愁。”“清白传家天地阔，钱财难解子孙忧。”……这就是碧泉先生的人生观，价值观。

诗言志，又是抒情绮靡，必须有作者的理性。诗人的理性具备一种通达的观照能力，即通过观察事象之后内心会有一种智慧的照明，尤其是对人生的体会和感悟。人们的日常生活，最普通的最常见的现象，如饥饿、劳苦和久别重逢、亲情乡愁等等，都是人们所关心的、亲历的，皆入先生之诗，如《南渡河人家》（组诗）、《诗记抗疫》，写得动人感人，传得出去，留得下来。这除了先生艺术表现力之外，还在于先生对人间疾苦有深切的体会和怀有一颗广博的仁爱之心。

碧泉先生对老子的“致虚极，守静笃”有深刻的理解，并努力践行。他说，文艺创作必须使自己“放得下”，达到一私不留、一尘不染、一妄不存的空灵虚静的心境。这时才能从微不足道的日常琐碎的平凡生活中去感悟宇宙的奥妙和人生哲理。先生本是好动之性，闲时玩扑克，打乒乓球，唱歌弹钢琴，拉二胡吹葫芦丝，但他离开这种场合，可以做到心静如水地读书写作，这是他的人品人格的固有内涵和底蕴使然。一切以自然为美，以朴素为美，动则如行云流水，静则如山岳磐石，笑则如春花自开，言则如山泉吟诉，举手投足都发自自然，任由心性，毫不矫揉造作。

深邃的思想内涵

纵观古今，大诗人都是从各种思想的精华之中得到一个融会贯通的境界。碧泉先生就是在儒家、佛家、道家思想中得到精华并在作品中融入伟大的时代精神的。先生早些年就有一首《七绝·步苏东坡韵观庐山五老峰》。苏东坡《题西林壁》：“横看成岭侧成峰，远近高低各不同。不识庐山真面目，只缘身在此山中。”先生诗云：“分明是岭亦山峰，心眼看来各不同。深浅情怀观世界，空中见色色中空。”他在佛境偈语中大彻大悟。他在《楞岩寺与法师论佛》中写道：“妄想尘劳百事缠，无私放下得天全。空明静笃心通佛，此理与师释了然。”在《楞岩寺谈经》写道：“苍茫湖水月光华，院静台凉冷烛花。儒僧啜茶谈顿悟，清风佛影满袈裟。”碧泉先生认为，《易经》《诗经》《道德经》是一切文学艺术的总源头。他从《道德经》中汲取道家思想精华，在家乡小园和书院办公室写了许多蕴含道家思想的楹联：“道通万物乾坤外，德润三才日月间”“物外乾坤皆美妙，胸中日月最光明”“风月无边心是岸，春秋有序意非轮”。他在《游足荣村许愿街》写道：“老夫也许心头愿，物外乾坤任我游。”“法道自然通物外，天人合一理全真。”

碧泉先生汲取儒、佛、道家思想精华，形成他的文化思想特色。他笃信自然万物是由阴阳（即矛盾）构成。他对中国文字和书法作过阴阳结构和阴阳运笔的论证。发展为文化思想就是，汉字的统一注定了中国版图的统一。汉字是中华民族的骄傲和文化自信之所在。先生在地级市任十年市委常委、宣传部长，其间在国家顶级报刊发表过几十篇论文，出版《人本文化》《文化内生论》两本文化专著。其中在《求是》内参和中国社会科学院的《文化研究》上发表的两篇论文得到中共中央政治局委员、省委书记的批示，转发全省宣传系统。中国社会科学院哲学家李德顺在《文化内生论》一书的编者按中写道：“想不到的是，一个在学术上和实际工作中都十分重大、十分深刻而又十分复杂的理论问题，不是在学界提出，而是一位主管地方文化和农村建设的领导干部提出。”先生既不是一位独坐书斋的专业学者，也不是一位终日单纯操作者，而是一位理论与实际相结合的实践者。他办文化的思想是：发动群众办文化，办群众文化。先生在任宣传部长期间，在广大农村广泛开展“三文”活动，即特色文化村、农村文化室、农民文化节。用农民身边的先进文化教育农民，利用农村传统节日，采取“旧瓶装新酒”的办法，让农民接受新文化。“三文”活动得到中宣部、文化部和广东省委的高度重视，于2006年分别在湛江召开现场会加以推广。碧泉先生还应邀到北京为全国宣传部长培训班讲授农村文化建设理论课。

先生在任期间就对以“红土文化”为湛江的主体文化提出质疑，而发动文化定名大讨论，结果确定“雷州文化”为湛江的主体文化，并得到广东省的确认。先生认为，作为载体，文化发展既要有形而上的思想观念，又要有形而下的器物。先生2012年在领导岗位就提出办书院，并题“擎雷书院”院名。因而，其退休后背上“米袋”回雷州创办“擎雷书院”。先生的目标是要把书院办成继应天、嵩山、岳麓、白鹿洞书院之后的，集雷州文化、书院文化等传统文化和时代精神于一体的，人文景观和自然景观相得益彰的文化博物馆。在书院筹建的六年中，先主为书院写了四十八首七绝诗。“频添白发岁华催，汤冷茶凉酒一杯。纵是风云多变幻，晚年心志寄擎雷。”

碧泉先生作为有深邃思想的诗人，具有诗人的锐感。就如况周颐所说："吾听风雨，吾览江山，常觉风雨江山之外有万不得已者在。"他的诗不只是耳目感受的表现，而是心灵感受的传达。如"夤夜花眠蜂未醒，声传竹节发新芽"。竹节是山竹科的一种树。我们看到它是四季常绿不落叶，其实它到春天是落叶的。碧泉先生观察到，竹节是新芽将旧叶挤掉，深夜清楚听到落叶声。"复照斜阳平野静，新苗烂漫叶齐抽。""楝花如雪报春声，细细风来细细情。""花落流泉片片轻""春雷催雨响声轻"……大自然的风雨江山、花开花落、月圆月缺、夕阳残照，他都有敏锐的感触。

丰富的生活积累

生活是神奇的雕塑家。其雕塑人生、雕塑历史。生活之积累乃人生之财富，可冶炼人之品格，增长人之才智，造就不平凡之人生，又为文学艺术创作提供源泉，造就大师、大家、圣手。碧泉先生有农村生活、军旅生活、大学校园生活、官场生活经验。他参加工作几十年，转换过十二个工作岗位，但最熟悉、感受最深刻的是农村生活，农耕文明。而且他带着思想意识，在虚极静笃中感悟平凡生活的真谛，达到人化自然的境界，化自然的品格为人格，为文艺作品之格。他的田园诗可和唐人媲美。在《南渡河人家》（组诗）中，他对农村景物、人物的心理活动、生活习俗、季节气候变化都写得惟妙惟肖。在序诗中，他描写了南渡河的一年四季。春天是：“东风吹水荡无声，两岸青山相对迎。花木向人舒窈窕，云溶河渡桨摇轻。”夏季是：“西南风季水波惊……”秋季是：“风回西北水澄清……”冬季是：“寒风碎浪簟纹平……”

先生以四首诗写一月，写南渡河流域一年的十二个月，而且将每个月的节气、自然景观、农民劳作、云雾风雨、阴晴晦明都写得淋漓尽致，让人如临其境，感同身受。正月，“楝花如雪报春声，细细风来细细情”。苦楝树是雷州半岛的本土树，其材白，皮叶皆苦，尽管人们不太喜欢接近它，但其花白如雪，人们在盼其开花即在盼春。在诗中二月的春耕景象跃然而出，形象生动。“人牛聚处是春耕”“夫妇和衣睡晚晴”。农村的春耕是赶季节农时的。夫妇俩在地里插秧因下雨而停，但秧苗已拔出，必须插完。终于等得雨停，但天也快黑了，他们在天黑前抢插完，带着一天劳累回家，连衣服也不想脱，爬到床上就睡着了，这就是农村农民的生活。“调兵遣将残阳里，惊蛰秧田追手青。”早稻插秧以惊蛰为界，惊蛰前后秧苗长势不同，稻谷收获也不同，所以必须趁惊蛰前布秧。秧苗随手而生长。农民靠种植而生，最难挨的是四月青黄不接。有句谚语：“三八四月饿死单身汉。”诗中写四月的农民：“怅望星空哀夜永，凄凉对月叹长庚。”肚饿恨夜长啊！“六月乡村人最忙”。早稻从田里收割回来了，但还要在家里敲穗、分谷、晒谷才能归仓。而且七月立秋，又要赶在秋前插晚稻秧苗，要犁田、放水、耙田，秋前风雨无常，乍晦乍晴，忽阴忽阳，令人捉摸不定。正是：“晨阳午雨忽然倾，云暗风回又报晴。晒谷插秧收剩稻，身随天象梦难成。”七八月是农闲，是农人搞家庭副业和年轻人谈恋爱的好时机。金秋十月，晚稻收割完后，农民看着自家的谷围，家庭主妇在盘算安排下两季的薯米，家庭男人会哼哼小曲，喝喝小酒，过好夫妻生活，“熟睡不知深浅夜，鸡鸣月落欲卿卿”。十一、十二月盖新房、娶新娘。诗词中对自然景物的描写，是诗词形象思维最为明显的一种表现形式。景色与感情之间往往是一种或隐或显的共生关系。写景难，难就难在落入俗套；写情更难，最忌无病呻吟。碧泉先生写景写情贵在自然，贵在真情实景，情景交融，贵在结合着乡土情思、政治抱负和仁爱之心。先生的《南渡河人家》（组诗），堪称为农耕文明之史诗。

广泛的文艺爱好

碧泉先生不仅写诗填词作赋撰联，而且对翰墨、琴棋也情有独钟。广泛的爱好、广博的学问、丰富的生活、宁静的心态，使其精品迭出，五彩缤纷，绚丽于时代，流芳于千秋。碧泉先生认为，文学艺术是相通的。文学艺术非“和”不美，“和”便是儒、佛、道三教共通的哲学思想理念。老子及其道家思想广泛地渗透于我国传统文化的各个方面，并且化为中华民族文化艺术的灵魂。所有艺术，不论诗文，或美术绘画，或雕刻或书法，都离不开取象自然，即取万物之物象神气。物象乃客观存在，艺术家观察物象，并为其所动，触之于目，蕴之于心，就会变成创作的意象，再将艺术家的思想感情融入意象就是作品的意境。这种意境以声音表现是歌曲，以语言表现是诗文，以刀具表现是雕刻，以实物表现是雕塑，以形彩表现是图画，以点画表现是书法。碧泉先生是书法家，真草行篆隶皆优，又酷爱音乐，会弹钢琴、拉二胡、吹葫芦丝。在他的七绝诗中可看到书法的平正、匀称、连贯与参差。书之匀称，就是力求长短相侔，轻重相宜，疏密适度。书不连贯就会支离破碎，断去书的气势。写诗也一样，不能东一榔头西一棒槌，没有逻辑联系，就会让读者不知所云。先生的诗或体现书法中的草、章、行三体之动多于静，或篆、隶、真三体之静多于动。每首诗的画面感特别强，如行云流水，瑶草琪花，让读者入目生趣，过目不忘。《七绝四百首》中的《百歌唱雷州》，一韵（雷歌韵）到底，许多组诗如《南渡河人家》五十六首，也是一韵到底，而且韵词不重复，其难度可想而知。先生的赋文，洋洋千言，而押一韵。这除了先生文学功力不凡之外，足见其乐感之强。读先生之七绝，就像在歌唱，抑扬顿挫，阴阳起伏，阴阳协调和谐。

冯熙字梦华，号蒿庵，在《蒿庵论词》一书中评秦观的词说：“他人之词，词才也。少游词心也，得之于内，不可以传。”“词才”是写词的才能，有丰富的语汇，有丰富的想象和联想，能感受、能观察。而能够蕴涵有词的那种婉约、纤细、柔媚的质素，才是词心。中国古典诗词的韵律，是诗人感情节奏与语音节奏的完善结合。这其间存在着一种自然微妙的结合。碧泉先生是雷州半岛人，平常讲的是闽南方言雷州话，能写出这么大量的格律诗，我敢说他既有诗才，又有诗心。他的诗心来自多种文艺爱好。他的人生、他的心灵就是一首诗。

娴熟的写作技巧

碧泉先生曾说过，创作是一种享受，这说明他有了娴熟的写作技巧。《七绝四百首》中，处处可见到赋、比、兴的写作手法。

在诗词中，景、情、意、境四者是浑然一体，同时又是层层递进的关系，还是相互依赖、相辅相成、相得益彰的关系。写景难，写情更难，写意最难。境是诗词的最高层次。王国维先生在《人间词话》里说：“词以境界为上。有境界，则自成高格，自有名句。”古人将“意与境会”即“意境”作为诗词创作的最高境界，而“意”与“境”又不是刻意追求的，而是自然而然形成的，重在心目之间的天然相会。先生采用多种写作手法，使意与境自然结合。

历史上古人的事迹和格言箴语诗句，广泛流传，人们印象深刻。先生在诗中准确引用或诗化以深化诗的意境。《诗记抗疫》其五、其十：“天使纷纷江夏奔，楚难牵连九州魂。休言黄鹤去无返，今日归来驾白云。”“终见来鸿去燕频，东湖细浪卷龙鳞。晴川芳草汉阳树，雨后斜阳一派新。”两诗皆诗化融汇唐人崔颢的黄鹤楼诗，使人们一看就明白所写为武汉灾情前后，并留下深刻现象。《七绝四百首》中借古喻今、引古颂今的诗句比比皆是：“柳下风回贤相驾，松间泉荡华山吟”（寇准），“跋前踬后不言愁，笑对当年苏子裘”（苏秦游说秦国不被采用，所穿黑貂之裘破旧不堪）。“留下五千破大千”（老子《道德经》）、“南山景色悠然见，胜却东篱赏菊黄”“问君何处是桃源”（陶渊明）。

诗词要让人记住。人们不愿记或记不住，说明还没有引起人们的共鸣。碧泉先生善于运用借喻引喻明喻暗喻的手法，使读者记得住，留得下。他首倡和亲自筹建的“擎雷书院”，立项五年而不动工建设，他用诗句婉转批评官场办事效率。《寇公门》：“去年今日立斯门，草木枯荣又一轮。雨水回寒惊蛰冷，一声长叹已春分。”“花开花落又一年，丝丝春雨化春寒。清明时节须珍惜，莫误农时百姓田。”这里的“雨水”“惊蛰”“春分”“清明”都是节气名。又如：“夕照残阳铺万家，黄昏近迫走雷车。劝君更尽壶觞酒，西望浮云补断霞。”“云白天蓝堪自嘉，轻轩顺逆任生涯。春风在手知时节，谷雨清明摘嫩芽。”（嫩芽指茶叶，春茶须摘于谷雨前。）

碧泉先生善于融入思想感情来写自然景物。这种情景交融的描述，使读者受到鼓舞、感染和共鸣。他在老家建有一个小园林，名曰“导和园”。在这里写了几十首七绝诗，每首都离不开景物的描述。“琼花玉树导和园，地僻芳菲别样鲜。趣寂居闲山野近，推能归美自天全。”“春寒料峭雨丝斜，乍晦乍晴犹可嘉。夤夜花眠蜂未醒，声传竹节发新芽。”（春天）“林泉蝉噪水鸣蛙，葵扇轻摇品叶嘉。反锁柴门皆熟客，人云已坐玉川家。”（夏天）“风和园净月光明，九里香浓鹤梦清。曙色临窗催觉醒，凭栏远听雁留声。”（秋天）“瑟瑟寒风瑟瑟身，白云明月缺全真。焚香取暖樽前乐，对饮持螯盏盏新。”（冬天）这些景物的描写，明显受到作者思想感情的支配，并成为作品的思想感情的寄托。

碧泉先生是书法家，对各种字体都有研究，他的《书论》即将出版。书法结构又称“布白”。字由点画连贯穿插而成，点画的空白处就是布白。布白也是书的组成部分，它体现虚实相生，阴阳互补，才称得上是艺术品。先生将书法理论也即是所有艺术理论用于诗的创作中，即白描。《南渡河人家》的二月“夫妇和衣睡晚晴”，三月“担重脚轻争渡口，清晨埠矮桨船横”，四月“渔火渐明天渐暗”，六月“农时不误又耕种，挂轭牵牛踏月行”，八月“月饼一份无限爱，冰心一片伴金星”，十月“熟睡不知深浅夜，鸡鸣月落欲卿卿”，十一月“天寒地冻被多情，夫妇农闲睡早晴。瓜瓞绵绵真富贵，三三四四启乳名”。这些诗句没有景物的描写，也没有人物刻画，纯属白描，平白如话，却使农村农民“日出而作，日落而息”的田间劳作、日常生活、夫妻性生活跃然纸上，深入人心。成为一幅农耕文明的“清明上河图”。尤其是“渔火渐明天渐暗”写得极妙。本来是天暗了才见渔火的光亮，但这样写，好像是渔火将太阳赶下山，趣味无穷！又如“鸡鸣月落欲卿卿”令人感同身受，农民一天劳累，喝点小酒就睡着了，天快亮了才想过夫妻生活。“三三四四启乳名”，“三三四四”有两种含意：一种是农民没有多少文化，儿女多了，干脆就按数序来起名，长大了再换。现在农村人很多是“妃二”“妃三”“妃四”。另一种含意是随随便便地给儿女起名。这不能不说，碧泉先生的白描手法取得成功！

碧泉先生性爱酒。他自诩是“一身酒气，两袖清风”。他写书法特别是写行草必有三巡酒，使精神亢奋才能彻底放开心理压力。先生的诗句中很多酒气，或独酌，或对饮，或众饮；或把酒临风，或邀月而饮；或饮酒解闷，或饮酒壮胆。如“频添白发岁华催，汤冷茶凉酒一杯”（退休来办书院）。“三巡过后无忧虑，一品香泉煮黑茶”。他独居小园三个月，更是饮酒解闷，“独酌茅亭莫负春，樽前放任醉醺醺。”“迁就疏狂

图一醉，清风明月伴开樽。”他在外旅游：“清风明月勤添酒，说笑醇醪皓齿传。”“花间对酒餐云烟，醉听清泠绕阶泉。”“我约刘伶邀阮籍，对天豪饮任轻狂。”“酒力频催诗兴发，且将莽石赋神姿。”……先生说饮酒使精神亢奋，先生把酒灌入诗中，也使诗的精神亢奋，意境升华。

碧泉先生的诗、词、赋、楹联、雷歌、书法创作都是以百为单位，已创作出六百首词、二百篇赋文、百副楹联、十百首雷歌、百幅书法作品，又即将出版《七绝四百首》。相信碧泉先生的创作将会有更多的“百”相继问世。

（作者系中共茂名市委党校原副校长）

后记

《七绝四百首》现已杀青付梓。在这本集子中，按格律分有唐七绝三百首，雷歌一百首。雷州半岛是雷歌的海洋，“自宋至今八(九)百年号”，但由于语言文字不规范，一直走不出雷州。近年，我对雷州歌本创作做一次大胆的探索和尝试，编著了六本歌本共有一千多首雷歌，命名为《雷震六合》。这些雷歌在报刊发表后，引起读者强烈反响，连讲普通话或白话的读者朋友都把其当作唐七绝来读，觉得很有味。他们还建议我把雷歌改名为“雷七绝”。因此，我把一百首雷歌当作“雷七绝”融入唐七绝的大观园，供读者批评。

该集子写成一百首时曾想过出版，华南师范大学中文系教授徐英老师已写成七绝一百首的诗评，但觉得分量不足而未果。心痛的是，徐英教授写了诗评的第二年就患病住院，其情可感，其况可怜，唯愿其早日康复。

诗集编成，陈立人先生执笔作序，并亲自操持版式设计。符培鑫先生为集子作长篇论评，莫忠杰先生从诗句的录入到出版劳心劳力。这都为集子的完成增添了光彩，诚表谢忱！

邓碧泉

2021年12月18日

图书在版编目（CIP）数据

七绝四百首：上、下 / 邓碧泉著. -- 北京：作家出版社，2022.10

ISBN 978-7-5212-1586-1

Ⅰ. ①七… Ⅱ. ①邓… Ⅲ. ①诗集-中国-当代 Ⅳ. ①I227

中国版本图书馆 CIP 数据核字（2022）第 106072 号

七绝四百首：上、下

作　　者：邓碧泉
责任编辑：袁艺方
版式设计：陈立人
封面设计：莫忠杰
出版发行：作家出版社有限公司
社　　址：北京农展馆南里 10 号　　邮　　编：100125
电话传真：86-10-65067186（发行中心及邮购部）
86-10-65004079（总编室）
E-mail: zuojia@zuojia.net.cn
http: //www.zuojiachubanshe.com
印　　刷：北京盛通印刷股份有限公司
成品尺寸：145×210
字　　数：100 千
印　　张：15.75
版　　次：2022 年10月第 1 版
印　　次：2022 年10月第 1 次印刷
ISBN 978-7-5212-1586-1
定　　价：258.00 元（上、下两册）